Andreï Makine

# Le testament
# français

Mercure de France

*Pour Marianne Véron et Herbert Lottman*
*Pour Laura et Thierry de Montalembert*
*Pour Jean-Christophe*

« [...] c'est avec un enfantin plaisir et une profonde émotion que, ne pouvant citer les noms de tant d'autres qui durent agir de même et par qui la France a survécu, je transcris ici leur nom véritable [...] »

MARCEL PROUST.
*Le temps retrouvé*

« Le Sibérien demandera-t-il au ciel des oliviers, ou le Provençal du klukwa ? »

JOSEPH DE MAISTRE.
*Les Soirées de Saint-Pétersbourg*

« Je questionnai l'écrivain russe sur sa méthode de travail et m'étonnai qu'il ne fit pas lui-même ses traductions, car il parlait un français très pur, avec un soupçon de lenteur, à cause de la subtilité de son esprit.

Il m'avoua que l'Académie et son dictionnaire le gelaient. »

ALPHONSE DAUDET.
*Trente ans à Paris*

I

## 1

Encore enfant, je devinais que ce sourire très singulier représentait pour chaque femme une étrange petite victoire. Oui, une éphémère revanche sur les espoirs déçus, sur la grossièreté des hommes, sur la rareté des choses belles et vraies dans ce monde. Si j'avais su le dire, à l'époque, j'aurais appelé cette façon de sourire «féminité»... Mais ma langue était alors trop concrète. Je me contentais d'examiner, dans nos albums de photos, les visages féminins et de retrouver ce reflet de beauté sur certains d'entre eux.

Car ces femmes savaient que pour être belles, il fallait, quelques secondes avant que le flash ne les aveugle, prononcer ces mystérieuses syllabes françaises dont peu connaissaient le sens : «pe-tite-pomme...» Comme par enchantement, la bouche, au lieu de s'étirer dans une béatitude enjouée ou de se crisper dans un rictus anxieux, formait ce gracieux arrondi. Le visage tout entier en demeurait transfiguré. Les sourcils s'arquaient légèrement, l'ovale des joues s'allongeait. On disait «petite pomme», et l'ombre d'une douceur lointaine et rêveuse voilait le regard, affinait les traits, laissait planer sur le cliché la lumière tamisée des jours anciens.

Une telle magie photographique avait conquis la confiance des femmes les plus diverses. Cette parente moscovite, par exemple, sur l'unique cliché de couleur de nos albums. Mariée à un diplomate, elle parlait sans desserrer les dents et soupirait d'ennui avant même de vous avoir écouté. Mais sur la photo, je distinguais tout de suite l'effet de la « petite pomme ».

Je remarquais son halo sur le visage de cette provinciale terne, quelque tante anonyme et dont on n'évoquait le nom que pour parler des femmes restées sans mari après l'hécatombe masculine de la dernière guerre. Même Glacha, la paysanne de la famille, arborait sur de rares photos qui nous restaient d'elle ce sourire miraculeux. Il y avait enfin tout un essaim de jeunes cousines qui gonflaient les lèvres en essayant de retenir pendant quelques interminables secondes de pose ce fuyant sortilège français. En murmurant leur « petite pomme », elles croyaient encore que la vie à venir serait tissée uniquement de ces instants de grâce…

Ce défilé de regards et de visages était traversé, de loin en loin, par celui d'une femme aux traits réguliers et fins, aux grands yeux gris. D'abord jeune, dans les albums les plus anciens, son sourire s'imprégnait du charme secret de la « petite pomme ». Puis, avec l'âge, dans les albums de plus en plus neufs et proches de notre temps, cette expression s'estompait, se nuançant d'un voile de mélancolie et de simplicité.

C'était cette femme, cette Française égarée dans l'immensité neigeuse de la Russie qui avait appris aux autres le mot qui rendait belle. Ma grand-mère du côté maternel… Elle était née en France, au début du siècle, dans la famille de Norbert et d'Albertine Lemonnier. Le mystère de la «petite pomme» fut probablement la toute première légende qui enchanta notre enfance. Et aussi l'une des premières paroles de cette langue que ma mère appelait en plaisantant — «ta langue grand-maternelle».

Un jour, je tombai sur une photo que je n'aurais pas dû voir… Je passais mes vacances chez ma grand-mère, dans cette ville aux abords de la steppe russe où elle avait échoué après la guerre. C'était à l'approche d'un crépuscule d'été chaud et lent qui inondait les pièces d'une lumière mauve. Cet éclairage un peu irréel se posait sur les photos que j'examinais devant une fenêtre ouverte. Ces clichés étaient les plus anciens de nos albums. Leurs images franchissaient le cap immémorial de la révolution de 1917, ressuscitaient le temps des Tsars, et qui plus est, perçaient le rideau de fer très solide à cette époque, m'emportant tantôt sur le parvis d'une cathédrale gothique, tantôt dans les allées d'un jardin dont la végétation me laissait perplexe par sa géométrie infaillible. Je plongeais dans la préhistoire de notre famille…

Soudain, cette photo!

Je la vis quand, par pure curiosité, j'ouvris une grande enveloppe glissée entre la dernière page et la couverture. C'était cet inévitable lot des clichés qu'on ne croit pas dignes de figurer sur le carton rêche des feuilles, des paysages qu'on ne parvient plus à identifier, des visages sans relief d'affection ou de souvenirs. Un lot dont on se dit chaque fois qu'il faudrait, un jour, le trier pour décider du sort de toutes ces âmes en peine…

C'est au milieu de ces gens inconnus et de ces paysages tombés dans l'oubli que je la vis. Une jeune femme dont l'habit jurait étrangement avec l'élégance des personnages qui se profilaient sur d'autres photos. Elle portait une grosse veste ouatée d'un gris sale, une chapka d'homme aux oreillettes rabattues. Elle posait en serrant contre sa poitrine un bébé emmitouflé dans une couverture de laine.

« Comment a-t-elle pu se faufiler, me demandais-je avec stupeur, parmi ces hommes en frac et ces femmes en toilette du soir ? » Et puis autour d'elle, sur d'autres clichés, ces avenues majestueuses, ces colonnades, ces vues méditerranéennes. Sa présence était anachronique, déplacée, inexplicable. Dans ce passé familial, elle avait l'air d'une intruse avec son accoutrement que seules affichaient de nos jours les femmes qui, en hiver, déblayaient les amas de neige sur les routes…

Je n'avais pas entendu ma grand-mère entrer. Elle posa sa main sur mon épaule. Je sursautai, puis en montrant la photo, je lui demandai :

— Qui c'est, cette femme ?

Un bref éclair d'affolement passa dans les yeux immanquablement calmes de ma grand-mère.

D'une voix presque nonchalante, elle répondit par une question :

— Quelle femme ?

Nous nous tûmes tous les deux en tendant l'oreille. Un frôlement bizarre remplissait la pièce. Ma grand-mère se retourna et s'écria avec joie, me sembla-t-il :

— Une tête-de-mort ! Regarde, une tête-de-mort !

Je vis un grand papillon brun, un sphinx crépusculaire qui vibrait, s'efforçant de pénétrer dans la profondeur trompeuse du miroir. Je me précipitai sur lui, la main tendue, en pressentant déjà sous la paume le chatouillement de ses ailes veloutées… C'est là que je me rendis compte de la taille inhabituelle de ce papillon. Je m'approchai et je ne pus retenir un cri :

— Mais ils sont deux ! Ce sont des siamois !

En effet, les deux papillons semblaient attachés l'un à l'autre. Et leurs corps étaient animés de palpitations fébriles. À ma surprise, ce double sphinx ne me prêtait aucune attention et n'essayait pas de se sauver. Avant de l'attraper, j'eus le temps d'apercevoir les taches blanches sur son dos, la fameuse tête de mort.

Nous ne reparlâmes pas de la femme en veste ouatée… Je suivis du regard le vol du sphinx relâché — dans le ciel, il se divisa en deux papillons et je compris, comme peut le comprendre un enfant de dix ans, le pourquoi de cette union. Le désarroi de ma grand-mère me paraissait maintenant logique.

La capture des sphinx accouplés ramena à mon esprit deux souvenirs très anciens et les plus mystérieux de mon enfance. Le premier, remontant à mes huit ans, se résumait à quelques paroles d'une vieille chanson que ma grand-mère murmurait plutôt qu'elle ne la chantait, parfois, assise sur son balcon, la tête inclinée vers un vêtement dont elle reprisait le col ou consolidait les boutons. C'étaient les tout derniers vers de sa chanson qui me plongeaient dans le ravissement :

*… Et là nous dormirions jusqu'à la fin du monde.*

Ce sommeil des deux amoureux qui durerait si longtemps dépassait ma compréhension enfantine. Je savais déjà que les gens qui mouraient (comme cette vieille voisine dont on m'avait si bien expliqué la disparition, en hiver) s'endormaient pour toujours. Comme les amants de la chanson ? L'amour et la mort avaient alors formé un étrange alliage dans ma jeune tête. Et la beauté mélancolique de la mélodie ne faisait qu'augmenter ce trouble. L'amour, la mort, la beauté… Et ce ciel du soir, ce vent, cette odeur de la steppe que, grâce à la chanson, je percevais comme si ma vie venait de commencer à cet instant-là.

Le second souvenir ne pouvait pas être daté, tant il était lointain. Il n'y avait même pas de « moi » bien précis dans sa nébulosité. Juste la sensation intense de lumière, la senteur épicée des herbes et ces lignes argentées traversant la densité bleue de l'air — bien des années plus tard j'identifierais en elles les fils de la Vierge. Insaisissable et confus, ce reflet me serait pourtant cher, car je réussirais à me convaincre qu'il s'agissait là d'une réminiscence prénatale. Oui, d'un écho que mon ascendance française m'envoyait. C'est que dans un récit de ma grand-mère je retrouverais tous les éléments de ce souvenir : le soleil automnal de son voyage en Provence, l'odeur des champs de lavande et même ces fils de la Vierge ondoyant dans l'air parfumé. Je n'oserais jamais lui parler de ma prescience enfantine.

C'est dans le courant de l'été suivant que nous vîmes, un jour, ma sœur et moi, notre grand-mère pleurer… Pour la première fois de notre vie.

Elle était à nos yeux une sorte de divinité juste et bienveillante, toujours égale à elle-même et d'une sérénité parfaite. Son histoire personnelle, devenue depuis longtemps un mythe, la plaçait au-dessus des chagrins des simples mortels. Non, nous ne vîmes aucune larme. Juste une douloureuse crispation de ses lèvres, de menus tressaillements qui parcoururent ses joues, des battements rapides de ses cils…

Nous étions assis sur le tapis jonché de bouts de papier froissés et nous nous adonnions à un jeu passionnant : en retirant des petits cailloux enveloppés dans des « papillotes » blanches, nous les comparions — tantôt un éclat de quartz, tantôt un galet lisse et agréable au toucher. Sur le papier étaient marqués des noms que nous avions pris, dans notre ignorance, pour d'énigmatiques appellations minéralogiques : Fécamp, La Rochelle, Bayonne… Dans l'une des papillotes, nous découvrîmes même un fragment ferreux et rêche portant des traces de rouille. Nous crûmes lire le nom de cet étrange métal : « Verdun »… Plusieurs pièces de cette collection furent ainsi dépouillées. Quand notre grand-mère entra, le jeu avait pris depuis un moment un cours plus mouvementé. Nous nous disputions les pierres les plus belles, nous éprouvions leur dureté en les frappant les unes contre les autres, en les brisant parfois. Celles qui nous paraissaient laides — comme le « Verdun », par exemple — furent jetées par la fenêtre, dans un parterre de dahlias. Plusieurs papillotes s'étaient trouvées déchirées…

La grand-mère s'immobilisa au-dessus de ce champ de bataille parsemé de cloques blanches. Nous levâmes les yeux. C'est alors que son regard gris sembla s'imprégner de larmes — juste pour nous rendre son éclat insupportable.

Non, elle n'était pas une déesse impassible, notre grand-mère. Elle aussi pouvait donc être en proie à un malaise, à une détresse subite. Elle, que nous croyions avancer si posément dans la paisible enfilade des jours, glissait parfois, elle aussi, au bord des larmes !

C'est depuis cet été-là que la vie de ma grand-mère révéla pour moi des facettes neuves, inattendues. Et surtout beaucoup plus personnelles.

Avant, son passé se résumait à quelques talismans, à quelques reliques familiales, comme cet éventail de soie qui me rappelait une fine feuille d'érable, ou comme le fameux petit « sac du Pont-Neuf ». Notre légende prétendait qu'il avait été trouvé sur ledit pont par Charlotte Lemonnier, âgée à l'époque de quatre ans. Courant devant sa mère, la fillette s'était arrêtée brusquement et s'était exclamée : «Un sac !» Et plus d'un demi-siècle après, sa voix sonore retentit, en écho affaibli, dans une ville perdue au milieu de l'infini russe, sous le soleil des steppes. C'est dans ce sac, en peau de porc et avec des plaquettes d'émail bleu sur la fermeture, que ma grand-mère conservait sa collection de pierres d'antan.

Cette vieille sacoche marquait l'un des premiers souvenirs de ma grand-mère, et pour nous, la genèse du monde fabuleux de sa mémoire : Paris, Pont-Neuf… Une étonnante galaxie en gestation qui esquissait ses contours encore flous devant notre regard fasciné.

Il y avait d'ailleurs parmi ces vestiges du passé (je me rappelle la volupté avec laquelle nous caressions les tranches dorées et lisses des volumes roses : *Mémoires d'un caniche, la Sœur de Gribouille…*) un témoignage encore plus ancien. Cette photo, prise déjà en Sibérie : Albertine, Norbert et, devant eux sur un support très artificiel comme l'est toujours le mobilier chez un photographe, sur une espèce de guéridon très haut — Charlotte, enfant de deux ans, portant un bonnet orné de dentelles et une robe de poupée. Ce cliché sur un carton épais, avec le nom du photographe et les effigies des médailles qu'il avait obtenues, nous intriguait beaucoup : «Qu'a-t-elle de commun, cette femme ravissante, au visage pur et fin entouré de boucles soyeuses, avec ce vieillard dont la barbe blanche est divisée en deux tresses rigides, semblables aux défenses d'un morse ?»

Nous savions déjà que ce vieillard, notre arrière-grand-père, avait vingt-six ans de plus qu'Albertine. «C'est comme s'il se mariait avec sa propre fille!» me disait ma sœur, offusquée. Cette union nous paraissait ambiguë, malsaine. Tous nos livres de textes, à l'école, abondaient en histoires relatant des mariages entre une jeune fille sans dot et un vieillard riche, avare et friand de jeunesse. À tel point que toute autre alliance conjugale, dans la société bourgeoise, nous semblait impossible. Nous nous efforcions de déceler sous les traits de Norbert quelque malignité vicieuse, une grimace de satisfaction mal dissimulée. Mais son visage restait simple et franc comme celui des intrépides explorateurs sur les illustrations de nos livres de Jules Verne. Et puis ce vieillard à longue barbe blanche n'avait à l'époque que quarante-huit ans...

Quant à Albertine, victime prétendue des mœurs bourgeoises, elle se retrouverait bientôt sur le bord glissant d'une tombe ouverte où s'envoleraient déjà les premières pelletées de terre. Elle se débattrait avec une telle violence entre les mains qui la retiendraient, pousserait des cris si déchirants que même l'attroupement funèbre des Russes, dans ce cimetière d'une lointaine ville sibérienne, en serait abasourdi. Habitués à l'éclat tragique des funérailles dans leur patrie, aux larmes torrentueuses et aux lamentations pathétiques, ces gens resteraient médusés devant la beauté torturée de cette jeune Française. Elle s'agiterait au-dessus de la tombe en criant dans sa langue sonore: «Jetez-moi aussi! Jetez-moi!»

Cette terrible complainte résonna longtemps dans nos oreilles enfantines.

— C'est que peut-être elle... elle l'aimait..., me dit un jour ma sœur, plus âgée que moi. Et elle rougit.

Mais plus encore que l'insolite union entre Norbert et Albertine, c'est Charlotte, sur cette photo du début du siècle, qui éveillait ma curiosité. Surtout ses petits orteils nus. Par simple ironie du hasard ou par quelque coquetterie involontaire, elle les avait repliés fortement vers la plante du pied. Ce détail anodin conférait à la photo, somme toute très commune, une signification singulière. Ne sachant pas formuler ma pensée, je me contentais de répéter à part moi d'une voix rêveuse : «Cette petite fille qui se trouve, on ne sait pas pourquoi, sur ce drôle de guéridon, par cette journée d'été disparue à jamais, ce 22 juillet 1905, au fin fond de la Sibérie. Oui, cette minuscule Française qui fête ce jour-là ses deux ans, cette enfant qui regarde le photographe et par un caprice inconscient crispe ses orteils incroyablement petits et me permet ainsi de pénétrer dans cette journée, de goûter son climat, son temps, sa couleur... »

Je fermais les yeux tant le mystère de cette présence enfantine me paraissait vertigineux.

Cette enfant était... notre grand-mère. Oui, c'était elle, cette femme que nous vîmes ce soir s'accroupir et se mettre, en silence, à ramasser les fragments des pierres répandues sur le tapis. Ébahis et penauds, nous nous dressions, ma sœur et moi, le dos contre le mur, n'osant pas murmurer un mot d'excuse ou aider notre grand-mère à rassembler ces talismans éparpillés. Nous devinions que dans ses yeux baissés perlaient les larmes...

Face à nous, le soir de notre jeu sacrilège, nous voyions non plus une fée bienveillante d'autrefois, conteuse de quelque Barbe-bleue ou d'une Belle au bois dormant, mais une femme blessée et sensible malgré toute sa force d'âme. Ce fut, pour elle, ce moment d'angoisse où soudain l'adulte se trahit, laisse apparaître sa faiblesse, se sent un roi nu dans les yeux attentifs de l'enfant. Il fait alors penser à un funambule venant de faire un faux pas et qui, durant quelques secondes de déséquilibre, n'est retenu que par le regard du spectateur lui-même gêné par ce pouvoir inattendu...

Elle referma le « sac du Pont-Neuf », le porta dans sa chambre, puis nous appela à table. Après un silence, elle se mit à parler d'une voix égale et calme, en français, tout en nous versant du thé, d'un geste habituel :

— Parmi les pierres que vous avez jetées, il y en avait une que j'aimerais bien pouvoir retrouver...

Et toujours sur ce ton neutre, toujours en français, bien que, pendant les repas (à cause des amis ou des voisins qui venaient souvent à l'improviste), nous parlions la plupart du temps en russe, elle nous raconta le défilé de la Grande Armée et l'histoire du petit caillou brun nommé « Verdun ». Nous saisissions à peine le sens de son récit — c'est le ton qui nous subjugua. Notre grand-mère nous parlait comme à des adultes ! Nous voyions seulement un bel officier moustachu se détacher de la colonne du défilé victorieux,

venir vers une jeune femme serrée au milieu
d'une foule enthousiaste et lui offrir un petit fragment de métal brun...

Après le dîner, armé d'une torche électrique,
j'eus beau passer au peigne fin le parterre de dahlias devant notre immeuble, le «Verdun» n'y était
pas. Je le retrouvais le lendemain matin, sur le
trottoir — un petit caillou ferreux entouré de
quelques mégots, verres de bouteille, traînées de
sable. Sous mon regard, il sembla s'arracher à ce
voisinage banal, telle une météorite venant d'une
galaxie inconnue et qui avait failli se confondre
avec le gravier d'une allée...

Ainsi, nous devinâmes les larmes cachées de
notre grand-mère et pressentîmes l'existence
dans son cœur de ce lointain amoureux français
qui avait précédé notre grand-père Fiodor. Oui,
d'un officier fringant de la Grande Armée, de cet
homme qui avait glissé dans la paume de Charlotte l'éclat rugueux du «Verdun». Cette découverte nous troublait. Nous nous sentîmes unis à
notre grand-mère par un secret auquel personne
d'autre dans la famille n'avait peut-être accès.
Derrière les dates et les anecdotes de notre
légende familiale, nous entendions sourdre, à
présent, la vie dans toute sa douloureuse beauté.

Le soir, nous rejoignîmes notre grand-mère sur
le petit balcon de son appartement. Couvert de
fleurs, il semblait suspendu au-dessus de la brume
chaude des steppes. Un soleil de cuivre brûlant
frôla l'horizon, resta un moment indécis, puis
plongea rapidement. Les premières étoiles frémi-

rent dans le ciel. Des senteurs fortes, pénétrantes, montèrent jusqu'à nous avec la brise du soir.

Nous nous taisions. Notre grand-mère, tant qu'il faisait jour, reprisait un chemisier étalé sur ses genoux. Puis, quand l'air s'était imprégné de l'ombre ultramarine, elle releva la tête, abandonnant son ouvrage, le regard perdu dans le lointain brumeux de la plaine. N'osant pas rompre son silence, nous lui jetions de temps en temps des coups d'œil furtifs : allait-elle nous livrer une nouvelle confidence, encore plus secrète, ou bien, comme si de rien n'était, nous lire, en apportant sa lampe à l'abat-jour turquoise, quelques pages de Daudet ou de Jules Verne qui accompagnaient souvent nos longues soirées d'été? Sans nous l'avouer, nous guettions sa première parole, son intonation. Dans notre attente — attention du spectateur pour le funambule — se confondaient une curiosité assez cruelle et un vague malaise. Nous avions l'impression de piéger cette femme, seule face à nous.

Cependant, elle semblait ne pas même remarquer notre présence tendue. Ses mains restaient toujours immobiles sur ses genoux, son regard fondait dans la transparence du ciel. Un reflet de sourire éclairait ses lèvres…

Peu à peu nous nous abandonnâmes à ce silence. Penchés par-dessus la rampe, nous écarquillions les yeux en essayant de voir le plus de ciel possible. Le balcon tanguait légèrement, se dérobant sous nos pieds, se mettant à planer. L'horizon se rapprocha comme si nous nous élancions vers lui à travers le souffle de la nuit.

C'est au-dessus de sa ligne que nous discernâmes ce miroitement pâle — on eût dit des paillettes de petites vagues sur la surface d'une rivière. Incrédules, nous scrutâmes l'obscurité qui déferlait sur notre balcon volant. Oui, une étendue d'eau sombre scintillait au fond des steppes, montait, répandait la fraîcheur âpre des grandes pluies. Sa nappe semblait s'éclaircir progressivement — d'une lumière mate, hivernale.

Nous voyions maintenant sortir de cette marée fantastique les conglomérats noirs des immeubles, les flèches des cathédrales, les poteaux des réverbères — une ville ! Géante, harmonieuse malgré les eaux qui inondaient ses avenues, une ville fantôme émergeait sous notre regard...

Soudain, nous nous rendîmes compte que quelqu'un nous parlait depuis déjà un moment. Notre grand-mère nous parlait !

— Je devais avoir à l'époque presque le même âge que vous. C'était en hiver 1910. La Seine s'était transformée en une vraie mer. Les Parisiens naviguaient en barque. Les rues ressemblaient à des rivières, les places — à de grands lacs. Et ce qui m'étonnait le plus, c'était le silence...

Sur notre balcon, nous entendions ce silence sommeillant de Paris inondé. Quelques clapotis de vagues au passage d'une barque, une voix assourdie au bout d'une avenue noyée.

La France de notre grand-mère, telle une Atlantide brumeuse, sortait des flots.

## 2

— Même le Président en était réduit aux repas froids !

Ce fut la toute première réplique qui résonna dans la capitale de notre France-Atlantide. Nous imaginions un vénérable vieillard — unissant dans ses traits la noble prestance de notre arrière-grand-père Norbert et la solennité pharaonique d'un Staline —, un vieillard à la barbe chenue, assis devant une table tristement éclairée par une bougie.

La nouvelle avait été rapportée par cet homme d'une quarantaine d'années, œil vif et mine décidée, qui apparaissait sur les photos des plus vieux albums de notre grand-mère. Accostant en barque le mur d'un immeuble, il redressait une échelle et grimpait vers l'une des fenêtres du premier étage. C'était Vincent, oncle de Charlotte et reporter de *L'Excelsior*. Depuis le début du déluge, il sillonnait ainsi les rues de la capitale à la recherche de l'événement clé du jour. Les repas froids du Président en étaient un. Et c'est de la barque de Vincent qu'était prise cette photo époustouflante que nous contemplions sur une coupure de presse jaunie : trois hommes dans une précaire embarcation traversant une vaste étendue d'eau bordée d'immeubles. Une légende expliquait : « Messieurs les députés se rendent à la session de l'Assemblée nationale »…

Vincent enjambait l'appui de la fenêtre et sautait dans les bras de sa sœur Albertine et de Charlotte qui se réfugiaient chez lui durant leur séjour à Paris… L'Atlantide, silencieuse jusque-là, se remplissait de sons, d'émotions, de paroles. Chaque soir, les récits de notre grand-mère libéraient quelque nouveau fragment de cet univers englouti par le temps.


Et puis il y eut ce trésor caché. Cette valise pleine de vieux papiers qui, lorsque nous nous aventurions sous le grand lit dans la chambre de Charlotte, nous angoissait par sa masse obtuse. Nous tirions les serrures, nous relevions le couvercle. Que de paperasses ! La vie adulte, dans tout son ennui et tout son inquiétant sérieux, nous coupait la respiration par son odeur de renfermé et de poussière… Pouvions-nous seulement supposer que c'est au milieu de ces vieux journaux, de ces lettres portant des dates inimaginables que notre grand-mère trouverait pour nous la photo des trois députés dans leur barque ?

… C'est Vincent qui avait transmis à Charlotte le goût de ces croquis journalistiques et l'avait incitée à les collectionner en découpant dans les journaux ces reflets éphémères de la réalité. Avec

31

le temps, devait-il penser, ils auraient acquis un tout autre relief, comme ces pièces d'argent teintées de la patine des siècles.

Durant l'une de ces soirées d'été remplies du souffle odorant des steppes, la réplique d'un passant, sous notre balcon, nous tira de nos rêves.

— Non, mais je te jure, ils l'ont dit à la radio : il est sorti dans l'espace !

Et une autre voix, dubitative, répondait en s'éloignant :

— Tu me prends pour un imbécile, ou quoi ? « Il est sorti… » Mais là-haut, il n'y a rien où on pourrait sortir. C'est comme sauter de l'avion sans parachute…

Cette discussion nous ramena à la réalité. Autour de nous s'étendait l'énorme empire, puisant un orgueil particulier de l'exploration de ce ciel insondable au-dessus de nos têtes. L'empire avec sa redoutable armée, avec ses brise-glace atomiques éventrant le pôle Nord, avec ses usines qui devaient bientôt produire plus d'acier que tous les pays du monde réunis, avec ses champs de blé qui ondoyaient de la mer Noire jusqu'au Pacifique… Avec cette steppe sans limites.

Et sur notre balcon, une Française nous parlait de la barque qui traversait une grande ville inondée et accostait le mur d'un immeuble… Nous nous secouâmes en essayant de comprendre où nous étions. Ici ? Là-bas ? Dans nos oreilles s'éteignait le chuchotement des vagues.

Non, ce n'était pas la première fois que nous remarquions ce dédoublement dans notre vie. Vivre auprès de notre grand-mère était déjà se sentir ailleurs. Elle traversait la cour sans jamais aller s'installer sur le banc des babouchkas, l'institution sans laquelle la cour russe n'est pas pensable. Cela ne l'empêchait pas de les saluer très amicalement, de s'enquérir de la santé de celle qu'elle n'avait pas vue depuis quelques jours et de leur rendre un petit service en indiquant, par exemple, le moyen d'enlever aux lactaires salés leur goût un peu acide… Mais en leur adressant ces paroles aimables, elle restait debout. Et les vieilles causeuses de la cour acceptaient cette différence. Tout le monde comprenait que Charlotte n'était pas tout à fait une babouchka russe.

Cela ne signifiait pas qu'elle vivait coupée du monde ou qu'elle tenait à quelque préjugé social. Tôt le matin, nous étions parfois tirés de notre sommeil enfantin par un cri sonore qui retentissait au milieu de la cour :

— Allons chercher le lait !

À travers nos songes, nous reconnaissions la voix et surtout l'intonation inimitable d'Avdotia, la laitière, qui venait du village voisin. Les ménagères descendaient avec leurs bidons vers deux énormes récipients en aluminium que cette paysanne vigoureuse d'une cinquantaine d'années traînait d'une maison à l'autre. Un jour, réveillé par son appel, je ne me rendormis pas… J'entendis notre porte claquer doucement et des voix étouffées pénétrer dans la salle à manger. L'instant d'après, l'une d'elles souffla avec un abandon bienheureux :

— Oh, comme c'est bien chez toi, Choura !
C'est comme si j'étais couchée sur un nuage…

Intrigué par ces paroles, je jetai un coup d'œil derrière le rideau qui séparait notre chambre. Avdotia était allongée sur le plancher, les bras et les jambes écartés, les yeux mi-clos. Tout son corps — des pieds nus couverts de poussière et jusqu'à sa chevelure répandue sur le sol — se prélassait dans un repos profond. Un sourire distrait colorait ses lèvres entrouvertes.

— Comme c'est bien chez toi, Choura ! répétat-elle tout bas en appelant ma grand-mère par ce diminutif qui remplaçait d'habitude pour les gens son prénom insolite.

Je devinais la fatigue de ce grand corps féminin affalé au milieu de la salle à manger. Je comprenais qu'Avdotia ne pouvait se permettre un tel abandon que dans l'appartement de ma grand-mère. Car elle était sûre de ne pas être rabrouée ni mal jugée… Elle finissait sa pénible tournée, courbée sous le poids des énormes bidons. Et quand tout le lait était épuisé, elle montait chez « Choura », les jambes engourdies, les bras lourds. Le plancher toujours propre, nu, gardait une agréable fraîcheur matinale. Avdotia entrait, saluait ma grand-mère et, se débarrassant de ses grosses chaussures, allait s'étendre à même le sol. « Choura » lui apportait un verre d'eau, s'asseyait à côté d'elle sur un petit tabouret. Et elles parlaient doucement avant qu'Avdotia ait le courage de se remettre en route…

Ce jour-là, j'entendis quelques paroles que ma grand-mère adressait à la laitière prostrée dans son bienheureux oubli. Les femmes évoquèrent les travaux dans les champs, la récolte du sarrasin... Et je fus stupéfait en écoutant Charlotte parler de cette vie paysanne en parfaite connaissance de cause. Mais surtout son russe, toujours très pur, très fin, ne jurait pas du tout avec la langue corsée, rude et imagée d'Avdotia. Leur conversation toucha aussi la guerre, sujet inévitable : le mari de la laitière avait été tué au front. Moisson, sarrasin, Stalingrad... Et ce soir, elle allait nous parler de Paris inondé ou lire quelques pages d'Hector Malot ! Je sentais un passé lointain, obscur — un passé russe, cette fois — s'éveiller dans les profondeurs de sa vie d'autrefois.

Avdotia se levait, embrassait ma grand-mère et reprenait son chemin qui la menait à travers les champs infinis, sous un soleil de steppe, sur une télègue noyée dans l'océan des hautes herbes et des fleurs... Cette fois-là comme elle sortait de la pièce, je la vis toucher de ses gros doigts de paysanne, et avec une précaution hésitante, la fine statuette sur la commode de notre entrée : une nymphe au corps ruisselant qu'enlaçaient des tiges sinueuses, cette figurine du début du siècle, un des rares éclats d'antan miraculeusement préservés...

Aussi bizarre que cela puisse paraître, c'est grâce à l'ivrogne local Gavrilytch que nous pûmes percer le sens de cet ailleurs insolite que portait en elle notre grand-mère. C'était un homme dont on redoutait ne serait-ce que la silhouette chancelante surgissant derrière les peupliers de la cour. Un homme qui bravait les miliciens en bloquant la circulation de la rue principale par le zigzag capricieux de sa démarche, un homme qui fulminait contre les autorités et qui, par ses jurons de tonnerre, faisait vibrer les vitres et balayait la rangée des babouchkas de leur banc. Or, ce même Gavrilytch, croisant ma grand-mère, s'arrêtait et en essayant d'aspirer son haleine chargée des vapeurs de la vodka, articulait avec un respect accentué :

— Bonjour, Charlota Norbertovna !

Oui, il était seul, dans la cour, à l'appeler par son prénom français, légèrement russifié, il est vrai. Mais qui plus est, il avait retenu, on ne savait plus ni quand ni comment, celui du père de Charlotte et il formait ce patronyme exotique — « Norbertovna » —, le comble de la politesse et de l'empressement dans sa bouche. Ses yeux troubles s'éclaircissaient, son corps de géant retrouvait un relatif équilibre, sa tête esquissait une série de hochements un peu désordonnés et il obligeait sa langue macérée dans l'alcool à exécuter ce numéro d'acrobatie sonore :

— Vous allez bien, Charlota Norbertovna ?

Ma grand-mère répondait à son salut et même échangeait avec Gavrilytch quelques propos non dépourvus d'arrière-pensées éducatives. La cour avait, à ces moments, une mine très singulière : les babouchkas, chassées par l'orageuse entrée en scène de l'ivrogne, se réfugiaient sur le perron de la grande maison en bois face à notre immeuble, les enfants se cachaient derrière les arbres, aux fenêtres on voyait des visages mi-curieux, mi-effrayés. Et dans l'arène, notre grand-mère discutait avec un Gavrilytch apprivoisé. Ce n'était d'ailleurs pas un imbécile. Il avait depuis longtemps compris que son rôle dépassait l'ivrognerie et le scandale. Il se sentait en quelque sorte indispensable au bien-être psychique de la cour. Gavrilytch était devenu un personnage, un type, une curiosité — le porte-parole du destin imprévisible, fantasque, si cher aux cœurs russes. Et soudain, cette Française, au regard calme de ses yeux gris, élégante, malgré la simplicité de sa robe, mince et si différente des femmes de son âge, des babouchkas qu'il venait de chasser de leur perchoir.

Un jour, voulant dire à Charlotte quelque chose d'autre qu'un simple bonjour, il toussota dans son gros poing et bougonna :

— Comme ça, Charlota Norbertovna, vous êtes toute seule ici, dans nos steppes…

C'est grâce à cette réplique maladroite que je pouvais imaginer (ce que je n'avais jamais fait jusqu'alors) ma grand-mère sans nous, en hiver, seule dans sa chambre.

À Moscou ou à Leningrad tout se serait passé autrement. La bigarrure humaine de la grande ville eût effacé la différence de Charlotte. Mais elle s'était retrouvée dans cette petite Saranza, idéale pour vivre des journées semblables les unes aux autres. Sa vie passée demeurait intensément présente, comme vécue d'hier.

Telle était Saranza : figée à la bordure des

steppes dans un étonnement profond devant l'infini qui s'ouvrait à ses portes. Des rues courbes, poussiéreuses, qui ne cessaient de monter sur les collines, des haies en bois sous la verdure des jardins. Soleil, perspectives ensommeillées. Et des passants qui, surgissant au bout d'une rue, semblaient avancer éternellement sans jamais arriver à votre hauteur.

La maison de ma grand-mère se trouvait à la limite de la ville dans le lieu-dit «la Clairière d'Ouest» : une telle coïncidence (Ouest-Europe-France) nous amusait beaucoup. Cet immeuble de trois étages construit dans les années dix devait inaugurer, selon le projet d'un gouverneur ambitieux, toute une avenue portant l'empreinte du style moderne. Oui, l'immeuble était une réplique lointaine de cette mode du début du siècle. On aurait dit que toutes les sinuosités, galbes et courbes de cette architecture avaient ruisselé en découlant de sa source européenne et, affaiblies, à moitié effacées, étaient parvenues jusqu'aux profondeurs de la Russie. Et sous le vent glacé des steppes, ce ruissellement s'était figé en un immeuble aux étranges œils-de-bœuf ovales, aux tiges de rosiers décoratifs entourant les entrées… Le projet du gouverneur éclairé avait échoué. La révolution d'Octobre coupa court à toutes ces tendances décadentes de l'art bourgeois. Et cet immeuble — une tranche étroite de l'avenue rêvée — était resté unique en son genre. D'ailleurs, après maintes réparations, il ne gardait que l'ombre de son style initial. C'est surtout la campagne officielle de lutte «contre les surabondances architecturales» (dont, tout jeunes enfants, nous avions été témoins) qui lui avait porté le coup fatal. Tout paraissait «surabondant» : les ouvriers avaient arraché les tiges de rosiers, condamné les œils-de-bœuf... Et comme il se trouve toujours des personnes qui veulent faire du zèle (c'est grâce à elles que les campagnes réussissent vraiment), le voisin du dessous s'était évertué à détacher du mur le surplus architectural le plus flagrant : deux visages de jolies bacchantes qui se souriaient mélancoliquement de part et d'autre du balcon de notre grand-mère. Il avait dû, pour y parvenir, accomplir des prouesses très risquées, dressé sur le rebord de sa fenêtre, un long outil d'acier à la main. Les deux visages, l'un après l'autre, s'étaient décollés du mur et étaient tombés à terre. L'un d'eux s'était brisé en mille fragments sur l'asphalte, l'autre, suivant une trajectoire différente, avait plongé dans la végétation touffue des dahlias, amortissant sa chute. À la tombée de la nuit, nous l'avions récupéré et transporté chez nous. Désormais, durant nos longues soirées d'été sur le balcon, ce visage de pierre avec son sourire flétri et ses yeux tendres nous regardait au milieu des pots de fleurs et semblait écouter les récits de Charlotte.

De l'autre côté de la cour recouverte du feuillage des tilleuls et des peupliers se dressait une grande maison en bois de deux étages, toute noire du temps, aux petites fenêtres sombres et soupçonneuses. C'est elle et ses semblables que le gouverneur voulait effacer par la gracieuse clarté du style moderne. Dans cette construction, vieille de deux siècles, habitaient les babouchkas les plus folkloriques, directement sorties des contes — avec leurs châles épais, leurs visages mortellement blêmes, leurs mains osseuses, presque bleues, gisant sur les genoux. Quand il nous arrivait de pénétrer dans cette demeure obscure, j'étais toujours pris à la gorge par l'odeur âpre, lourde, mais pas tout à fait désagréable qui stagnait dans les couloirs encombrés. C'était celle de la vie ancienne, ténébreuse et très primitive dans sa façon d'accueillir la mort, la naissance, l'amour, la douleur. Une sorte de climat pesant, mais plein d'une étrange vitalité, en tout cas le seul qui puisse convenir aux habitants de cette énorme isba. Le souffle russe… À l'intérieur, nous étions étonnés par le nombre et la dissymétrie des portes qui s'ouvraient sur des pièces plongées dans une ombre fumeuse. Je sentais, presque physiquement, la densité charnelle des vies qui s'entremêlaient ici. Gavrilytch vivait dans la cave que partageaient avec lui trois familles. L'étroite fenêtre de sa chambre se situait au ras du sol et, dès le printemps, elle était obstruée d'herbes folles. Les babouchkas, assises sur leur banc, à quelques mètres de là, jetaient de temps en temps des coups d'œil inquiets — il n'était pas rare de voir entre ces tiges, dans la fenêtre ouverte, la large face du « scandaliste ». Sa tête semblait sortir de la terre. Mais à ces instants de contemplation, Gavrilytch restait toujours calme. Il renversait le visage comme s'il voulait apercevoir le ciel et l'éclat du couchant dans les branches des peupliers… Un jour, parvenant jusqu'au grenier de cette grande isba noire, sous son toit chauffé par le soleil, nous poussâmes le lourd abattant d'une faîtière. À l'horizon, un terrifiant incendie embrasait la steppe, la fumée allait bientôt éclipser le soleil…

La révolution n'avait réussi en fin de compte qu'une seule innovation dans ce coin calme de Saranza. L'église, située à l'une des extrémités de la cour, s'était vu enlever sa coupole. On avait également retiré l'iconostase et installé à sa place un grand carré de soie blanche — l'écran, confectionné avec les rideaux réquisitionnés dans l'un des appartements bourgeois de l'immeuble «décadent». Le cinéma *La Barricade* était prêt à accueillir ses premiers spectateurs…

Oui, notre grand-mère était cette femme qui pouvait parler tranquillement avec Gavrilytch, la femme qui s'opposait à toutes les campagnes et qui, un jour, nous avait dit avec un clin d'œil, en parlant de notre cinéma : «Cette église décapitée… » Et nous avions vu s'élever au-dessus de la bâtisse trapue (dont le passé nous était inconnu), la silhouette élancée d'un bulbe doré et d'une croix.

Bien plus que ses habits ou son physique, c'étaient ces petits signes qui nous révélaient sa différence. Quant au français, nous le considérions plutôt comme notre dialecte familial. Après tout, chaque famille a ses petites manies verbales, ses tics langagiers et ses surnoms qui ne traversent jamais le seuil de la maison, son argot intime.

L'image de notre grand-mère était tissée de ces

41

anodines étrangetés — originalité aux yeux de certains, extravagances pour les autres. Jusqu'au jour où nous découvrîmes qu'un petit caillou couvert de rouille pouvait faire perler des larmes sur ses cils et que le français, notre patois domestique, pouvait — par la magie de ses sons — arracher aux eaux noires et tumultueuses une ville fantasmatique qui revenait lentement à la vie.

D'une dame aux obscures origines non russes, Charlotte se transforma, ce soir-là, en messagère de l'Atlantide engloutie par le temps.

## 3

Neuilly-sur-Seine était composée d'une douzaine de maisons en rondins. De vraies isbas avec
des toits recouverts de minces lattes argentées par
les intempéries d'hiver, avec des fenêtres dans des
cadres en bois joliment ciselés, des haies sur lesquelles séchait le linge. Les jeunes femmes portaient sur une palanche des seaux pleins qui
laissaient tomber quelques gouttes sur la poussière de la grand-rue. Les hommes chargeaient de
lourds sacs de blé sur une télègue. Un troupeau,
dans une lenteur paresseuse, coulait vers l'étable.
Nous entendions le son sourd des clochettes, le
chant enroué d'un coq. La senteur agréable d'un
feu de bois — l'odeur du dîner tout proche —
planait dans l'air.

Car notre grand-mère nous avait bien dit, un
jour, en parlant de sa ville natale :

— Oh ! Neuilly, à l'époque, était un simple village…

Elle l'avait dit en français, mais nous, nous ne
connaissions que les villages russes. Et le village
en Russie est nécessairement un chapelet d'isbas

— le mot même *dérevnia* vient de *dérévo* — l'arbre, le bois. La confusion fut tenace malgré les éclaircissements que les récits de Charlotte apporteraient par la suite. Au nom de « Neuilly », c'est le village avec ses maisons en bois, son troupeau et son coq qui surgissait tout de suite. Et quand, l'été suivant, Charlotte nous parla pour la première fois d'un certain Marcel Proust, « à propos, on le voyait jouer au tennis à Neuilly, sur le boulevard Bineau », nous imaginâmes ce dandy aux grands yeux langoureux (elle nous avait montré sa photo) — au milieu des isbas !

La réalité russe transparaissait souvent sous la fragile patine de nos vocables français. Le président de la République n'échappait pas à quelque chose de stalinien dans le portrait que brossait notre imagination. Neuilly se peuplait de kolkhoziens. Et Paris qui se libérait lentement des eaux portait en lui une émotion très russe — ce fugitif répit après un cataclysme historique de plus, cette joie d'avoir terminé une guerre, d'avoir survécu à des répressions meurtrières. Nous errâmes à travers ses rues encore humides, couvertes de sable et de vase. Les habitants entassaient devant leurs portes des meubles et des vêtements pour les faire sécher — comme le font les Russes après un hiver qu'ils commencent à croire éternel.

Et puis, quand Paris resplendit de nouveau dans la fraîcheur de son air printanier dont nous devinions intuitivement le goût — un convoi féerique entraîné par une locomotive enguirlandée ralentit sa marche et s'arrêta aux portes de la ville, devant le pavillon de la gare du Ranelagh.

Un homme jeune portant une simple tunique militaire descendit du wagon en marchant sur la pourpre étalée sous ses pieds. Il était accompagné d'une femme, très jeune aussi, en robe blanche, avec un boa de plumes. Un homme plus âgé, en grand habit, à la magnifique moustache et avec un beau ruban bleu sur la poitrine se détacha d'une impressionnante assemblée groupée sous le portique du pavillon et alla à la rencontre du couple. Le vent doux caressait les orchidées et les amarantes qui ornaient les colonnes, animait l'aigrette sur le chapeau de velours blanc de la jeune femme. Les deux hommes se serrèrent la main...

Le maître de l'Atlantide émergée, le président Félix Faure, accueillait le Tsar de toutes les Russies Nicolas II et son épouse.

C'est le couple impérial entouré de l'élite de la République qui nous guida à travers Paris... Plusieurs années plus tard, nous apprendrions la vraie chronologie de cette auguste visite : Nicolas et Alexandra étaient venus non pas au printemps de 1910, après le déluge, mais en octobre 1896, c'est-à-dire bien avant la renaissance de notre Atlantide française. Mais cette logique réelle nous importait peu. Seule la chronologie des longs récits de notre grand-mère comptait pour nous : un jour, dans leur temps légendaire, Paris surgissait des eaux, le soleil brillait et au même moment, nous entendions le cri encore lointain du train impérial. Cet ordre d'événements nous paraissait aussi légitime que l'apparition de Proust parmi les paysans de Neuilly.

L'étroit balcon de Charlotte planait dans le souffle épicé de la plaine, à la frontière d'une ville endormie, coupée du monde par l'éternité silencieuse des steppes. Chaque soir ressemblait à un fabuleux matras d'alchimiste où s'opérait une étonnante transmutation du passé. Les éléments de cette magie étaient pour nous non moins mystérieux que les composantes de la pierre philosophale. Charlotte dépliait un vieux journal, l'approchait de sa lampe à l'abat-jour turquoise et nous annonçait le menu du banquet donné en l'honneur des souverains russes à leur arrivée à Cherbourg :

*Potage*
*Bisque de crevettes*
*Cassolettes Pompadour*
*Truite de la Loire braisée au sauternes*
*Filet de Pré-Salé aux cèpes*
*Cailles de vigne à la Lucullus*
*Poulardes du Mans Cambacérès*
*Granités au Lunel*
*Punch à la romaine*
*Bartavelles et ortolans truffés rôtis*
*Pâté de foie gras de Nancy*
*Salade*
*Asperges en branches sauce mousseline*
*Glaces Succès*
*Dessert*

Comment pouvions-nous déchiffrer ces formules cabalistiques ? *Bartavelles et ortolans ! Cailles de vigne à la Lucullus !* Notre grand-mère, compréhensive, cherchait des équivalents en évoquant les denrées, très rudimentaires, qu'on trouvait encore dans les magasins de Saranza. Ravis, nous goûtions ces plats imaginaires agrémentés de la fraîcheur brumeuse de l'océan (Cherbourg!), mais il fallait déjà repartir à la poursuite du Tsar.

Comme lui, pénétrant dans le palais de l'Élysée, nous nous effarouchâmes devant le spectacle de tous ces habits noirs qui s'immobilisèrent à son approche — pensez donc, plus de deux cents sénateurs et trois cents députés! (Qui, selon notre chronologie, il y a quelques jours à peine, se rendaient tous à leur session dans une barque…) La voix de notre grand-mère, toujours calme et un peu rêveuse, se colora à ce moment d'une légère vibration dramatique :

— Vous comprenez, deux mondes se sont retrouvés l'un face à l'autre. (Regardez cette photo. C'est dommage que le journal soit resté longtemps plié…) Oui, le Tsar, ce monarque absolu et les représentants du peuple français! Les représentants de la démocratie…

Le sens profond de cette confrontation nous échappait. Mais nous distinguions maintenant parmi cinq cents regards fixés sur le Tsar ceux qui, sans être malveillants, refusaient l'enthousiasme général. Et qui surtout, à cause de cette mystérieuse «démocratie», pouvaient se le permettre! Ce laisser-aller nous consternait. Nous scrutions les rangs des habits noirs pour déceler de potentiels trouble-fête. Le Président aurait dû les identifier, les expulser en les poussant du perron de l'Élysée!

Le soir suivant, la lampe de notre grand-mère

s'alluma de nouveau sur le balcon. Nous vîmes dans ses mains quelques pages de journaux qu'elle venait de retirer de la valise sibérienne. Elle parla, le balcon se détacha lentement du mur et plana en s'enfonçant dans l'ombre odorante de la steppe.

... Nicolas était assis à la table d'honneur que passementaient de magnifiques guirlandes de médiolla. Il entendait tantôt quelque gracieuse réplique de Mme Faure installée à sa droite, tantôt le baryton velouté du Président qui s'adressait à l'Impératrice. Les reflets du cristal et le miroitement de l'argent massif éblouissaient les convives... Au dessert, le Président se redressa, leva son verre et déclara :

— La présence de Votre Majesté parmi nous a scellé, sous les acclamations de tout un peuple, les liens qui unissent les deux pays dans une harmonieuse activité et dans une mutuelle confiance en leurs destinées. L'union d'un puissant empire et d'une république laborieuse... Fortifiée par une fidélité éprouvée... Interprète de la nation tout entière, je renouvelle à Votre Majesté... Pour la grandeur de son règne... Pour le bonheur de Sa Majesté l'Impératrice... Je lève mon verre en l'honneur de Sa Majesté l'Empereur Nicolas et de Sa Majesté Alexandra Fedorovna.

L'orchestre de la garde républicaine entonna l'hymne russe... Et le soir, le grand gala à l'Opéra fut une apothéose.

Précédé de deux porteurs de flambeaux, le couple impérial monta l'escalier. Ils croyaient progresser à travers une cascade vivante : les courbes blanches des épaules féminines, les fleurs écloses sur les corsages, l'éclat parfumé des coiffures, le scintillement des bijoux sur les chairs nues, tout cela sur le fond des uniformes et des fracs. Le puissant appel « Vive l'Empereur ! » soulevait par ses échos le majestueux plafond, le confondant avec le ciel… Lorsqu'à la fin du spectacle, l'orchestre attaquait *La Marseillaise*, le Tsar se tourna vers le Président et lui tendit la main.

Ma grand-mère éteignit la lampe et nous passâmes quelques minutes dans l'obscurité. Le temps de laisser s'envoler tous les moucherons qui cherchaient leur mort lumineuse sous l'abat-jour. Peu à peu, nos yeux recommençaient à voir. Les étoiles recomposèrent leurs constellations. La voie lactée s'imprégna de phosphore. Et dans un coin de notre balcon, entre les tiges emmêlées des pois de senteur, la bacchante déchue nous envoyait son sourire de pierre.

Charlotte s'arrêta sur le pas de la porte et soupira doucement :

— Vous savez, en fait, c'était une marche militaire, rien d'autre, cette *Marseillaise*. Un peu comme les chants de la révolution russe. Le sang ne fait peur à personne à ces périodes…

Elle entra dans la pièce et c'est de là que nous entendîmes venir ces versets qu'elle récitait à mi-voix comme une étrange litanie du passé :

— … *l'étendard sanglant est levé… Qu'un sang impur abreuve nos sillons…*

Nous attendîmes que l'écho de ces paroles se fonde dans l'obscurité, puis d'un seul élan, nous nous exclamâmes :

— Et Nicolas? et le Tsar? Il savait de quoi parlait la chanson?

La France-Atlantide se révélait une gamme sonore, colorée, odorante. Suivant nos guides, nous découvrions les tons différents qui composaient cette mystérieuse essence française.

L'Élysée apparaissait dans l'éclat des lustres et le miroitement des glaces. L'Opéra éblouissait de la nudité des épaules féminines, nous enivrait du parfum qu'exhalaient les splendides coiffures. Notre-Dame fut pour nous une sensation de pierre froide sous un ciel tumultueux. Oui, nous touchions presque ces murs rêches, poreux — un gigantesque rocher, modelé, nous semblait-il, par une ingénieuse érosion des siècles...

Ces facettes sensibles traçaient les contours encore incertains de l'univers français. Ce continent émergé se remplissait des choses et des êtres. L'Impératrice s'agenouillait sur un énigmatique « prie-Dieu » qui n'évoquait pour nous aucune réalité connue. « C'est une espèce de chaise aux pieds coupés », expliquait Charlotte et l'image du meuble mutilé nous laissait interdits. Comme Nicolas, nous réprimâmes l'envie de toucher ce manteau de pourpre aux ors ternis qui avait servi à Napoléon le jour du sacre. Nous avions besoin de ce toucher sacrilège. L'univers en gestation manquait encore de matérialité. Dans la Sainte-Chapelle, c'est le grain rugueux d'un vieux parchemin qui éveilla ce désir — Charlotte nous apprenait que ces longues lettres manuscrites avaient été tracées, il y a un millénaire, par une

reine de France — et une femme russe, Anna Iaroslavna, épouse d'Henri Ier.

Mais le plus exaltant était que l'Atlantide s'édi-
fiait sous nos yeux. Nicolas saisissait une truelle
d'or et répandait le mortier sur un grand bloc
de granit — la première pierre du pont Alexandre-III... Et il tendait la truelle à Félix Faure : «À
vous, monsieur le Président!» Et le vent libre qui
moutonnait les eaux de la Seine emportait les
paroles que lançait avec force le ministre du Com-
merce en luttant contre les claquements des dra-
peaux :

— Sire! La France a voulu dédier à la mémoire
de Votre Auguste Père l'un des grands monuments de sa capitale. Au nom du gouvernement
de la République, je prie Votre Majesté Impériale
de vouloir bien consacrer cet hommage en scel-
lant, avec le président de la République, la première pierre du pont Alexandre-III qui reliera
Paris à l'exposition de 1900, et d'accorder ainsi à
la grande œuvre de civilisation et de paix que
nous inaugurons la haute approbation de Votre
Majesté et le gracieux patronage de l'Impératrice.

Le Président eut à peine le temps de donner
deux coups symboliques sur le bloc de granit
qu'un incident incroyable se produisit. Un indi-
vidu qui n'appartenait ni à la suite impériale ni au
nombre des notables français se dressa devant le
couple des souverains, tutoya le Tsar et, avec une
adresse très mondaine, baisa la main de la tsarine !
Médusés par tant de désinvolture, nous retînmes
notre souffle...

Peu à peu la scène se précisa. Les paroles de

l'intrus, en surmontant l'éloignement du passé et les lacunes de notre français, retrouvèrent leur clarté. Fébrilement, nous captions leur écho :

*Très illustre Empereur, fils d'Alexandre Trois !*
*La France, pour fêter ta grande bienvenue,*
*Dans la langue des Dieux par ma voix te salue,*
*Car le poète seul peut tutoyer les rois.*

Nous poussâmes un « ouf » de soulagement. L'insolent olibrius n'était autre que le poète dont Charlotte nous apprenait le nom : José Maria de Heredia !

*Et Vous, qui près de lui, Madame, à cette fête*
*Pouviez seule donner la suprême beauté,*
*Souffrez que je salue en Votre Majesté*
*La divine douceur dont votre grâce est faite !*

La cadence des strophes nous grisa. La résonance des rimes célébrait à nos oreilles d'extraordinaires mariages de mots lointains : fleuve — neuve, or — encor… Nous sentions que seuls ces artifices verbaux pouvaient exprimer l'exotisme de notre Atlantide française :

*Voici Paris ! Pour vous les acclamations*
*Montent de la cité riante et pavoisée*
*Qui, partout, aux palais comme à l'humble croisée,*
*Unit les trois couleurs de nos deux nations…*

*Sous les peupliers d'or, la Seine aux belles rives*
*Vous porte la rumeur de son peuple joyeux,*

*Nobles Hôtes, vers vous les cœurs suivent les yeux,*
*La France vous salue avec ses forces vives*

*La Force accomplira les travaux éclatants*
*De la paix, et ce pont jetant une arche immense*
*Du siècle qui finit à celui qui commence,*
*Est fait pour relier les peuples et les temps...*

*Sur la berge historique avant que de descendre*
*Si ton généreux cœur aux cœurs français répond,*
*Médite gravement, rêve devant ce pont,*
*La France le consacre à ton père Alexandre.*

*Tel que ton père fut, sois fort et sois humain*
*Garde au fourreau l'épée illustrement trempée,*
*Et guerrier pacifique appuyé sur l'épée,*
*Tsar, regarde tourner le globe dans ta main.*

*Le geste impérial en maintient l'équilibre,*
*Ton bras doublement fort n'en est point fatigué,*
*Car Alexandre, avec l'Empire, t'a légué*
*L'honneur d'avoir conquis l'amour d'un peuple libre.*

«L'honneur d'avoir conquis l'amour d'un peuple libre», cette réplique qui avait failli d'abord passer inaperçue dans la coulée mélodieuse des vers — nous frappa. Les Français, un peuple libre... Nous comprenions maintenant pourquoi le poète avait osé donner des conseils au maître de l'empire le plus puissant du monde. Et pourquoi être aimé de ces citoyens libres était un honneur. Cette liberté, ce soir-là, dans l'air surchauffé des steppes nocturnes, nous apparut comme une bouffée âpre et fraîche du vent qui agitait la Seine et qui gonfla nos poumons d'un souffle enivrant et un peu fou...

Plus tard, nous saurions mesurer la pesanteur ampoulée de cette déclamation. Mais à l'époque son emphase de circonstance ne nous empêchait pas de découvrir dans ses strophes ce «je ne sais quoi de français» qui restait pour l'instant sans nom. L'esprit français? La politesse française? Nous ne savions pas encore le dire.

En attendant, le poète se tourna vers la Seine et tendit la main en indiquant, sur la rive opposée, le dôme des Invalides. Son discours rimé parvenait à un point très douloureux du passé franco-russe : Napoléon, Moscou en flammes, Berezina... Anxieux, nous mordillant la lèvre, nous guettions sa voix à cet endroit de tous les risques. Le visage du Tsar se referma. Alexandra baissa les yeux. N'aurait-il pas mieux valu le passer sous silence, faire comme si de rien n'était et de Pierre le Grand aller directement vers l'entente cordiale?

Mais Heredia semblait même hausser le ton :

*Et sur le ciel, au loin, ce Dôme éblouissant*
*Garde encor des héros de l'époque lointaine*
*Où Russes et Français en un tournoi sans haine,*
*Prévoyant l'avenir, mêlaient déjà leur sang.*

Ahuris, nous ne cessions pas de nous poser cette question : «Pourquoi détestons-nous à ce point les Allemands en nous souvenant autant de l'agression teutonne d'il y a sept siècles, sous

Alexandre Nevski, que de la dernière guerre ? Pourquoi ne pouvons-nous jamais oublier les exactions des envahisseurs polonais et suédois vieilles de trois siècles et demi ? Sans parler des Tatars... Et pourquoi le souvenir de la terrible catastrophe de 1812 n'a-t-il pas entaché la réputation des Français dans les têtes russes ? Peut-être justement à cause de l'élégance verbale de ce "tournoi sans haine" ? »

Mais surtout, ce « je ne sais quoi de français » se révéla comme la présence de la femme. Alexandra était là, concentrant sur sa personne une attention discrète, saluée dans chaque discours de façon bien moins grandiloquente que son époux, mais d'autant plus courtoise. Et même entre les murs de l'Académie française où l'odeur des vieux meubles et des gros volumes poussiéreux nous étouffa, ce « je ne sais quoi » lui permit de rester femme. Oui, elle l'était même au milieu de ces vieillards que nous devinions grincheux, pédants et un peu sourds à cause des poils dans leurs oreilles. L'un d'eux, le directeur, se leva et, avec une mine maussade, déclara la séance ouverte. Puis il se tut comme pour rassembler ses idées qui, nous en étions sûrs, feraient vite ressentir à tous les auditeurs la dureté de leurs sièges en bois. L'odeur de poussière s'épaississait. Soudain le vieux directeur redressa la tête — une étincelle de malice alluma son regard et il parla :

— Sire, Madame ! Il y a près de deux cents ans Pierre le Grand arriva, un jour, à l'improviste, au lieu où se réunissaient les membres de l'Académie et se mêla à leurs travaux... Votre Majesté fait plus encore aujourd'hui : elle ajoute un honneur à un honneur en ne venant pas seule (se tournant vers l'Impératrice) : votre présence, Madame, va apporter à nos graves séances quelque chose de bien inaccoutumé… Le charme.

Nicolas et Alexandra échangèrent un rapide coup d'œil. Et l'orateur, comme s'il avait senti qu'il était temps d'évoquer l'essentiel, amplifia les vibrations de sa voix en s'interrogeant d'une manière très rhétorique :

— Me sera-t-il permis de le dire ? Ce témoignage de sympathie s'adresse non seulement à l'Académie, mais à notre langue nationale même… qui n'est pas pour vous une langue étrangère, et l'on sent là je ne sais quel désir d'entrer en communication plus intime avec le goût et l'esprit français…

« Notre langue » ! Par-dessus les pages que lisait notre grand-mère, nous nous regardâmes, ma sœur et moi, frappés d'une même illumination : «… qui n'est pas pour vous une langue étrangère ». C'était donc cela, la clef de notre Atlantide ! La langue, cette mystérieuse matière, invisible et omniprésente, qui atteignait par son essence sonore chaque recoin de l'univers que nous étions en train d'explorer. Cette langue qui modelait les hommes, sculptait les objets, ruisselait en vers, rugissait dans les rues envahies par les foules, faisait sourire une jeune tsarine venue du bout du monde… Mais surtout, elle palpitait en nous, telle une greffe fabuleuse dans nos cœurs, couverte déjà de feuilles et de fleurs, portant en elle le fruit de toute une civilisation. Oui, cette greffe, le français.

Et c'est grâce à cette branche éclose en nous que nous pénétrâmes, le soir, dans la loge préparée pour accueillir le couple impérial à la Comédie-Française. Nous dépliâmes le programme : *Un caprice* de Musset, fragments du *Cid*, troisième acte des *Femmes savantes*. Nous n'avions lu rien de tout cela à l'époque. C'est un léger changement de timbre dans la voix de Charlotte qui nous laissa deviner l'importance de ces noms pour les habitants de l'Atlantide.

Le rideau se leva. Toute la compagnie était sur la scène, en manteaux de cérémonie. Leur doyen s'avança, s'inclina et parla d'un pays que nous ne reconnûmes pas tout de suite :

*Il est un beau pays aussi vaste qu'un monde*
*Où l'horizon lointain semble ne pas finir*
*Un pays à l'âme féconde,*
*Très grand dans le passé, plus grand dans l'avenir.*

*Blond du blond des épis, blanc du blanc de la neige,*
*Ses fils, chefs ou soldats, y marchent d'un pied sûr.*
*Que le sort clément le protège,*
*Avec ses moissons d'or sur un sol vierge et pur !*

Pour la première fois de ma vie, je regardais mon pays de l'extérieur, de loin, comme si je ne lui appartenais plus. Transporté dans une grande capitale européenne, je me retournais pour contempler l'immensité des champs de blé et des plaines neigeuses sous la lune. Je voyais la Russie en français ! J'étais ailleurs. En dehors de ma vie russe. Et ce déchirement était si aigu et en même temps si exaltant que je dus fermer les yeux. J'eus peur de ne plus pouvoir revenir à moi, de rester dans ce soir parisien. En plissant les paupières, j'aspirai profondément. Le vent chaud de la steppe nocturne se répandait de nouveau en moi.

Ce jour-là, je décidai de lui voler sa magie. Je voulus devancer Charlotte, pénétrer dans la ville en fête avant elle, rejoindre la suite du Tsar sans attendre le halo hypnotique de l'abat-jour turquoise.

La journée était muette, grise — une journée d'été, incolore et triste, l'une de celles qui, étonnamment, restent dans la mémoire. L'air sentant la terre mouillée gonflait le voilage blanc sur la fenêtre ouverte — le tissu s'animait, prenait du volume, puis retombait en laissant entrer dans la pièce quelqu'un d'invisible.

Heureux de ma solitude, je mis mon plan à exécution. Je tirai la valise sibérienne sur le tapis près du lit. Les fermetures sonnèrent avec ce léger cliquetis que nous attendions chaque soir. Je rejetai le grand couvercle, je me penchai sur ces vieux papiers comme un corsaire — sur le trésor d'un coffre…

À la surface, je reconnus certaines photos, je revis le Tsar et la Tsarine devant le Panthéon, puis au bord de la Seine. Non, ce que je cherchais se trouvait plus au fond, dans cette masse compacte noircie des caractères d'imprimerie. J'enlevais, en archéologue, une couche après l'autre. Nicolas et Alexandra apparurent dans des lieux qui m'étaient inconnus. Une nouvelle couche, et je les perdis de vue. J'aperçus alors de longs cuirassés sur une mer étale, des aéroplanes aux ailes courtes, ridicules, des soldats dans les tranchées. En essayant de retrouver les traces du couple impérial, je creusais maintenant en désordre, en mélangeant ces pages découpées. Le Tsar réapparut un instant, à cheval, une icône dans ses mains, devant un rang de fantassins agenouillés... Son visage me sembla vieilli, sombre. Moi, je le voulais de nouveau jeune, accompagné de la belle Alexandra, acclamé par les foules, glorifié par les strophes enthousiastes.

C'est tout au fond de la valise qu'enfin je mettais la main sur ses traces. Le titre en gros caractères ne pouvait pas tromper : «Gloire à la Russie !» Je dépliai la page sur mes genoux, comme faisait Charlotte et, à mi-voix, je me mis à épeler les vers :

> *Oh ! grand Dieu, quelle bonne nouvelle,*
> *Quelle joie fait vibrer tous nos cœurs,*
> *Voir crouler enfin la citadelle*
> *Où l'esclave gémit de douleur !*
> *Voir un peuple relever la tête,*
> *Et du droit porter le flambeau !*
> *Ami, n'est-ce pas un grand jour de fête,*
> *Sur nos palais faites hisser les drapeaux !*

C'est seulement en arrivant au refrain que je m'arrêtai, frappé par un doute : «Gloire à la Russie» ? Mais où est-il donc ce pays blond du blond des épis, blanc du blanc des neiges ? Ce pays à l'âme féconde ? Et que vient faire ici cet esclave qui gémit de douleur ? Et qui est ce tyran dont on célèbre la chute ?

Confus, je me mis à déclamer le refrain :

> *Salut, salut à vous,*
> *Peuple et soldats de la Russie !*
> *Salut, salut à vous*
> *Car vous sauvez votre Patrie !*
> *Salut, gloire et honneur*
> *À la Douma qui, souveraine,*
> *Va, demain, pour votre bonheur*
> *À tout jamais briser vos chaînes.*

Soudain, des gros titres qui surplombaient les vers me sautèrent aux yeux :

ABDICATION DE NICOLAS II. LA RÉVOLUTION : LE 89 RUSSE. LA RUSSIE DÉCOUVRE LA LIBERTÉ. KERENSKI — LE DANTON RUSSE. LA PRISE DE LA PRISON PIERRE-ET-PAUL, CETTE BASTILLE RUSSE. LA FIN DU RÉGIME AUTOCRATIQUE...

La plupart de ces mots ne me disaient rien. Mais je comprenais l'essentiel : Nicolas n'était plus tsar, et la nouvelle de sa chute provoquait une explosion de joie délirante chez ceux qui, hier soir seulement, l'acclamaient en lui souhaitant un règne long et prospère. En effet, je me rappelais très bien la voix d'Heredia dont l'écho résonnait encore sur notre balcon :

> *Oui, ton Père a lié d'un lien fraternel*
> *La France et la Russie en la même espérance,*
> *Tsar, écoute aujourd'hui la Russie et la France*
> *Bénir, avec le tien, le saint nom paternel !*

Un tel retournement me paraissait inconcevable. Je ne pouvais croire à une trahison aussi basse. Surtout de la part d'un président de la République !

La porte d'entrée claqua. Je ramassai à la hâte tous les papiers, je refermai la valise et la poussai sous le lit.

Le soir, à cause de la pluie, Charlotte alluma sa lampe à l'intérieur. Nous nous installâmes à côté d'elle en imitant nos veillées sur le balcon. J'écoutais son récit : Nicolas et Alexandra, dans leur loge, applaudissaient *Le Cid...* J'observais leurs visages avec une tristesse désabusée. J'étais celui qui avait entrevu l'avenir. Cette connaissance pesait lourd sur mon cœur d'enfant.

« Où est la vérité ? » me demandais-je en suivant distraitement l'histoire (les souverains se lèvent, le public se retourne pour les ovationner). « Ces spectateurs vont les maudire bientôt. Et il ne restera rien de ces quelques jours féeriques ! Rien... »

Cette fin que j'étais condamné à connaître d'avance me sembla tout à coup si absurde et si injuste, surtout en pleine fête, au milieu des feux de la Comédie-Française — que j'éclatai en sanglots et, en repoussant mon petit tabouret, je m'enfuis dans la cuisine. Jamais je n'avais pleuré aussi abondamment. Je rejetais rageusement les mains de ma sœur qui essayait de me consoler. (Je lui en voulais tellement, à elle qui ne savait encore rien !) À travers mes larmes percèrent quelques cris désespérés :

— Tout est faux ! Traîtres, traîtres ! Ce menteur à moustaches... Un Président, tu parles! Mensonges...

Je ne sais pas si Charlotte avait deviné la raison de ma détresse (elle avait sans doute remarqué le désordre provoqué par mes fouilles dans la valise sibérienne, peut-être avait-elle même retrouvé la page fatidique). Toujours est-il qu'émue par cette crise de larmes inattendue, elle vint s'asseoir sur mon lit, écouta un moment mes soupirs saccadés, puis, en trouvant dans l'obscurité ma paume, elle y glissa un petit caillou rêche. Je le serrai dans ma main. Sans ouvrir les yeux, au toucher, je reconnus le «Verdun». Désormais, il était à moi.

4

À la fin des vacances nous quittions notre grand-mère. L'Atlantide s'effaçait alors derrière les brumes d'automne et les premières tempêtes de neige — derrière notre vie russe.

Car la ville où nous retournions n'avait rien de commun avec la silencieuse Saranza. Cette ville s'étendait sur les deux bords de la Volga et avec son million et demi d'habitants, ses usines d'armement, ses larges avenues aux grands immeubles de style stalinien, elle incarnait la puissance de l'empire. Une gigantesque centrale hydroélectrique en aval, un métro en construction, un énorme port fluvial appuyaient aux yeux de tous l'image de notre compatriote — triomphant sur les forces de la nature, vivant au nom d'un avenir radieux, ne se souciant guère, dans son effort dynamique, des ridicules vestiges du passé. De plus, notre ville, à cause de ses usines, était interdite aux étrangers… Oui, c'était une ville où l'on sentait très bien le pouls de l'empire.

Ce rythme, dès notre retour, se mettait à cadencer nos gestes et nos pensées. Nous nous confondions dans la respiration neigeuse de notre patrie.

La greffe française ne nous empêchait, ni ma sœur ni moi-même, de mener une existence semblable à celle de nos camarades : le russe redevenait la langue courante, l'école nous formait sur le moule des jeunes soviétiques modèles, les jeux paramilitaires nous habituaient à l'odeur de la poudre, aux explosions des grenades d'exercice, à l'idée de cet ennemi occidental qu'il faudrait un jour combattre.

Les soirées sur le balcon de notre grand-mère n'étaient plus, nous semblait-il, qu'un songe d'enfant. Et lorsque, pendant nos cours d'histoire, le professeur nous parlait de « Nicolas II, surnommé par le peuple Nicolas le Sanguinaire », nous ne faisions aucun lien entre ce bourreau mythique et le jeune monarque qui applaudissait *Le Cid*. Non, c'étaient deux hommes qui ne se connaissaient pas.

Un jour, pourtant, plutôt par hasard, ce rapprochement s'opéra dans ma tête : sans être interrogé, je me mis à parler de Nicolas et d'Alexandra, de leur visite à Paris. Mon intervention fut si inattendue et les détails biographiques si abondants que le professeur parut déconcerté. Des ricanements de stupeur parcoururent la classe : les élèves ne savaient s'il fallait prendre mon discours pour un acte de provocation ou pour un simple délire. Mais déjà le professeur reprenait la situation en main en martelant :

— C'est le tsar qui a été responsable de la terrible bousculade sur le champ de Khodynka — des milliers de gens écrasés. C'est lui qui a ordonné d'ouvrir le feu sur la manifestation pacifique du 9 janvier 1905 — des centaines de victimes. C'est son régime qui s'est rendu coupable des massacres sur le fleuve Léna — 102 personnes tuées! D'ailleurs ce n'est pas un hasard si le grand Lénine s'est appelé ainsi — il voulait par son pseudonyme même fustiger les crimes du tsarisme!

Cependant, ce qui m'impressionna le plus, ce n'était pas le ton véhément de cette diatribe. Mais une question déroutante qui se formula dans ma tête pendant la récréation tandis que les autres élèves m'assiégeaient de leurs railleries («Regardez! Mais il a une couronne, ce tsar!» criait l'un d'eux en me tirant les cheveux). Cette question, en apparence, était toute simple : «Oui, je sais, c'était un tyran sanguinaire, c'est écrit dans notre manuel. Mais que faut-il faire alors de ce vent frais sentant la mer qui soufflait sur la Seine, de la sonorité de ces vers qui s'envolaient dans ce vent, du crissement de la truelle d'or sur le granit — que faire de ce jour lointain? Car je ressens son atmosphère si intensément!»

Non, il ne s'agissait pas pour moi de réhabiliter ce Nicolas II. Je faisais confiance à mon manuel et à notre professeur. Mais ce jour lointain, ce vent, cet air ensoleillé? Je m'embrouillais dans ces réflexions sans suite — mi-pensées, mi-images. En repoussant mes camarades rieurs qui m'agrippaient et m'assourdissaient de leurs moqueries, j'éprouvai soudain une terrible jalousie envers eux : «Comme c'est bien de ne pas porter en soi cette journée de grand vent, ce passé si dense et apparemment si inutile. Oui, n'avoir qu'un seul regard sur la vie. Ne pas voir comme je vois…»

Cette dernière pensée me parut tellement insolite que je cessai de repousser les attaques de mes persifleurs, me tournant vers la fenêtre derrière laquelle s'étendait la ville enneigée. Donc, je voyais autrement! Était-ce un avantage? Ou un handicap, une tare? Je n'en savais rien. Je crus pouvoir expliquer cette double vision par mes deux langues : en effet, quand je prononçais en russe « ЦАРЬ », un tyran cruel se dressait devant moi; tandis que le mot « tsar » en français s'emplissait de lumières, de bruits, de vent, d'éclats de lustres, de reflets d'épaules féminines nues, de parfums mélangés — de cet air inimitable de notre Atlantide. Je compris qu'il faudrait cacher ce deuxième regard sur les choses, car il ne pourrait susciter que les moqueries de la part des autres.

Ce sens secret des mots se révéla, par la suite, encore une fois, dans une situation aussi tragicomique que celle de notre leçon d'histoire.

Je suivais une file d'attente interminable qui serpentait aux abords d'un magasin d'alimentation, puis, franchissant le seuil, s'enroulait à l'intérieur. Il s'agissait sans doute de quelque denrée rare pour l'hiver — des oranges ou tout simplement des pommes, je ne me souviens plus. J'avais déjà dépassé la limite psychologique la plus importante de cette attente — la porte du magasin devant laquelle des dizaines de gens pataugeaient encore dans une neige boueuse. C'est à ce moment-là que ma sœur vint me rejoindre : à deux nous avions droit à la double quantité de la marchandise rationnée.

Nous ne comprîmes pas ce qui provoqua soudain la colère de la foule. Les gens qui se tenaient derrière nous avaient dû croire que ma sœur voulait se faufiler sans faire la queue — un crime impardonnable! Des cris hargneux explosèrent, le long serpent se contracta, des visages menaçants nous entourèrent. Nous essayions tous les deux d'expliquer que nous étions frère et sœur. Mais la foule ne reconnaît jamais son erreur. Ceux qui n'avaient pas encore franchi le seuil, les plus aigris, poussèrent des hurlements indignés, sans trop savoir contre qui. Et comme tout mouvement de masse exagère absurdement la portée de son effort, c'est moi-même qu'ils expulsaient à présent. Le serpent tressaillit, les épaules se raidirent. Une secousse, et je me retrouvai hors de la file, à côté de ma sœur, face à la kyrielle serrée de ces visages haineux. Je tentai de récupérer ma place, mais leurs coudes formaient une rangée de boucliers. Hagard, les lèvres tremblantes, je rencontrai le regard de ma sœur. Inconsciemment, je devinai que nous étions particulièrement vulnérables, elle et moi. De deux ans plus âgée, elle allait avoir quinze ans et n'avait donc encore aucun atout de jeune femme, tout en ayant perdu les avantages de l'enfance qui auraient pu attendrir cette foule blindée. Il en était de même pour moi : avec mes douze ans et demi je ne pouvais pas m'imposer comme ces jeunes gars de quatorze ou quinze ans, forts de leur agressive irresponsabilité d'adolescents.

Nous glissâmes le long de la file d'attente en espérant être admis au moins quelques mètres plus loin de la place perdue. Mais les corps se serraient à notre passage et bientôt nous nous retrouvâmes dehors, dans la neige fondue. Malgré le cri d'une vendeuse : « Eh, derrière la porte, n'attendez plus, il n'y en aura pas pour tout le monde ! », les gens continuaient à affluer.

Nous restions au bout de la file, hypnotisés par la puissance anonyme de la foule. J'avais peur de lever les yeux, de bouger, mes mains enfoncées dans les poches tremblaient. Et c'est comme venant d'une autre planète que j'entendis soudain la voix de ma sœur — quelques paroles teintées d'une mélancolie souriante :

— Te rappelles-tu : *Bartavelles et ortolans truffés rôtis ?*...

Elle rit doucement.

Et moi, en regardant son visage pâle aux yeux qui reflétaient le ciel d'hiver, je sentis mes poumons s'emplir d'un air tout neuf — celui de Cherbourg — à l'odeur de brume salée, des galets humides sur la plage, et des cris sonores des mouettes dans l'infini de l'océan. Je restai un moment aveugle. La file d'attente avançait et me poussait lentement vers la porte. Je me laissais faire sans quitter cet instant de lumière qui se dilatait en moi.

Bartavelles et ortolans... Je souris en lançant à ma sœur un discret clin d'œil. Non, nous ne nous sentions pas supérieurs aux gens qui se pressaient dans la file. Nous étions comme eux, peut-être vivions-nous même plus modestement que beaucoup d'entre eux. Nous appartenions tous à la même classe : celle des gens qui pataugeaient dans une neige piétinée au milieu d'une grande ville industrielle, aux portes d'un magasin, en espérant remplir leurs sacs de deux kilos d'oranges.

Et pourtant, en entendant les mots magiques, appris au banquet de Cherbourg, je me sentis différent d'eux. Non pas à cause de mon érudition (je ne savais pas, à l'époque, à quoi ressemblaient ces fameux bartavelles et ortolans). Tout simplement, l'instant qui était en moi — avec ses lumières brumeuses et ses odeurs marines — avait rendu relatif tout ce qui nous entourait : cette ville et sa carrure très stalinienne, cette attente nerveuse et la violence obtuse de la foule. Au lieu de la colère envers ces gens qui m'avaient repoussé, je ressentais maintenant une étonnante compassion à leur égard : ils ne pouvaient pas, en plissant légèrement les paupières, pénétrer dans ce jour plein de senteurs fraîches des algues, des cris de mouettes, du soleil voilé… Une terrible envie de le dire à tout le monde me saisit. Mais le dire comment ? Il me fallait inventer une langue inédite dont je ne connaissais pour l'instant que les deux premiers vocables : bartavelles et ortolans…

## 5

Après la mort de mon arrière-grand-père Norbert, l'immensité blanche de la Sibérie se referma lentement sur Albertine. Certes, elle retourna encore deux ou trois fois à Paris en y amenant Charlotte. Mais la planète des neiges ne relâchait jamais les âmes envoûtées par ses espaces sans jalons, par son temps endormi.

D'ailleurs, les séjours parisiens étaient marqués d'une amertume que les récits de ma grand-mère ne parvenaient pas à dissimuler. Quelque dissension familiale dont il ne nous était pas donné de connaître les raisons? Ou bien une froideur très européenne dans les relations entre les proches, inconcevable pour nous autres, Russes, avec notre collectivisme débordant? Ou tout simplement, l'attitude compréhensible des gens modestes envers l'une des quatre sœurs, l'aventurière de la famille qui, au lieu d'un beau rêve d'or, rapportait chaque fois l'angoisse d'un pays sauvage et de sa vie brisée.

En tout cas, le fait qu'Albertine préférait vivre dans l'appartement de son frère et non dans la maison familiale de Neuilly ne passa pas inaperçu, même pour nous.

À chaque retour en Russie, la Sibérie lui paraissait de plus en plus fatale — inévitable, se confondant avec son destin. Ce n'était plus seulement la tombe de Norbert qui l'attachait à cette terre de glace, mais aussi ce ténébreux vécu russe dont elle sentait le poison enivrant s'instiller dans ses veines.

D'une épouse de médecin respectable, connu dans la ville entière, Albertine s'était transformée en une veuve bien étrange — une Française qui semblait ne pouvoir se décider à retourner chez elle. Pis, elle en revenait chaque fois !

Elle était trop jeune encore et trop belle pour éviter la médisance du beau monde de Boïarsk. Trop insolite pour se faire accepter telle quelle. Et bientôt trop pauvre.

Charlotte remarqua qu'après chaque voyage à Paris, elles s'installaient dans un appartement de plus en plus petit. À l'école où elle avait été admise grâce à un ancien patient de son père, elle devint vite «cette Lemonnier». Un jour sa «dame de classe», comme on appelait avant la révolution le professeur principal, la fit venir au tableau — mais non pour l'interroger… Quand Charlotte se dressa devant elle, la dame observa les pieds de la fillette et, avec un sourire dédaigneux, demanda :

— Qu'avez-vous aux pieds, mademoiselle Lemonnier ?

Les trente élèves se relevèrent de leurs sièges en tendant le cou, en écarquillant les yeux. Sur le parquet bien ciré, elles virent deux étuis en laine,

deux «chaussures» que Charlotte s'était confec-
tionnées elle-même. Écrasée par tous ces regards,
Charlotte baissa la tête et crispa involontairement
ses orteils à l'intérieur des chaussons comme si
elle voulait faire disparaître ses pieds…

À cette époque, elles vivaient déjà dans une
vieille isba à la périphérie de la ville. Charlotte ne
s'étonnait plus de voir sa mère presque toujours
prostrée sur un haut lit paysan, derrière un rideau.
Quand Albertine se levait, dans ses yeux, bien
qu'ouverts, grouillaient les ombres noires des
songes. Elle n'essayait même plus de sourire à sa
fille. Avec une louche de cuivre elle puisait dans
un seau, buvait longuement et s'en allait. Charlotte savait déjà qu'elles survivaient depuis longtemps grâce au scintillement de quelques bijoux
dans le coffret aux incrustations de nacre…

Cette isba, loin des beaux quartiers de Boïarsk,
lui plaisait. On voyait moins leur misère dans ces
étroites rues courbes noyées sous la neige. Et puis,
il était si bon, en rentrant de l'école, de monter
sur le vieux perron en bois qui crissait sous les
pas, de traverser une entrée obscure dont les
murs en gros rondins étaient recouverts d'un
épais pelage de givre, et de pousser la lourde
porte qui cédait avec un bref gémissement très
vivant. Et là, dans la pièce, on pouvait rester un
instant sans allumer la lampe, en regardant la
petite fenêtre basse s'imprégner du crépuscule
violet, en écoutant les rafales neigeuses tinter
contre la vitre. Adossée au large flanc chaud du
grand poêle, Charlotte sentait la chaleur pénétrer
lentement sous son manteau. Elle appliquait ses

72

mains transies sur la pierre tiède — le poêle lui paraissait être l'énorme cœur de cette vieille isba. Et sous la semelle de ses bottes de feutre fondaient les derniers glaçons.

Un jour, un éclat de glace se cassa sous son pied avec une sonorité inhabituelle. Charlotte fut surprise — elle était rentrée voilà déjà une bonne demi-heure, toute la neige sur son manteau et sur sa chapka avait fondu et séché depuis. Alors que ce glaçon… Elle se pencha pour le ramasser. C'était un éclat de verre ! Celui, très fin, d'une ampoule de médicament brisée…

C'est ainsi que le terrible mot de morphine entra dans sa vie. Et expliqua le silence derrière le rideau, les ombres grouillantes dans les yeux de sa mère, cette Sibérie absurde et inévitable comme le destin.

Albertine n'avait plus rien à cacher à sa fille. C'est Charlotte qu'on voyait désormais entrer dans la pharmacie et murmurer timidement : « C'est pour le médicament de madame Lemonnier… »

Elle rentrait toujours seule, en traversant de vastes terrains vagues qui séparaient leur bourgade des dernières rues de la ville avec ses magasins et son éclairage. Souvent, une tempête de neige se déchaînait au-dessus de ces étendues mortes. Lasse de lutter contre le vent chargé de cristaux de glace, assourdie par son sifflement, Charlotte s'arrêta, un soir, au milieu de ce désert de neige, tournant le dos aux rafales, le regard perdu dans l'envolée vertigineuse des flocons. Intensément, elle ressentit sa vie, la chaleur de son corps maigre concentré en un minuscule moi. Elle percevait le chatouillement d'une goutte qui glissait sous l'oreillette de sa chapka, et le battement de son cœur, et, près de son cœur — la présence fragile des ampoules qu'elle venait d'acheter. « C'est moi, retentit soudain en elle une voix étouffée, moi, qui suis là, dans ces bourrasques de neige, au bout du monde, dans cette Sibérie, moi, Charlotte Lemonnier, moi qui n'ai rien de commun avec ces lieux sauvages, ni avec ce ciel, ni avec cette terre gelée. Ni avec ces gens. Je suis là, toute seule, et je porte la morphine à ma mère… » Elle crut que son esprit chancelait avant de basculer dans un gouffre où tout cet absurde subitement révélé allait devenir naturel. Elle se secoua : non, ce désert sibérien devait bien finir quelque part, et là, il y avait une ville aux larges avenues bordées de marronniers, les cafés illuminés, l'appartement de son oncle et tous ces livres qui s'ouvraient sur les mots si chers par le seul aspect de leurs caractères. Il y avait la France…

La ville aux avenues bordées de marronniers se transforma en une fine paillette d'or qui brillait dans son regard sans que personne ne s'en rendît compte. Charlotte discernait son éclat même dans le reflet de cette belle broche sur la robe d'une jeune demoiselle au sourire capricieux et hautain — elle était assise dans un beau fauteuil, au milieu d'une grande pièce aux meubles élégants, aux rideaux de soie sur les fenêtres.

— La raison du plus fort est toujours meilleure, déclamait la jeune personne d'une voix pincée.

— … est toujours *la* meilleure, rectifiait discrètement Charlotte et, les yeux baissés, ajoutait : Il serait plus correct de prononcer «meilleure» et non «meillaire». Meill-eu-eure…

Elle arrondissait les lèvres et faisait durer ce son qui se perdait dans un «r» velouté. La jeune déclamatrice, mine renfrognée, se remettait à réciter :

— Nous l'allons vous montrer tout à l'heure…

C'était la fille du gouverneur de Boïarsk. Charlotte lui donnait des leçons de français chaque mercredi. Elle avait d'abord espéré devenir l'amie de cette adolescente très soignée, à peine plus âgée qu'elle. À présent, n'espérant plus rien, elle s'appliquait tout simplement à faire un bon cours. Les rapides coups d'œil méprisants de son élève ne l'atteignaient plus. Charlotte l'écoutait, intervenait de temps à autre, mais son regard plongeait dans le scintillement de la belle broche d'ambre. Seule la fille du gouverneur était autorisée à porter, à l'école, une robe au col ouvert avec cette parure au milieu. Consciencieusement, Charlotte relevait toutes les erreurs d'accent ou de grammaire. De la profondeur dorée de l'ambre surgissait une ville aux beaux feuillages d'automne. Elle savait qu'il lui faudrait supporter durant toute une heure les petites grimaces de cette grande enfant dodue superbement habillée, puis au coin de la cuisine recevoir, des mains d'une femme de chambre, son paquet, les restes d'un déjeuner, et dans la rue attendre une bonne occasion pour se trouver seule face à la pharmacienne et murmurer : « Le médicament de madame Lemonnier, s'il vous plaît… » Une petite bouffée d'air chaud volée dans la pharmacie allait vite être chassée de son manteau par le souffle glacial des terrains vagues.

Quand Albertine apparut sur le perron, le cocher haussa les sourcils et se releva de son siège. Il ne s'y attendait pas. Cette isba au toit affaissé et couvert de mousse, ce perron vermoulu envahi d'orties. Et surtout dans cette bourgade aux rues ensevelies sous le sable gris…

La porte s'ouvrit et, dans son cadre déformé, surgit une femme. Elle portait une longue robe d'une coupe très élégante, une robe que le cocher avait vue uniquement sur les belles dames qui sortaient du théâtre, le soir, en plein centre de Boïarsk. Ses cheveux étaient rassemblés en un chignon — un chapeau ample le couronnait. Le vent printanier ondulait le voile rejeté sur les larges bords gracieusement recourbés.

— Nous allons à la gare ! dit-elle et étonna encore plus le cocher par la sonorité vibrante, et très étrangère, de sa voix.

— … À la gare, répéta la fillette qui l'avait hélé tout à l'heure dans la rue. Elle, elle parlait très bien russe, avec un brin d'accent sibérien…

Charlotte savait que l'apparition d'Albertine sur le perron avait été précédée d'un long et douloureux combat, entrecoupé de plusieurs rechutes. Comme la lutte de cet homme qui se débattait au milieu des glaces, dans une trouée noire, celui que Charlotte avait vu un jour, au printemps, en traversant le pont. Agrippé à une longue branche qu'on poussait vers lui, il rampait sur la pente glissante de la rive, s'étalait à plat ventre sur cette surface gelée, progressait centimètre par centimètre et tendait déjà sa main rouge en touchant celles des sauveteurs. Soudain, on ne comprenait même pas pourquoi, son corps tressaillait et se mettait à glisser, se retrouvant dans l'eau noire. Le courant l'entraînait un peu plus loin. Tout était à recommencer... Oui, comme cet homme.

Mais en cet après-midi d'été, plein de lumière et de verdure, seule la légèreté guidait leurs gestes.

— Et la grande valise ? s'écria Charlotte quand elles furent installées sur les sièges.

— Nous allons la laisser. Il n'y a que de vieux papiers et tous ces journaux de ton oncle... Nous reviendrons un jour pour la récupérer.

Elles traversèrent le pont, passèrent à côté de la maison du gouverneur. Cette ville sibérienne semblait se déployer déjà comme dans un étrange passé où il était facile de pardonner en souriant...

Oui, c'est justement ce regard sans rancune qu'elles jetteraient sur Boïarsk installées de nouveau à Paris. Et quand, en été, Albertine voudrait revenir en Russie (pour clore définitivement l'époque sibérienne de sa vie, penseraient ses proches), Charlotte se montrerait même un peu jalouse de sa mère : elle aurait aimé, elle aussi, séjourner une semaine ou deux dans cette ville peuplée désormais de personnages du passé et dont les maisons, leur isba entre autres, devenaient des monuments des temps anciens. Une ville où rien ne pouvait plus la blesser.

— Maman, n'oublie pas de regarder s'il y a toujours un nid de souris, là, près du poêle, tu te souviens? lança-t-elle à sa mère qui se tenait à la fenêtre baissée du wagon.

C'était en juillet 1914. Charlotte avait onze ans.

Sa vie ne connut pas de coupure. Simplement cette dernière parole («N'oublie pas les souris!») lui paraissait, avec le temps, de plus en plus stupide, enfantine. Il aurait fallu se taire et scruter ce visage à la fenêtre du wagon, se remplir les yeux avec ses traits. Des mois, des années passaient et la dernière réplique avait toujours la même résonance d'un bonheur niais. L'attente devenait l'unique temps de la vie de Charlotte.

Ce temps («en temps de guerre», écrivaient les journaux) ressemblait à un après-midi gris, un dimanche dans les rues désertes d'une ville de province : un coup de vent surgit soudain de l'angle d'une maison, soulève un tourbillon de poussière, un volet s'agite silencieusement, l'homme se fond facilement dans cet air incolore, disparaît sans raison.

C'est ainsi que disparut l'oncle de Charlotte — «tombé au champ d'honneur», «mort pour la France», selon la formule des journaux. Et cette tournure verbale rendait son absence encore plus déconcertante — comme ce taille-crayon sur sa table de travail, avec un crayon introduit dans le trou et quelques fins copeaux, immobiles depuis son départ. C'est ainsi que se vida peu à peu la maison de Neuilly — des femmes et des hommes s'inclinaient pour embrasser Charlotte et avec un air très sérieux lui disaient de se conduire bien.

Ce temps étrange avait ses caprices. Tout à coup, avec la rapidité sautillante des films, l'une de ses tantes s'habilla de blanc, se laissa entourer de parents qui se rassemblèrent autour d'elle avec la même hâte du cinéma d'époque, pour se diriger d'un pas alerte et saccadé à l'église où la tante se retrouva à côté d'un homme à moustache, aux cheveux lisses, huilés. Et presque aussitôt — dans la mémoire de Charlotte ils n'eurent même pas le loisir de quitter l'église — la jeune mariée se couvrait de noir et ne pouvait plus lever ses yeux alourdis de larmes. On aurait pu croire, tant le changement fut rapide, que déjà en sortant de l'église elle était seule, portait le grand deuil et cachait du soleil ses yeux rougis. Les deux journées n'en faisaient qu'une — colorée d'un ciel radieux, animée du carillon et du vent d'été qui semblait accélérer plus encore le va-et-vient des invités. Et son souffle chaud collait au visage de la jeune femme tantôt le voile blanc de mariée, tantôt le voile noir de veuve.

Plus tard, ce temps fantasque reprit sa marche régulière et fut rythmé par des nuits sans sommeil et un long défilé de corps mutilés. Les heures avaient maintenant la sonorité des grandes salles de classe dans ce lycée de Neuilly transformé en hôpital. Sa première connaissance d'un corps d'homme fut la vision de cette chair virile déchirée et sanguinolente... Et le ciel nocturne de ces années se chargea pour toujours de la monstruosité blafarde de deux zeppelins allemands entre les stalagmites lumineuses des projecteurs.

Enfin, il y eut un jour, ce 14 juillet 1919, où les innombrables rangs de soldats traversèrent Neuilly, se dirigeant vers la capitale. Tirés à quatre épingles, le regard crâne et les godillots bien cirés — la guerre reprenait son air de parade. Était-il parmi eux, ce guerrier qui glisserait dans la main de Charlotte un petit caillou brun, cet éclat d'obus recouvert de rouille? Étaient-ils amoureux? Fiancés?

Cette rencontre ne changea en rien la décision de Charlotte, prise plusieurs années auparavant. À la première occasion venue, occasion miraculeuse, elle partit pour la Russie. Aucune liaison n'existait encore avec ce pays dévasté par la guerre civile. On était en 1921. Une mission de la Croix-Rouge se préparait au voyage dans la région de la Volga où la famine avait fait des centaines de milliers de victimes. Charlotte fut admise comme infirmière. Sa candidature avait été retenue rapidement : les volontaires pour l'expédition étaient rares. Mais surtout, elle parlait russe.

C'est là-bas qu'elle crut connaître l'enfer. De loin, il ressemblait aux paisibles villages russes — isbas, puits, haies — plongés dans la brume du grand fleuve. De près, il s'immobilisait dans les prises de vue que découpait dans ces journées ternes le photographe de la mission : un groupe de paysans et de paysannes en touloupes, figés devant un amoncellement de carcasses humaines, de corps dépecés, de fragments de chair mécon-

naissables. Puis, cet enfant nu assis dans la neige
— de longs cheveux emmêlés, un regard perçant
de vieillard, un corps d'insecte. Enfin, sur la glace
d'une route — cette tête, seule, aux yeux ouverts,
vitreux. Le pire, c'est que ces prises de vue ne restaient pas fixes. Le photographe pliait son trépied
et les paysans quittant le cadre de la photo — de
cette terrifiante photo des cannibales — se remettaient à vivre dans la déroutante simplicité des
gestes quotidiens. Oui, ils continuaient à vivre !
Une femme se penchait au-dessus de l'enfant et
reconnaissait en lui son fils. Et elle ne savait que
faire de ce vieillard-insecte, elle qui s'était nourrie
depuis des semaines de chair humaine. Alors on
entendait monter de sa gorge un hurlement de
louve. Aucune photo ne pouvait fixer ce cri... Un
paysan regarda en soupirant dans les yeux de la
tête jetée sur la route. Puis se pencha et d'une
main maladroite la poussa dans un grand sac de
bure. « Je vais l'enterrer, marmonna-t-il. Nous, on
n'est pas des Tatars, quand même... »

Et il fallait entrer dans les isbas de ce paisible
enfer pour découvrir que cette vieille, qui obser-
vait la rue à travers la vitre, était la momie d'une
jeune fille morte il y a plusieurs semaines, assise
devant cette fenêtre dans l'impossible espoir du
salut.

Charlotte quitta la mission dès son retour à
Moscou. En sortant de l'hôtel, elle plongea dans
la cohue bigarrée de la place et disparut. Au marché de Soukharevka où le troc était roi, elle
échangea un cinq francs d'argent (le marchand

estampilla la pièce avec sa molaire, puis la fit sonner sur la lame d'une hache) contre deux miches de pain qui devaient assurer les premiers jours de son voyage. Elle était déjà habillée comme une Russe, et à la gare, dans l'assaut violent et désordonné des wagons, personne ne fit attention à cette jeune femme qui, rajustant son sac à dos, se débattait dans les secousses frénétiques du magma humain.

Elle partit, et elle vit tout. Elle brava l'infini de ce pays, son espace fuyant dans lequel les jours et les années s'enlisent. Elle avançait quand même en pataugeant dans ce temps stagnant. En train, en télègue, à pied...

Elle vit tout. Des chevaux harnachés, tout un troupeau, qui galopaient sans cavaliers sur une plaine, s'arrêtaient un instant, puis effarouchés reprenaient leur course folle, heureux et effrayés de leur liberté reconquise. L'un de ces fugitifs attira le regard de tout le monde. Un sabre, profondément enfoncé dans la selle, se dressait sur son dos. Le cheval galopait et la longue lame coincée dans le cuir épais se balançait souplement en brillant sous le soleil bas. Les gens suivirent des yeux ses reflets écarlates qui s'estompaient peu à peu dans la brume des champs. Ils savaient que ce sabre, à la poignée remplie de plomb, avait dû couper un corps en deux — de l'épaule jusqu'au bas-ventre — avant de s'encastrer dans le cuir. Et ces deux moitiés avaient glissé dans l'herbe piétinée, chacune de son côté.

Elle vit aussi les chevaux morts qu'on retirait des puits. Et les nouveaux puits qu'on creusait dans la terre grasse et lourde. Les rondins de la cage que les paysans descendaient au fond de la trouée sentaient le bois frais.

Elle vit un groupe de villageois qui, sous la direction d'un homme en veste de cuir noire, tiraient une grosse corde enroulée autour de la coupole d'une église, autour de la croix. Les craquements répétés semblaient attiser leur enthousiasme. Et dans un autre village, très tôt le matin, elle aperçut une vieille, agenouillée devant un bulbe d'église projeté entre les tombes d'un cimetière sans clôture, ouvert dans la sonorité fragile des champs.

Elle traversa des villages déserts dont les vergers regorgeaient de fruits trop mûrs qui tombaient dans l'herbe ou se desséchaient sur les branches. Elle séjourna dans une ville où un jour, au marché, un vendeur mutila un enfant qui avait essayé de lui voler une pomme. Tous les hommes qu'elle rencontrait semblaient ou bien se ruer vers un but inconnu, en assiégeant les trains, en s'écrasant sur les embarcadères, ou bien attendre, on ne savait pas qui — devant les portes fermées des boutiques, à côté des portails gardés par des soldats et, parfois, tout simplement au bord de la route.

L'espace qu'elle affrontait ne connaissait pas de juste milieu : l'incroyable entassement humain cédait tout à coup la place à un désert parfait où l'immensité du ciel, la profondeur des forêts rendaient la présence de l'homme impensable. Et ce vide, sans transition, débouchait sur une bousculade féroce de paysans qui pataugeaient sur cette rive argileuse d'un fleuve gonflé par les pluies d'automne. Oui, Charlotte vit aussi cela. Ces paysans en colère qui, avec de longues perches, repoussaient une barge d'où montait une interminable plainte. On voyait des silhouettes qui, de son bord, tendaient leurs mains décharnées en direction de la berge. C'étaient les malades du typhus, abandonnés, et qui dérivaient sur leur cimetière flottant depuis plusieurs jours. À chaque tentative d'accoster, les riverains se mobilisaient pour les en empêcher. La barge reprenait sa navigation funèbre, les gens mouraient, à présent aussi de faim. Bientôt, ils n'auraient plus la force de tenter une escale, et les derniers survivants, réveillés un jour par le bruit puissant et régulier des vagues, verraient l'horizon indifférent de la Caspienne...

À l'orée d'un bois, par une matinée scintillante de givre, elle vit des ombres suspendues aux arbres, les rictus émaciés des pendus que personne ne pensait enterrer. Et très haut, dans le bleu ensoleillé du ciel, un vol d'oiseaux migrateurs se fondait lentement, accentuant le silence par l'écho de leurs cris élevés.

Le souffle lourd et syncopé de ce monde russe ne la terrifiait plus. Elle avait tant appris depuis son départ. Elle savait qu'il était pratique, dans un wagon ou sur une télègue, de tenir un sac bourré de paille avec quelques cailloux tout au fond. C'est lui que les bandits arrachaient dans leurs raids nocturnes. Elle savait que la meilleure place sur le toit d'un wagon était celle près du trou de la ventilation : c'est à cette ouverture qu'on accrochait les cordes qui permettaient de descendre et de remonter rapidement. Et quand, par bonheur, elle trouvait une place dans un couloir bondé, il ne fallait pas s'étonner de voir un enfant apeuré que les gens tassés sur le sol se transmettaient les uns aux autres en direction de la sortie. Ceux qui se recroquevillaient près de la porte allaient l'ouvrir et tiendraient l'enfant au-dessus du marche-pied, le temps qu'il fasse ses besoins. Ce transfert semblait plutôt les amuser, ils souriaient, attendris par ce petit être qui se laissait faire sans mot dire, émus par son envie si naturelle dans cet univers inhumain... Aucune surprise non plus, lorsque à travers le martèlement des rails, dans la nuit, un chuchotement perçait : on se communiquait la mort d'un passager enfoui dans l'épaisseur des vies confondues.

Une fois seulement au cours de cette longue traversée jalonnée par la souffrance, le sang, les maladies, la boue, elle crut entrevoir une parcelle de sérénité et de sagesse. C'était déjà de l'autre côté de l'Oural. À la sortie d'un bourg à moitié dévoré par un incendie, elle aperçut quelques hommes assis sur un talus jonché de feuilles mortes. Leurs visages pâles tournés vers le soleil doux de l'arrière-saison exprimaient un calme bienheureux. Le paysan qui conduisait la télègue hocha la tête et expliqua à mi-voix : «Pauvres gens. Il y en a une douzaine qui rôdent maintenant par ici. Leur asile a brûlé. Oui, des fous, quoi... »

Non, rien ne pouvait plus la surprendre.

Souvent, serrée dans l'obscurité irrespirable

d'un wagon, elle faisait un rêve bref, lumineux et complètement invraisemblable. Comme ces énormes chameaux sous la neige qui tournaient leurs têtes dédaigneuses vers une église. Quatre soldats sortaient par sa porte ouverte en traînant derrière eux un prêtre qui les exhortait d'une voix cassée. Les chameaux aux bosses recouvertes de neige, cette église, cette foule hilare… Dans son sommeil, Charlotte se souvenait qu'autrefois ces silhouettes bossues étaient inséparables des palmiers, du désert, des oasis…

Et c'est alors qu'elle émergeait de sa torpeur : non, ce n'était pas un rêve ! Elle se tenait au milieu d'un marché bruyant dans une ville inconnue. La neige abondante collait à ses cils. Les passants s'approchaient et tâtaient le petit médaillon d'argent qu'elle espérait échanger contre le pain. Les chameaux surplombaient le grouillement des marchands comme d'étranges drakkars posés sur des supports. Et sous les regards amusés de la foule, les soldats poussaient le prêtre dans un traîneau bourré de paille.

Après ce faux songe, sa promenade, le soir, fut si quotidienne, si réelle. Elle traversa une rue aux pavés luisants sous la lueur brumeuse d'un réverbère. Poussa la porte d'une boulangerie. Son intérieur chaud, bien éclairé lui parut familier jusqu'à la couleur du bois verni du comptoir, jusqu'à la disposition des gâteaux et des chocolats dans la vitrine. La patronne lui sourit avec gentillesse, comme à une habituée et lui tendit un pain. Dans la rue, Charlotte s'arrêta saisie de perplexité : mais il aurait fallu acheter beaucoup plus de pain !

Deux, trois, non, quatre miches ! Et aussi retenir le nom de la rue où se trouvait cette excellente boulangerie. Elle s'approcha de la maison d'angle, leva les yeux. Mais les lettres avaient une allure bizarre, floue, elles s'entremêlaient, clignotaient. « Mais que je suis bête ! pensa-t-elle soudain. Cette rue, c'est la rue où habite mon oncle… »

Elle se réveilla en sursaut. Le train, stoppé en rase campagne, était rempli d'un bourdonnement confus : une bande avait tué le machiniste et parcourait à présent les wagons en confisquant tout ce qui leur tombait sous la main. Charlotte enleva son châle et se couvrit la tête en nouant les coins sous le menton comme font les vieilles paysannes. Puis, souriant encore au souvenir de son rêve, elle disposa sur ses genoux un sac bourré de vieux torchons enroulés autour d'un caillou…

Et si elle fut épargnée durant ces deux mois de voyage, c'est que l'immense continent qu'elle traversait était repu de sang. La mort, pour quelques années au moins, perdait son attrait, devenant trop banale et ne valant plus l'effort.

Charlotte marchait à travers Boïarsk, la ville sibérienne de son enfance, et elle ne se demandait pas si c'était encore un rêve ou la réalité. Elle se sentait trop faible pour y réfléchir.

Sur la maison du gouverneur, au-dessus de l'entrée, pendait un drapeau rouge. Deux soldats armés de fusils piétinaient dans la neige de chaque côté de la porte… Certaines fenêtres du théâtre avaient été brisées et bouchées, faute de mieux, avec des pans du décor en contreplaqué :

on voyait tantôt un feuillage recouvert de fleurs blanches, probablement celui de *La Cerisaie*, tantôt la façade d'une datcha. Et au-dessus du portail, deux ouvriers étaient en train de tendre une longue bande de calicot rouge. « Tous au meeting populaire de la société des sans-Dieu ! » lut Charlotte en ralentissant un peu la marche. L'un des ouvriers retira un clou serré entre ses dents et l'enfonça avec force à côté du point d'exclamation.

— Eh bien, tu vois, on a tout fini avant la nuit, Dieu merci ! cria-t-il à son camarade.

Charlotte sourit et continua sa route. Non, elle ne rêvait pas.

Un soldat, posté près du pont, lui barra le passage en lui demandant de présenter ses papiers. Charlotte s'exécuta. Il les prit et, probablement ne sachant pas lire, décida de les lui retirer. Il paraissait d'ailleurs lui-même étonné de sa propre décision. « Vous pourrez les récupérer, après les vérifications nécessaires, au conseil révolutionnaire », annonça-t-il en répétant visiblement les paroles de quelqu'un. Charlotte n'eut pas la force de discuter.

Ici, à Boïarsk, l'hiver était depuis longtemps installé. Mais ce jour-là, l'air était tiède, la glace sous le pont — couverte de larges taches humides. Premier signe du redoux. Et de gros flocons paresseux voltigeaient dans le silence blanc des terrains vagues qu'elle avait tant de fois traversés dans son enfance.

Avec ses deux fenêtres étroites l'isba sembla l'apercevoir de loin. Oui, la maison la regardait s'approcher, sa façade ridée s'animait d'une imperceptible petite grimace, d'une joie amère de retrouvailles.

Charlotte n'espérait pas grand-chose de cette visite. Elle s'était préparée depuis longtemps à apprendre les nouvelles qui ne laisseraient aucun espoir : la mort, la folie, la disparition. Ou une absence pure et simple, inexplicable, naturelle, ne surprenant personne. Elle s'interdisait d'espérer et espérait quand même.

Les derniers jours, son épuisement était tel qu'elle ne pensait plus qu'à la chaleur du grand poêle contre le flanc duquel elle allait s'adosser en s'affalant sur le plancher.

Du perron de l'isba, elle aperçut, sous un pommier rabougri, une vieille, la tête emmitouflée dans un châle noir. Courbée, la femme retirait une grosse branche noyée dans la neige. Charlotte l'appela. Mais la vieille paysanne ne se retourna pas. La voix était trop faible et se dissipait vite dans l'air mat du redoux. Elle ne se sentit pas capable de lancer encore un cri.

D'un coup d'épaule, elle poussa la porte. Dans l'entrée, obscure et froide, elle vit toute une réserve de bois — planches de caisses, lattes de parquet et même, en un monticule noir et blanc, les touches d'un piano. Charlotte se souvint que c'étaient surtout les pianos dans les appartements des riches qui provoquaient la colère du peuple. Elle en avait vu un, défoncé à coups de hache, encastré au milieu des glaces d'une rivière…

En entrant dans la pièce, son premier geste fut de toucher les pierres du poêle. Elles étaient tièdes. Charlotte éprouva un agréable vertige. Elle voulut déjà se laisser glisser près du poêle quand, sur la table en grosses planches brunies par les années, elle remarqua un livre ouvert. Un petit volume ancien au papier rêche. En s'appuyant sur un banc, elle s'inclina au-dessus des pages ouvertes. Étrangement, les lettres se mirent à vaciller, à fondre — comme pendant cette nuit dans le train quand elle avait rêvé de la rue parisienne où habitait son oncle. Cette fois, il ne s'agissait plus d'un rêve, mais de larmes. C'était un livre français.

La vieille au châle noir entra et sembla ne pas s'étonner de voir cette jeune femme mince qui se levait de son banc. Les branches sèches qu'elle portait sous le bras laissaient tomber sur le plancher de longs filaments de neige. Son visage flétri ressemblait à celui de n'importe quelle vieille paysanne de cette contrée sibérienne. Ses lèvres recouvertes d'une fine résille de rides frémirent. Et c'est dans cette bouche, dans la poitrine desséchée de cet être méconnaissable que retentit la voix d'Albertine, une voix dont pas une seule note n'avait changé.

— Toutes ces années, je ne craignais qu'une chose : que tu reviennes ici !

Oui, ce fut la toute première parole qu'Albertine adressa à sa fille. Et Charlotte comprit : ce qu'elles avaient vécu depuis leurs adieux sur le quai, il y a huit ans, toute cette multitude de gestes, de visages, de mots, de souffrances, de privations, d'espoirs, d'inquiétudes, de cris, de larmes — toute cette rumeur de la vie résonnait sur fond d'un seul écho qui refusait de mourir. Cette rencontre, tant désirée, tant redoutée.

— Je voulais demander à quelqu'un de t'écrire en disant que j'étais morte. Mais c'était la guerre, ensuite la révolution. Et de nouveau la guerre. Et puis...

— Je n'aurais pas cru cette lettre...

— Oui, et puis je me disais que de toute façon tu ne la croirais pas...

Elle jeta les branches près du poêle et s'approcha de Charlotte. Quand, à Paris, elle la regardait de la fenêtre baissée du wagon, sa fille avait onze ans. Elle allait en avoir vingt bientôt.

— Tu entends? chuchota Albertine, le visage éclairci, et elle se tourna vers le poêle. Les souris, tu te rappelles? Elles sont toujours là...

Plus tard, accroupie devant le feu qui s'animait derrière la petite porte en fonte, Albertine murmura comme pour elle-même, sans regarder Charlotte qui s'était allongée sur le banc et paraissait endormie :

— Ce pays est ainsi fait. On y entre facilement, mais on n'en sort jamais...

L'eau chaude paraissait une matière toute neuve, inconnue. Charlotte tendait ses mains vers le filet que sa mère laissait couler lentement sur ses épaules et sur son dos d'une puisette de cuivre. Dans l'obscurité de cette pièce qu'éclairait seule la petite flamme d'un copeau allumé, les gouttes chaudes ressemblaient à la résine du pin. Elles chatouillaient délicieusement le corps que Charlotte frottait avec une boule d'argile bleue. Du savon, on ne gardait qu'un vague souvenir.

— Tu as beaucoup maigri, dit Albertine tout bas et sa voix se coupa.

Charlotte rit doucement. Et en levant sa tête aux cheveux humides, elle vit des larmes de cette même couleur d'ambre briller dans les yeux éteints de sa mère.

Les jours qui suivirent, Charlotte essaya de savoir comment elles pourraient quitter la Sibérie (par superstition, elle n'osait pas dire : repartir pour la France). Elle alla dans l'ancienne maison du gouverneur. Les soldats, à l'entrée, lui sourirent : un bon signe ? La secrétaire du nouveau dirigeant de Boïarsk la fit attendre dans une petite pièce — celle, pensa Charlotte, où, autrefois, elle attendait le colis avec les restes du déjeuner...

Le dirigeant la reçut, assis derrière son lourd bureau : elle entrait déjà, mais lui, les sourcils froncés, continuait encore à tracer des lignes énergiques d'un crayon rouge sur les pages d'une brochure. Toute une pile d'opuscules identiques se dressait sur sa table.

— Bonjour, citoyenne ! dit-il enfin en lui tendant la main.

Ils parlèrent. Et avec une stupeur incrédule, Charlotte constata que les répliques du fonctionnaire ressemblaient à un étrange écho déformé des questions qu'elle lui posait. Elle parlait du Comité Français de Secours et entendait, en écho, un bref discours sur les visées impérialistes de l'Occident sous le couvert de la philanthropie bourgeoise. Elle évoquait leur désir de regagner Moscou et puis... L'écho l'interrompait : les forces interventionnistes de l'étranger et les ennemis de classe intérieurs étaient en train de saper la reconstruction dans la jeune république des Soviets...

Après un quart d'heure d'un tel échange, Charlotte eut envie de crier : «Je veux partir! C'est tout!» Mais l'absurde logique de cette conversation ne la lâchait plus.

— Un train pour Moscou...

— Le sabotage des spécialistes bourgeois dans les chemins de fer...

— Le mauvais état de santé de ma mère...

— L'horrible héritage économique et culturel laissé par le tsarisme...

Enfin, sans forces, elle souffla faiblement :

— Écoutez, rendez-moi, s'il vous plaît, mes papiers...

La voix du dirigeant sembla buter contre un obstacle. Un rapide spasme parcourut son visage. Il sortit de son bureau sans rien dire. Profitant de son absence, Charlotte jeta un coup d'œil sur la pile de brochures. Le titre la plongea dans une perplexité extrême : *Pour en finir avec le relâchement sexuel dans les cellules du Parti (recommandations).* C'étaient donc ces recommandations que le dirigeant soulignait au crayon rouge.

— Nous n'avons pas retrouvé vos papiers, dit-il en entrant.

Charlotte insista. Ce qui se produisit alors était aussi invraisemblable que logique. Le dirigeant éructa un tel flot de jurons que même après deux mois passés dans les trains bondés, elle en resta abasourdie. Il continuait à l'apostropher alors qu'elle saisissait déjà la poignée de la porte. Puis approchant brusquement son visage du sien, il souffla :

— Je peux t'arrêter et te fusiller là, dans la cour, derrière les chiottes ! T'as compris, sale espionne !

Au retour, en marchant au milieu des champs enneigés, Charlotte se disait qu'une nouvelle langue était en train de naître dans ce pays. Une langue qu'elle ne connaissait pas, et c'est pour cela que le dialogue dans l'ancien bureau du gouverneur lui avait paru invraisemblable. Non, tout avait son sens : et cette éloquence révolutionnaire dérapant soudain sur un langage fangeux, et cette « citoyenne-espionne », et la brochure réglementant la vie sexuelle des membres du Parti. Oui, un nouvel ordre des choses se mettait en place. Tout dans ce monde, pourtant si familier, allait prendre un autre nom, on allait appliquer à chaque objet, à chaque être une étiquette différente.

« Et cette neige lente, pensa-t-elle, ces flocons sommeillants du redoux dans le ciel mauve du soir ? » Elle se souvint qu'enfant elle était si heureuse de retrouver cette neige en sortant dans la rue, après sa leçon avec la fille du gouverneur. « Comme aujourd'hui… », se dit-elle en respirant profondément.

Quelques jours plus tard, la vie se figea. Par une nuit limpide, le froid polaire descendit du ciel. Le monde se transforma en un cristal de glace où s'étaient incrustés les arbres hérissés de givre, les colonnes blanches et immobiles au-dessus des cheminées, la ligne argentée de la taïga à l'horizon, le soleil entouré d'un halo moiré. La voix humaine n'avait plus de portée, sa vapeur gelait sur les lèvres.

Elles ne pensaient plus qu'à survivre, au jour le jour, en préservant une minuscule zone de chaleur autour de leurs corps.

C'est surtout l'isba qui les sauva. Tout y avait été conçu pour résister aux hivers sans fin, aux nuits sans fond. Le bois même de ses gros rondins renfermait la dure expérience de plusieurs générations de Sibériens. Albertine avait deviné la respiration secrète de cette vieille demeure, avait appris à vivre en étroite fusion avec la lenteur chaude du grand poêle qui occupait la moitié de la pièce, avec son silence très vivant. Et Charlotte, en observant les gestes quotidiens de sa mère, se disait souvent en souriant : « Mais c'est une vraie Sibérienne ! » Dans l'entrée, elle avait remarqué, dès le premier jour, des bottes d'herbes sèches. Celles-ci rappelaient les bouquets qu'emploient les Russes pour se fouetter dans les bains. C'est lorsque la dernière tranche de pain fut mangée qu'elle découvrit le véritable usage de ces gerbes. Albertine en fit macérer une dans l'eau chaude, et le soir, elles mangèrent ce qu'elles appelleraient plus tard en plaisantant : « Le potage de Sibérie » — mélange de tiges, de grains et de racines. « Je commence à connaître les plantes de la taïga par cœur », dit Albertine, en versant de cette soupe dans leurs assiettes. « Je me demande d'ailleurs pourquoi les gens d'ici en profitent si peu... »

Ce qui les sauva, c'était aussi la présence de cette enfant, de cette petite Tsigane qu'elles retrouvèrent un jour, à demi frigorifiée, sur leur perron. Elle grattait les planches endurcies de la porte avec ses doigts gourds, violets de froid... Pour la nourrir, Charlotte fit ce qu'elle n'aurait jamais fait pour elle-même. Au marché, on la vit mendier : un oignon, quelques pommes de terre gelées, un morceau de lard. Elle fouilla dans le bac aux ordures près de la cantine du Parti, non loin de l'endroit où le dirigeant avait menacé de la fusiller. Il lui arriva de décharger les wagons pour une miche de pain. L'enfant, squelettique au début, vacilla quelques jours sur la frontière fragile entre la lumière et le néant, puis lentement, avec un étonnement hésitant, glissa de nouveau dans cette extraordinaire coulée de jours, de paroles, d'odeurs — que tout le monde appelait la vie...

En mars, par une journée pleine de soleil et de crissements de neige sous les pas des passants, une femme (sa mère ? sa sœur ?) vint la chercher et, sans rien expliquer, l'emmena. Charlotte les rattrapa à la sortie de la bourgade et tendit à l'enfant la grande poupée aux joues écaillées avec laquelle la petite Tsigane jouait durant les longues soirées d'hiver... Cette poupée était venue autrefois de Paris et restait, avec les vieux journaux de la « valise sibérienne », l'un des derniers vestiges de leur vie d'antan.

La vraie famine, Albertine le savait, arriverait au printemps... Il n'y avait plus une seule botte d'herbes sur les murs de l'entrée, le marché était désert. En mai, elles fuirent leur isba, sans savoir trop où aller. Elles marchaient sur un chemin encore lourd d'humidité printanière et s'inclinaient de temps en temps pour cueillir de fines pousses d'oseille.

C'est un koulak qui les accepta comme journalières à sa ferme. C'était un Sibérien fort et sec, au visage à moitié caché par la barbe à travers laquelle perçaient quelques rares paroles brèves et définitives.

— Je ne vous payerai rien, dit-il sans ambages. Le repas, le lit. Si je vous prends, ce n'est pas pour vos beaux yeux. J'ai besoin de mains.

Elles n'avaient pas le choix. Les premiers jours, Charlotte, en rentrant, tombait morte sur son grabat, les mains couvertes d'ampoules éclatées. Albertine qui, toute la journée, cousait de grands sacs pour la future récolte, la soignait de son mieux. Un soir, la fatigue était telle que, rencontrant le propriétaire de la ferme, Charlotte se mit à lui parler en français. La barbe du paysan s'anima dans un mouvement profond, ses yeux s'étirèrent — il souriait.

— Bon, demain tu peux te reposer. Si ta mère veut aller dans la ville, allez-y… Il fit quelques pas puis se retourna :

— Les jeunes du village dansent chaque soir, tu sais ? Va les voir si ça te dit…

Comme il était entendu, le paysan ne leur paya rien. En automne, quand elles s'apprêtaient à regagner la ville, il leur montra une télègue dont le chargement était recouvert d'une toile de bure neuve.

— C'est lui qui conduira, dit-il en jetant un coup d'œil au vieux paysan assis sur le siège.

Albertine et Charlotte le remercièrent et se hissèrent sur le bord de la télègue encombrée de cageots, de sacs et de paquets.

— Vous envoyez tout cela au marché ? demanda Charlotte pour remplir le silence gêné de ces dernières minutes.

— Non. C'est ce que vous avez gagné.

Elles n'eurent pas le temps de répondre. Le cocher tira les rênes, la télègue tangua et se mit à rouler dans la poussière chaude du chemin des champs… Sous la toile, Charlotte et sa mère découvrirent trois sacs de pommes de terre, deux sacs de blé, un tonnelet de miel, quatre énormes citrouilles et plusieurs cageots de légumes, de fèves, de pommes. Dans un coin, elles aperçurent une demi-douzaine de poules aux pattes liées ; un coq, au milieu, jetait des regards coléreux et vexés.

— Je vais quand même sécher quelques bottes d'herbes, dit Albertine, réussissant enfin à détacher les yeux de tout ce trésor. On ne sait jamais…

Elle mourut deux ans après. C'était un soir d'août, calme et transparent. Charlotte rentrait de la bibliothèque où on l'avait préposée à l'exploration des montagnes de livres recueillis dans les domaines nobiliaires détruits… Sa mère était assise sur un petit banc collé au mur de l'isba, la tête appuyée sur le bois lisse des rondins. Ses yeux étaient fermés. Elle avait dû s'endormir et mourir dans son sommeil. Un souffle léger venant de la taïga animait les pages du livre ouvert sur ses genoux. C'était le même petit volume français à la dorure éteinte sur la tranche.

Ils se marièrent au printemps de l'année suivante. Il était originaire d'un village au bord de la mer Blanche, à dix mille kilomètres de cette ville sibérienne où la guerre civile l'avait amené. Charlotte remarqua très vite qu'à sa fierté d'être un « juge du peuple » se mêlait un vague malaise dont, à l'époque, lui-même n'aurait pas su expliquer la raison. Au dîner de mariage, l'un des invités, d'une voix grave, proposa de commémorer la mort de Lénine par une minute de silence. Tout le monde se leva… Trois mois après le mariage, il fut nommé à l'autre bout de l'empire, à Boukhara. Charlotte voulait absolument emporter la grande valise remplie de vieux journaux français. Son mari n'avait rien contre, mais dans le train, dissimulant mal ce malaise opiniâtre, il lui fit comprendre qu'une frontière, plus infranchissable que n'importe quelles montagnes, s'élevait désormais entre sa vie française et leur vie. Il cherchait les mots pour dire ce qui paraîtrait bientôt si naturel : le rideau de fer.

## 6

Les chameaux sous une tempête de neige, les froids qui gelaient la sève des arbres et faisaient éclater leurs troncs, les mains transies de Charlotte qui attrapaient de longues bûches jetées du haut d'un wagon…

C'est ainsi que dans notre cuisine enfumée, durant les veillées d'hiver, ce passé fabuleux renaissait. Derrière la fenêtre enneigée s'étendaient l'une des plus grandes villes de la Russie et la plaine grise de la Volga, se dressaient les bâtiments-forteresses de l'architecture stalinienne. Et là, au milieu du désordre d'un dîner interminable et des nuages nacrés du tabac, surgissait l'ombre de cette mystérieuse Française égarée sous le ciel sibérien. Le téléviseur déversait les nouvelles du jour, transmettait les séances du dernier congrès du Parti, mais ce fond sonore n'avait pas la moindre répercussion sur les conversations de nos invités.

Tapi dans un coin de cette cuisine encombrée, l'épaule contre l'étagère sur laquelle trônait le téléviseur, je les écoutais avidement en essayant de me rendre invisible. Je savais que bientôt le visage d'un adulte émergerait du brouillard bleu et que j'entendrais un cri d'indignation enjouée :

— Ah, mais regardez-le, ce petit noctambule ! Il est minuit passé et il n'est pas encore au lit. Allez, ouste, grouille-toi ! On t'appellera quand la barbe t'aura poussé…

Expulsé de la cuisine, je ne parvenais pas à m'endormir tout de suite, intrigué par cette question qui revenait sans cesse dans ma jeune tête : «Pourquoi aiment-ils tant parler de Charlotte ? »

Je crus d'abord comprendre que cette Française était pour mes parents et leurs invités un sujet de conversation idéal. En effet, il leur suffisait d'évoquer les souvenirs de la dernière guerre pour qu'une dispute éclatât. Mon père qui avait passé quatre ans, en première ligne, dans l'infanterie, mettait la victoire sur le compte de ces troupes embourbées dans la terre et qui, selon son expression, avaient arrosé de leur sang cette terre depuis Stalingrad jusqu'à Berlin. Son frère, sans vouloir le vexer, remarquait alors que, «comme tout le monde le sait», l'artillerie était la déesse de la guerre moderne. La discussion s'échauffait. Peu à peu les artilleurs se voyaient traiter de planqués, et l'infanterie, à cause de la boue des chemins de guerre, devenait «l'infecterie». C'est à ce moment-là que leur meilleur ami, ex-pilote d'un chasseur, intervenait avec ses arguments et la conversation entrait dans un piqué très dangereux. Et encore ils n'avaient examiné ni les mérites respectifs de leurs fronts, différents tous les trois, ni le rôle de Staline pendant la guerre…

Cette dispute, je le sentais, les peinait beaucoup. Car ils savaient que quelle que soit leur part dans la victoire, les jeux étaient faits : leur génération, décimée, meurtrie, allait bientôt disparaître. Et le fantassin, et l'artilleur, et le pilote. Ma mère les précéderait même, suivant le destin des enfants nés au début des années vingt. À quinze ans, je resterais seul avec ma sœur. Il y avait dans leur polémique comme une tacite prescience de cet avenir très proche... La vie de Charlotte, pensais-je, les réconciliait, offrant un terrain neutre.

C'est avec l'âge que je me mis à discerner une tout autre raison à cette prédilection française de leurs interminables débats. C'est que Charlotte surgissait sous le ciel russe comme une extraterrestre. Elle n'avait que faire de l'histoire cruelle de cet immense empire, de ses famines, révolutions, guerres civiles... Nous autres, Russes, n'avions pas le choix. Mais elle ? À travers son regard, ils observaient un pays méconnaissable, car jugé par une étrangère, parfois naïve, souvent plus perspicace qu'eux-mêmes. Dans les yeux de Charlotte s'était reflété un monde inquiétant et plein d'une vérité spontanée — une Russie insolite qu'il leur fallait découvrir.

Je les écoutais. Et je découvrais moi aussi le destin russe de Charlotte, mais à ma façon. Certains détails à peine évoqués s'élargissaient dans ma tête en formant tout un univers secret. D'autres événements auxquels les adultes attachaient une importance considérable passaient inaperçus.

Ainsi, étrangement, les horribles images du

cannibalisme dans les villages de la Volga me touchèrent très peu. Je venais de lire *Robinson Crusoé*, et les congénères de Vendredi avec leurs joyeux rites d'anthropophagie m'avaient vacciné, de manière romanesque, contre les atrocités réelles.

Et ce n'est pas la dure besogne à la ferme qui m'impressionna le plus dans le passé rural de Charlotte. Non, j'avais retenu surtout sa visite chez les jeunes du village. Elle y était allée le soir même et les avait trouvés engagés dans une discussion métaphysique : il s'agissait de savoir de quelle sorte de mort eût été terrassé celui qui aurait osé se rendre à minuit précis dans un cimetière. Charlotte en souriant s'était dite capable d'affronter toutes les forces surnaturelles, cette nuit, au milieu des tombes. Les distractions étaient rares. Les jeunes gens, en espérant secrètement quelque dénouement macabre, avaient salué son courage avec un enthousiasme houleux. Il restait à trouver un objet que cette Française écervelée allait laisser sur l'une des tombes du cimetière villageois. Et ce n'était pas facile. Car tout ce qui avait été proposé pouvait être remplacé par son double : fichu, pierre, pièce de monnaie... Oui, cette étrangère rusée pourrait très bien venir aux aurores et accrocher ce châle pendant que tout le monde dormait. Non, il fallait choisir un objet unique... Le lendemain matin, toute une délégation avait retrouvé suspendu sur une croix, dans le coin le plus ombragé du cimetière — «le petit sac du Pont-Neuf»...

C'est en imaginant cette sacoche féminine au milieu des croix, sous le ciel de Sibérie, que je commençai à pressentir l'incroyable destinée des choses. Elles voyageaient, accumulaient sous leur surface banale les époques de notre vie, reliant des instants si éloignés.

Quant au mariage de ma grand-mère avec le juge du peuple, je ne remarquais sans doute pas tout le pittoresque historique que les adultes pouvaient y déceler. L'amour de Charlotte, la cour que mon grand-père lui faisait, leur couple si hors du commun dans cette contrée sibérienne — de tout cela je ne gardai qu'un fragment : Fiodor, vareuse bien repassée, bottes étincelantes, se dirige vers le lieu de leur rendez-vous décisif. À quelques pas derrière lui, son greffier, jeune fils de pope, conscient de la gravité du moment, marche lentement en portant un énorme bouquet de roses. Un juge du peuple, même amoureux, ne devait pas ressembler à un banal soupirant d'opérette. Charlotte les voit de loin, comprend tout de suite le pourquoi de la mise en scène et, avec un sourire malicieux, accepte le bouquet que Fiodor prend des mains du greffier. Celui-ci, intimidé, mais curieux, disparaît à reculons.

Ou peut-être encore ce fragment : l'unique photo de mariage (toutes les autres, celles où apparaissait le grand-père, seraient confisquées lors de son arrestation) : leurs deux visages, légèrement inclinés l'un vers l'autre, et sur les lèvres de Charlotte, incroyablement jeune et belle, ce reflet souriant de la « petite pomme »…

D'ailleurs, dans ces longs récits nocturnes, tout n'était pas toujours clair pour mes oreilles d'enfant. Ce coup de tête du père de Charlotte, par exemple… Ce respectable et riche médecin apprend, un jour, de l'un de ses patients, haut fonctionnaire de la police, que la grande manifestation des ouvriers qui allait d'une minute à l'autre se déverser sur la place principale de Boïarsk serait accueillie, à l'un des carrefours, par le tir des mitrailleuses. Aussitôt le patient reparti, le docteur Lemonnier enlève sa blouse blanche et, sans appeler son cocher, saute dans sa voiture et s'élance à travers les rues pour avertir les ouvriers.

La tuerie n'avait pas eu lieu… Et je me demandais souvent pourquoi ce «bourgeois», ce privilégié avait agi ainsi. Nous étions habitués à voir le monde en noir et blanc : les riches et les pauvres, les exploiteurs et les exploités, en un mot, les ennemis de classe et les justes. Le geste du père de Charlotte me confondait. De la masse humaine, si commodément coupée en deux, surgissait l'homme avec son imprévisible liberté.

Je ne comprenais pas non plus ce qui s'était passé à Boukhara. Je devinais seulement que l'événement avait été atroce. N'était-ce pas un hasard si les adultes l'évoquaient par des sous-entendus accompagnés de hochements de tête suggestifs? C'était une sorte de tabou autour duquel leur récit tournait en décrivant ainsi le décor. Je voyais d'abord une rivière coulant sur les galets lisses, puis un chemin qui longeait l'infini du désert. Et le soleil se mettait à tanguer dans les yeux de Charlotte, et sa joue s'enflammait de la brûlure du sable, et le ciel résonnait de hennissements… La scène dont je ne comprenais pas le sens, mais dont je perçais la densité physique, s'éteignait. Les adultes soupiraient, détournaient la conversation, se versaient un nouveau verre de vodka.

Je finis par deviner que cet événement survenu dans les sables de l'Asie centrale avait marqué pour toujours, de façon mystérieuse et très intime, l'histoire de notre famille. Je remarquai aussi qu'on ne le racontait jamais lorsque le fils de Charlotte, mon oncle Sergueï, était parmi les invités...

En fait, si j'espionnais ces confidences nocturnes, c'était surtout pour explorer le passé français de ma grand-mère. Le côté russe de sa vie m'intéressait moins. J'étais comme ce chercheur qui, en examinant une météorite, est attiré essentiellement par de petits cristaux brillants encastrés dans sa surface basaltique. Et comme on rêve d'un voyage lointain dont le but est encore inconnu, je rêvais du balcon de Charlotte, de son Atlantide où je croyais avoir laissé, l'été dernier, une part de moi.

II

# 1

Cet été, j'avais très peur de rencontrer, pour une nouvelle fois, le Tsar... Oui, de revoir ce jeune empereur et son épouse dans les rues de Paris. C'est ainsi qu'on redoute la rencontre avec un ami dont le médecin vous a appris la fin imminente, un ami qui, dans une ignorance heureuse, vous confie ses projets.

Comment, en effet, aurais-je pu suivre Nikolaï et Alexandra si je les savais condamnés ? Si je savais que même leur fille Olga ne serait pas épargnée. Que même les autres enfants qu'Alexandra n'avait pas encore mis au monde connaîtraient le même sort tragique.

C'est avec une joie secrète que j'aperçus, ce soir-là, un petit recueil de poèmes que ma grand-mère, assise au milieu des fleurs de son balcon, feuilletait sur ses genoux. Avait-elle senti mon embarras, se souvenant de l'incident de l'été dernier ? Ou tout simplement voulait-elle nous lire un de ses poèmes favoris ?

Je vins m'asseoir à côté d'elle, à même le sol, en m'accoudant sur la tête de la bacchante de pierre.

Ma sœur se tenait de l'autre côté, s'appuyant sur la rampe, le regard perdu dans la brume chaude des steppes.

La voix de Charlotte était chantante comme la voulaient ces vers :

> *Il est un air pour qui je donnerais*
> *Tout Rossini, tout Mozart et tout Weber*
> *Un air très vieux, languissant et funèbre*
> *Qui pour moi seul a des charmes secrets…*

La magie de ce poème de Nerval fit surgir de l'ombre du soir un château du temps de Louis XIII et la châtelaine « blonde aux yeux noirs, **en** ses habits anciens »…

C'est alors que la voix de ma sœur me tira de ma contemplation poétique.

— Et ce Félix Faure, qu'est-ce qu'il est devenu ?

Elle restait toujours là, à l'angle du balcon, se penchant légèrement par-dessus la rampe. Avec des gestes distraits, elle arrachait de temps en temps une fleur fanée de volubilis et la jetait en suivant son tournoiement dans l'air nocturne. Plongée dans ses rêves de jeune fille, elle n'avait pas écouté la lecture du poème. C'était l'été de ses quinze ans… Pourquoi avait-elle pensé au Président ? Probablement, cet homme beau, imposant, avec une élégante moustache et de grands yeux calmes concentra soudain en lui, par quelque jeu capricieux de la rêverie amoureuse, la présence masculine préfigurée. Et elle demanda en russe — comme pour mieux exprimer le mystère inquiétant de cette présence secrètement désirée : «Et ce Félix Faure, qu'est-ce qu'il est devenu ? »

Charlotte me lança un coup d'œil rapide teinté de sourire. Puis elle referma le livre qu'elle tenait sur ses genoux et en soupirant doucement, regarda au loin, vers cet horizon où, il y a un an, nous avions vu émerger l'Atlantide.

— Quelques années après la visite de Nicolas II à Paris, le Président est mort...

Il y eut une brève hésitation, une pause involontaire qui ne fit qu'augmenter notre attention.

— Il est mort subitement, à l'Élysée. Dans les bras de sa maîtresse, Marguerite Steinheil...

C'est cette phrase qui sonna le glas de mon enfance. «Il est mort dans les bras de sa maîtresse... »

La beauté tragique de ces quelques mots me bouleversa. Tout un monde nouveau déferla sur moi.

D'ailleurs, cette révélation me frappa avant tout par son décor : cette scène amoureuse et mortelle s'était déroulée à l'Élysée ! Au palais présidentiel ! Au sommet de cette pyramide du pouvoir, de la gloire, de la célébrité mondaine... Je me figurais un intérieur luxueux avec des gobelins, des dorures, des enfilades de glaces. Au milieu de cette munificence — un homme (le président de la République !) et une femme unis dans un enlacement fougueux...

Ébahi, je me mis à traduire inconsciemment cette scène en russe. C'est-à-dire à remplacer les protagonistes français par leurs équivalents nationaux. Une série de fantômes engoncés dans des

111

complets noirs se présentèrent à mes yeux. Secrétaires du Politburo, maîtres du Kremlin : Lénine, Staline, Khrouchtchev, Brejnev. Quatre caractères fort différents, aimés ou détestés par la population et dont chacun avait marqué toute une époque dans l'histoire de l'empire. Pourtant, tous ils avaient une qualité en commun : à leur côté, aucune présence féminine et, à plus forte raison, amoureuse n'était concevable. Il était bien plus facile pour nous d'imaginer Staline en compagnie d'un Churchill à Ialta ou d'un Mao à Moscou que de le supposer avec la mère de ses enfants…

« Le Président est mort à l'Élysée, dans les bras de sa maîtresse, Marguerite Steinheil… » Cette phrase avait l'air d'un message codé provenant d'un autre système stellaire.

Charlotte alla chercher dans la valise sibérienne quelques journaux d'époque en espérant pouvoir nous montrer la photo de Mme Steinheil. Et moi, embrouillé dans ma traduction amoureuse franco-russe, je me souvins d'une réplique qu'un soir j'avais entendue dans la bouche d'un cancre dégingandé, mon camarade de classe. Nous marchions dans les couloirs sombres de l'école, après un entraînement d'haltérophilie, la seule discipline où il excellait. En passant près du portrait de Lénine, mon compagnon avait sifflé de façon très irrespectueuse et affirmé :

— Hé, hé, quoi, Lénine. Il n'avait pas d'enfants, lui. C'est qu'il ne savait tout simplement pas faire l'amour…

Il avait employé un verbe très grossier pour

désigner cette activité sexuelle, déficiente, selon lui, chez Lénine. Un verbe dont jamais je n'aurais osé me servir et qui, appliqué à Vladimir Ilitch, devenait d'une obscénité monstrueuse. Interloqué, j'entendais l'écho de ce verbe iconoclaste résonner dans de longs couloirs vides…

« Félix Faure… Le président de la République… Dans les bras de sa maîtresse… » Plus que jamais l'Atlantide-France me paraissait une *terra incognita* où nos notions russes n'avaient plus cours.

La mort de Félix Faure me fit prendre conscience de mon âge : j'avais treize ans, je devinais ce que voulait dire « mourir dans les bras d'une femme », et l'on pouvait m'entretenir désormais sur des sujets pareils. D'ailleurs, le courage et l'absence totale d'hypocrisie dans le récit de Charlotte démontrèrent ce que je savais déjà : elle n'était pas une grand-mère comme les autres. Non, aucune babouchka russe ne se serait hasardée dans une telle discussion avec son petit-fils. Je pressentais dans cette liberté d'expression une vision insolite du corps, de l'amour, des rapports entre l'homme et la femme — un mystérieux « regard français ».

Le matin, je m'en allai dans la steppe pour rêver, seul, à la fabuleuse mutation apportée dans ma vie par la mort du Président. À ma très grande surprise, revue en russe, la scène n'était plus bonne à dire. Même impossible à dire ! Censurée par une inexplicable pudeur des mots, raturée tout à coup par une étrange morale offusquée. Enfin dite, elle hésitait entre l'obscénité morbide

113

et les euphémismes qui transformaient ce couple d'amants en personnages d'un roman sentimental mal traduit.

«Non, me disais-je, étendu dans l'herbe ondoyant sous le vent chaud, ce n'est qu'en français qu'il pouvait mourir dans les bras de Marguerite Steinheil...»

Grâce aux amants de l'Élysée, je compris le mystère de cette jeune servante qui, surprise dans la baignoire par son maître, se donnait à lui avec l'effroi et la fièvre d'un rêve enfin accompli. Oui, avant il y avait ce trio bizarre découvert dans un roman de Maupassant que j'avais lu au printemps. Un dandy parisien, tout au long du livre, convoitait l'amour inaccessible d'un être féminin composé de raffinements décadents, cherchait à pénétrer dans le cœur de cette courtisane cérébrale, indolente, semblable à une fragile orchidée, et qui le laissait espérer toujours en vain. Et à côté d'eux — la servante, la jeune baigneuse au corps robuste et sain. À la première lecture, je n'avais discerné que ce triangle qui me paraissait artificiel et sans vigueur : en effet, les deux femmes ne pouvaient même pas se considérer comme rivales...

Désormais, je portais un regard tout neuf sur le trio parisien. Ils devenaient concrets, charnels, palpables — ils vivaient ! Je reconnaissais maintenant cette peur bienheureuse dont tressaillait la jeune servante arrachée de la baignoire et emportée, toute mouillée, vers un lit. Je sentais le chatouillement des gouttes qui sinuaient sur sa poitrine pulpeuse, le poids de ses hanches dans les bras de l'homme, je voyais même le remous rythmique de l'eau dans la baignoire d'où son corps venait d'être retiré. L'eau se calmait peu à peu… Et l'autre, la mondaine inaccessible qui me rappelait autrefois une fleur desséchée entre les pages d'un livre, se révéla d'une sensualité souterraine, opaque. Son corps renfermait une chaleur parfumée, une troublante fragrance faite des battements de son sang, du poli de sa peau, de la lenteur tentatrice de ses paroles.

L'amour fatal qui avait fait exploser le cœur du Président remodela la France que je portais en moi. Celle-ci était principalement romanesque. Les personnages littéraires qui se côtoyaient sur ses chemins semblaient, en ce soir mémorable, s'éveiller après un long sommeil. Autrefois, ils avaient beau agiter leurs épées, grimper des échelles de corde, avaler de l'arsenic, déclarer leur amour, voyager dans un carrosse en tenant, sur leurs genoux, la tête coupée de leur bien-aimé — ils ne quittaient pas leur monde fictif. Exotiques, brillants, drôles peut-être, ils ne me touchaient pas. Comme ce curé chez Flaubert, ce prêtre de province à qui Emma confessait ses tourments, je ne comprenais pas moi non plus cette femme : «Mais que peut-elle désirer de plus, elle qui a une belle maison, un mari travailleur et le respect des voisins»…

Les amants de l'Élysée m'aidèrent à comprendre *Madame Bovary*. Dans une intuition fulgurante, je saisissais ce détail : les doigts graisseux du coiffeur qui habilement tirent et lissent les cheveux d'Emma. Dans ce salon étroit, l'air est lourd, la lumière des bougies qui chasse l'ombre du soir — floue. Cette femme, assise devant la glace, vient de quitter son jeune amant et se prépare maintenant à revenir chez elle. Oui, je devinais ce que pouvait ressentir une femme adultère, le soir, chez le coiffeur, entre le dernier baiser d'un rendez-vous à l'hôtel et les premières paroles, très quotidiennes, qu'il faudrait adresser au mari... Sans pouvoir l'expliquer moi-même, j'entendais comme une corde vibrante dans l'âme de cette femme. Mon cœur résonnait à l'unisson. «Emma Bovary, c'est moi!» me soufflait une voix souriante venant des récits de Charlotte.

Le temps qui coulait dans notre Atlantide avait ses propres lois. Précisément, il ne coulait pas, mais ondoyait autour de chaque événement évoqué par Charlotte. Chaque fait, même parfaitement accidentel, s'incrustait à jamais dans le quotidien de ce pays. Son ciel nocturne était toujours traversé par une comète, bien que notre grand-mère, se référant à une coupure de presse, nous précisât la date exacte de cette apparition céleste : 17 octobre 1882. Nous ne pouvions plus imaginer la tour Eiffel sans voir cet Autrichien fou qui se lançait de la flèche dentelée et, trahi par son parachute, s'écrasait au milieu d'une foule de badauds. Le Père-Lachaise n'avait pour nous rien d'un cimetière paisible, animé du chuchotement respectueux de quelques touristes. Non, entre ses tombes, les gens armés couraient en tous sens, échangeaient des coups de feu, se cachaient derrière les stèles funéraires. Raconté une fois, ce combat entre les Communards et les Versaillais s'était associé pour toujours, dans nos têtes, au nom de « Père-Lachaise ». D'ailleurs, nous entendions l'écho de cette fusillade aussi dans les catacombes de Paris. Car, selon Charlotte, ils se battaient dans ces labyrinthes, et les balles fracassaient les crânes des morts d'il y a plusieurs siècles. Et si le ciel nocturne au-dessus de l'Atlantide était illuminé par la comète et par les zeppelins allemands, l'azur frais du jour s'emplissait de la stridulation régulière d'un monoplan : un certain Louis Blériot traversait la Manche.

Le choix des événements était plus ou moins subjectif. Leur succession obéissait surtout à notre fiévreuse envie de savoir, à nos questions désordonnées. Mais quelle que soit leur importance, ils n'échappaient jamais à la règle générale : le lustre qui tombait du plafond lors de la représentation de *Faust* à l'Opéra déversait immédiatement son explosion cristalline dans toutes les salles parisiennes. Le vrai théâtre supposait pour nous ce léger tintement de l'énorme grappe de verre assez mûre pour se détacher du plafond au son d'une fioriture ou d'un alexandrin... Quant au vrai cirque parisien, nous savions que le dompteur y était toujours déchiré par les fauves — comme ce « nègre du nom de Delmonico » attaqué par ses sept lionnes.

Charlotte puisait ces connaissances tantôt dans la valise sibérienne, tantôt dans ses souvenirs d'enfance. Plusieurs de ses récits remontaient à une époque encore plus ancienne, contés par son oncle ou par Albertine qui eux-mêmes les avaient hérités de leurs parents.

Mais nous, peu nous importait la chronologie exacte ! Le temps de l'Atlantide ne connaissait que la merveilleuse simultanéité du présent. Le baryton vibrant de Faust remplissait la salle : « Laisse-moi, laisse-moi contempler ton visage… », le lustre tombait, les lionnes se jetaient sur l'infortuné Delmonico, la comète incisait le ciel nocturne, le parachutiste s'envolait de la tour Eiffel, deux voleurs profitant de la nonchalance estivale quittaient le Louvre nocturne en emportant la *Joconde*, le prince Borghese bombait la poitrine, tout fier d'avoir gagné le premier raid automobile Pékin-Paris via Moscou… Et quelque part dans la pénombre d'un discret salon de l'Élysée, un homme à la belle moustache blanche enlaçait sa maîtresse et s'étouffait dans ce dernier baiser.

Ce présent, ce temps où les gestes se répétaient indéfiniment était bien sûr une illusion d'optique. Mais c'est grâce à cette vision illusoire que nous découvrîmes quelques traits de caractère essentiels chez les habitants de notre Atlantide. Les rues parisiennes, dans nos récits, étaient secouées constamment par les explosions des bombes. Les anarchistes qui les lançaient devaient être aussi nombreux que les grisettes ou les cochers sur leurs fiacres. Certains de ces ennemis de l'ordre social garderaient longtemps pour moi, dans leur nom, un fracas explosif ou le bruit des armes : Ravachol, Santo Caserio…

Oui, c'est dans ces rues tonitruantes que l'une

des singularités de ce peuple nous apparut : il était toujours en train de revendiquer, jamais content du *statu quo* acquis, prêt à chaque moment à déferler dans les artères de sa ville pour détrôner, secouer, exiger. Dans le calme social parfait de notre patrie, ces Français avaient la mine de mutins-nés, de contestataires par conviction, de râleurs professionnels. La valise sibérienne contenant les journaux qui parlaient des grèves, des attentats, des combats sur les barricades ressemblait, elle aussi, à une grosse bombe au milieu de la somnolence paisible de Saranza.

Et puis, à quelques rues des explosions, toujours dans ce présent qui ne passait pas, nous tombâmes sur ce petit bistro calme dont Charlotte, dans ses souvenirs, nous lisait en souriant l'enseigne : *Au Ratafia de Neuilly.* «Ce ratafia, précisait-elle, le patron le servait dans des coquilles d'argent...»

Les gens de notre Atlantide pouvaient donc éprouver un attachement sentimental envers un café, aimer son enseigne, y distinguer une atmosphère bien à lui. Et garder pour toute leur vie le souvenir que c'est là, à l'angle d'une rue, qu'on buvait du ratafia dans des coquilles d'argent. Oui, pas dans des verres à facettes, ni dans des coupes, mais dans ces fines coquilles. C'était notre nouvelle découverte : cette science occulte qui alliait le lieu de restauration, le rituel du repas et sa tonalité psychologique. «Leurs bistros favoris, ont-ils pour eux une âme, nous demandions-nous, ou, du moins, une physionomie personnelle ?» Il y avait un seul café à Saranza. Malgré son joli nom,

*Flocon de neige,* il n'éveillait en nous aucune émotion particulière, pas plus que le magasin de meubles à côté de lui, ni la caisse d'épargne, en face. Il fermait à huit heures du soir, et c'est encore son intérieur obscur, avec l'œil bleu d'une veilleuse, qui provoquait notre curiosité. Quant aux cinq ou six restaurants dans la ville sur la Volga où habitait notre famille, ils se ressemblaient tous : à sept heures précises, l'huissier ouvrait les portes devant une foule impatiente, la musique de tonnerre mêlée de graillon déferlait dans la rue, et à onze heures la même foule, ramollie et vaseuse, se déversait sur le perron, près duquel un gyrophare de police apportait une note de fantaisie à ce rythme immuable… « Les coquilles d'argent *Au Ratafia de Neuilly* », répétions-nous silencieusement.

Charlotte nous expliqua la composition de cette boisson insolite. Le récit, très naturellement, aborda l'univers des vins. Et c'est là que, subjugués par un flot coloré d'appellations, de saveurs, de bouquets, nous fîmes connaissance avec ces êtres extraordinaires dont le palais était apte à distinguer toutes ces nuances. Il s'agissait toujours de ces mêmes constructeurs de barricades ! Et nous rappelant les étiquettes de quelques bouteilles exposées sur les rayons du *Flocon de neige*, nous nous rendions maintenant à l'évidence que c'étaient uniquement des noms français : « Champanskoé », « Koniak », « Silvaner », « Aligoté », « Mouskat », « Kagor »…

Oui, c'est surtout cette contradiction qui nous laissait perplexes : ces anarchistes avaient su élaborer un système de boissons aussi cohérent et complexe. Et de plus, tous ces innombrables vins formaient, selon Charlotte, d'infinies combinaisons avec les fromages ! Et ceux-ci, à leur tour, composaient une véritable encyclopédie fromagère de goûts, de couleurs locales — d'humeurs individuelles presque... Rabelais, qui hantait souvent nos soirées de steppes, n'avait donc pas menti.

Nous découvrions que le repas, oui, la simple absorption de la nourriture, pouvait devenir une mise en scène, une liturgie, un art. Comme dans ce *Café Anglais* boulevard des Italiens où l'oncle de Charlotte dînait souvent avec ses amis. C'est lui qui avait raconté à sa nièce l'histoire de cette incroyable addition de dix mille francs pour un cent de... grenouilles ! « Il faisait très froid, se souvenait-il, toutes les rivières étaient couvertes de glace. Il a fallu appeler cinquante ouvriers pour éventrer ce glacier et trouver les grenouilles... » Je ne savais pas ce qui nous étonnait le plus : ce plat inimaginable, contraire à toutes nos notions gastronomiques, ou bien ce régiment de moujiks (nous les voyions ainsi) en train de fendre des blocs de glace sur une Seine gelée.

À vrai dire, nous commencions à perdre la tête : le Louvre, *Le Cid* à la Comédie-Française, les barricades, la fusillade dans les catacombes, l'Académie, les députés dans une barque, et la comète, et les lustres qui tombaient les uns après les autres, et le Niagara des vins, et le dernier baiser du Président... Et les grenouilles dérangées dans leur sommeil hivernal ! Nous avions affaire à un peuple d'une fabuleuse multiplicité de sentiments, d'attitudes, de regards, de façons de parler, de créer, d'aimer.

Et puis, il y avait aussi, nous apprenait Charlotte, le célèbre cuisinier Urbain Dubois qui avait dédié à Sarah Bernhardt un potage aux crevettes et aux asperges. Il nous fallait imaginer un bortsch dédié à quelqu'un, comme un livre… Un jour, nous suivîmes dans les rues de l'Atlantide un jeune dandy qui entra chez *Weber*, un café très à la mode, d'après l'oncle de Charlotte. Il commanda ce qu'il commandait toujours : une grappe de raisin et un verre d'eau. C'était Marcel Proust. Nous observions cette grappe et cette eau qui, sous nos regards fascinés, se transformaient en un plat d'une élégance inégalable. Ce n'est donc pas la variété des vins ou l'abondance rabelaisienne de la nourriture qui comptaient, mais…

Nous pensions de nouveau à cet esprit français dont nous nous efforcions de percer le mystère. Et Charlotte, comme si elle voulait rendre notre recherche encore plus passionnée, nous parlait déjà du restaurant *Paillard* sur la Chaussée-d'Antin. La princesse de Caraman-Chimay s'y était fait enlever, un soir, par le violoniste tsigane Rigo…

Sans oser encore le croire, je m'interrogeais silencieusement : cette quintessence française tant recherchée, n'aurait-elle pas pour source — l'amour ? Car tous les chemins de notre Atlantide semblaient se croiser dans le pays du Tendre.

Saranza plongeait dans la nuit épicée des steppes. Ses senteurs se confondaient avec le parfum qui embaumait ce corps féminin couvert de pierreries et d'hermine. Charlotte contait les frasques de la divine Otero. Avec un étonnement incrédule, je contemplais cette dernière grande courtisane, toute galbée sur son canapé aux formes capricieuses. Sa vie extravagante n'était consacrée qu'à l'amour. Et autour de ce trône s'agitaient des hommes — les uns comptaient les maigres napoléons de leur fortune anéantie, les autres approchaient lentement le canon de leur revolver de leur tempe. Et même dans ce geste ultime, ils savaient faire preuve d'une élégance digne de la grappe de raisin de Proust : l'un de ces amants malheureux s'était suicidé à l'endroit même où Caroline Otero lui était apparue pour la première fois !

D'ailleurs, dans ce pays exotique, le culte de l'amour ne connaissait pas de frontières sociales, et loin de ces boudoirs regorgeant de luxe, dans les faubourgs populaires, nous voyions deux bandes rivales de Belleville s'entre-tuer à cause d'une femme. Seule différence : les cheveux de la belle Otero avaient l'éclat d'une aile de corbeau, tandis que la chevelure de l'amoureuse disputée brillait comme des blés mûrs dans la lumière du couchant. Les bandits de Belleville l'appelaient Casque d'or.

Notre sens critique se révoltait à ce moment-là. Nous étions prêts à croire en l'existence des mangeurs de grenouilles, mais imaginer des gangsters s'égorger pour les beaux yeux d'une femme !

Visiblement, cela n'avait rien d'étonnant pour notre Atlantide : n'avions-nous pas déjà vu l'oncle de Charlotte sortir en titubant du fiacre, l'œil trouble, le bras emmailloté dans un foulard ensanglanté — il venait de se battre en duel, dans la forêt de Marly, en défendant l'honneur d'une dame... Et puis, ce général Boulanger, ce dictateur déchu, ne s'était-il pas brûlé la cervelle sur la tombe de sa bien-aimée?

Un jour, au retour d'une promenade, nous fûmes surpris, tous les trois, par une averse... Nous marchions dans les vieilles rues de Saranza composées uniquement de grandes isbas noircies par l'âge. C'est sous l'auvent de l'une d'elles que nous trouvâmes refuge. La rue, étouffée par la chaleur, il y a une minute, plongea dans un crépuscule froid, balayé par des rafales de grêle. Elle était pavée à l'ancienne — de gros cailloux ronds de granit. La pluie fit monter d'eux une odeur forte de pierre mouillée. La perspective des maisons s'estompa derrière un voile d'eau — et grâce à cette odeur, on pouvait se croire dans une grande ville, le soir, sous une pluie d'automne. La voix de Charlotte, d'abord dépassant à peine le bruit des gouttes, avait l'apparence d'un écho assourdi par les vagues de pluie.

— C'est aussi une pluie qui m'a fait découvrir cette inscription gravée sur le mur humide d'une maison, dans l'allée des Arbalétriers, à Paris. Nous nous étions cachées, ma mère et moi, sous un porche, et en attendant qu'il cesse de pleuvoir, nous n'avions devant nos yeux que cet écusson commémoratif. J'ai appris sa légende par cœur : « *Dans ce passage, en sortant de l'hôtel de Barbette, le duc Louis d'Orléans, frère du roi Charles VI, fut assassiné par Jean sans Peur, duc de Bourgogne, dans la nuit du 23 au 24 novembre 1407»*... Il sortait de chez la reine Isabeau de Bavière...

Notre grand-mère se tut, mais dans le chuchotement des gouttes nous entendions toujours ces noms fabuleux tissés en un tragique monogramme d'amour et de mort : Louis d'Orléans, Isabeau de Bavière, Jean sans Peur...

Soudain, sans savoir pourquoi, je me souvins du Président. Une pensée très claire, très simple, évidente : c'est que durant toutes ces cérémonies en l'honneur du couple impérial, oui, dans le cortège sur les Champs-Élysées, et devant le tombeau de Napoléon, et à l'Opéra — il n'avait pas cessé de rêver à elle, à sa maîtresse, à Marguerite Steinheil. Il s'adressait au tsar, prononçait des discours, répondait à la tsarine, échangeait un regard avec son épouse. Mais elle, à chaque instant, elle était là.

La pluie ruisselait sur le toit moussu de la vieille isba qui nous abritait sur son perron. J'oubliai où j'étais. La ville que j'avais visitée autrefois en compagnie du tsar se transfigurait à vue d'œil. Je l'observais à présent avec le regard du Président amoureux.

Cette fois, en quittant Saranza, j'avais l'impression de revenir d'une expédition. J'emportais une somme de connaissances, un aperçu des us et des coutumes, une description, encore lacunaire, de la mystérieuse civilisation qui chaque soir renaissait au fond de la steppe.

Tout adolescent est classificateur — réflexe de

défense devant la complexité du monde adulte qui l'aspire au seuil de l'enfance. Je l'étais peut-être plus que les autres. Car le pays que j'avais à explorer n'existait plus, et je devais reconstituer la topographie de ses hauts lieux et de ses lieux saints à travers l'épais brouillard du passé.

Je m'enorgueillissais surtout d'une galerie de types humains que je possédais dans ma collection. Outre le Président-amant, les députés dans une barque et le dandy avec sa grappe de raisin, il y avait des personnages bien plus humbles quoique non moins insolites. Ces enfants, par exemple, tout jeunes ouvriers des mines, avec leur sourire cerné de noir. Un crieur de journaux (nous n'osions pas imaginer un fou qui aurait pu courir dans les rues en criant : « *La Pravda ! La Pravda !* »). Un tondeur de chiens qui exerçait son métier sur les quais. Un garde champêtre avec son tambour. Des grévistes rassemblés autour d'une «soupe communiste». Et même un marchand de crottes de chiens. J'étais très fier de savoir que cette étrange marchandise était utilisée, à l'époque, pour assouplir les cuirs…

Mais ma plus grande initiation, cet été, fut de comprendre comment on pouvait être français. Les innombrables facettes de cette fuyante identité s'étaient composées en un tout vivant. C'était une manière d'exister très ordonnée malgré ses côtés excentriques.

La France n'était plus pour moi un simple cabinet de curiosités, mais un être sensible et dense dont une parcelle avait été un jour greffée en moi.

— Non, ce que je ne comprends pas, c'est pourquoi elle a voulu s'enterrer dans cette Saranza.
Elle aurait pu très bien vivre ici, à côté de vous…

Je faillis bondir de mon tabouret près du téléviseur. C'est que je comprenais si bien pour quelle
raison Charlotte tenait à sa petite ville de province. Il m'eût été si facile d'expliquer son choix
aux adultes réunis dans notre cuisine. J'aurais évoqué l'air sec de la grande steppe qui distillait le
passé dans sa transparence muette. J'aurais parlé
de ces rues poussiéreuses qui ne menaient nulle
part en débouchant, toutes, sur la même plaine
infinie. De cette ville d'où l'histoire, en décapi-
tant les églises et en arrachant les « surabondances architecturales », avait chassé toute notion
de temps. La ville où vivre signifiait revivre sans
cesse son passé tout en accomplissant machinalement les gestes quotidiens.

Je ne disais rien. J'avais peur de me voir expulsé
de la cuisine. Les adultes, je l'avais remarqué
depuis un certain temps, toléraient plus facilement ma présence. Je semblais avoir conquis, à

mes quatorze ans, le droit d'assister à leurs conversations tardives. À condition de rester invisible. Ravi de ce changement, je ne voulais surtout pas compromettre un tel privilège.

Le nom de Charlotte revenait durant ces veillées d'hiver aussi souvent qu'autrefois. Oui, comme avant, la vie de ma grand-mère offrait à nos invités une matière à parler qui ménageait l'amour-propre de chacun.

Et puis, cette jeune Française avait l'avantage de concentrer dans son existence les moments cruciaux de l'histoire de notre pays. Elle avait vécu sous le Tsar et survécu aux purges staliniennes, elle avait traversé la guerre et assisté à la chute de tant d'idoles. Sa vie, décalquée sur le siècle le plus sanguinaire de l'empire, acquérait à leurs yeux une dimension épique.

C'était elle, cette Française née à l'autre bout du monde, qui suivait d'un regard vide le vallonnement des sables derrière la porte ouverte du wagon («Mais quel diable l'a entraînée dans ce fichu désert?» s'était exclamé un jour l'ami de mon père, le pilote de guerre). À côté d'elle, immobile lui aussi, se tenait son mari Fiodor. Le souffle s'engouffrant dans le wagon n'apportait aucune fraîcheur malgré la course rapide du train. Ils restèrent un long moment dans cette embrasure de lumière et de chaleur. Le vent ponçait leur front comme du papier de verre. Le soleil brisait la vue en une myriade d'éclats. Mais ils ne bougeaient pas, comme s'ils voulaient qu'un passé pénible s'effaçât par ce frottement et cette brûlure. Ils venaient de quitter Boukhara.

C'était elle qui, après leur retour en Sibérie, passait des heures interminables devant une fenêtre noire, en soufflant de temps en temps sur la couche épaisse du givre pour préserver un petit rond fondu. À travers ce judas aqueux, elle voyait une rue blanche, nocturne. Parfois une voiture glissait lentement, s'approchait de leur maison et, après un moment d'indécision, repartait. Trois heures du matin sonnaient et quelques minutes plus tard, elle entendait le crissement aigu de la neige sur le perron. Elle fermait les yeux un instant, puis allait ouvrir. Son mari rentrait toujours à cette heure-là… Les gens disparaissaient tantôt au travail, tantôt en pleine nuit, chez eux, après le passage d'une voiture noire dans les rues enneigées. Elle était sûre que tant qu'elle l'attendait devant la fenêtre, en soufflant sur le givre, rien ne pouvait lui arriver. À trois heures, il se levait, rangeait les dossiers sur son bureau, s'en allait. Comme tous les autres fonctionnaires à travers l'immense empire. Ils savaient qu'au Kremlin, le maître du pays terminait sa journée de travail à trois heures. Sans réfléchir, tout le monde s'empressait d'imiter son emploi du temps. Et on ne pensait même pas que de Moscou à la Sibérie, en enjambant plusieurs fuseaux horaires, ces «trois heures du matin» ne correspondaient plus à rien. Et que Staline se levait de son lit et bourrait la première pipe de la journée, tandis que dans une ville sibérienne, à la nuit tombante, ses sujets fidèles luttaient contre le sommeil sur leurs chaises qui se transformaient en instruments de torture. Du Kremlin, le maître semblait imposer sa mesure au flux du temps et au soleil même. Quand il allait se coucher, toutes les horloges de la planète indiquaient trois heures du matin. Du moins, tout le monde le voyait ainsi à l'époque.

Un jour, Charlotte, épuisée par ces attentes nocturnes, s'endormit quelques minutes avant cette heure planétaire. Un instant après, se réveillant en sursaut, elle entendit les pas de son mari dans la chambre d'enfant. Elle y entra et le vit incliné au-dessus du lit de leur fils, de ce garçon aux cheveux noirs et lisses qui ne ressemblait à personne dans la famille…

On arrêta Fiodor non pas dans son bureau en plein jour, ni au petit matin en rompant son sommeil d'un tambourinement autoritaire contre la porte. Non, c'était le soir du réveillon. Il s'était affublé du manteau rouge du Père Noël et, méconnaissable sous une longue barbe, son visage fascinait les enfants : ce garçon de douze ans et sa sœur cadette — ma mère. Charlotte ajustait la grande chapka sur la tête de son mari, lorsqu'ils pénétrèrent dans l'appartement. Ils entrèrent sans avoir à frapper, la porte était ouverte, on attendait les invités.

Et cette scène d'arrestation, qui s'était déjà répétée des millions de fois durant une seule décennie dans la vie du pays, eut ce soir pour décor ce sapin de Noël, ces deux enfants avec leurs masques en carton — lui, le lièvre, elle, l'écureuil. Et au centre de la pièce — ce Père Noël, figé, devinant très bien la suite et presque heureux que les enfants ne remarquent pas la pâleur de ses joues sous la barbe de coton. Charlotte, d'une voix très calme, dit au lièvre et à l'écureuil qui regardaient les intrus sans enlever leurs masques :

— Allons à côté, les enfants. Vous allez allumer les feux de Bengale.

Elle avait parlé en français. Les deux agents échangèrent un coup d'œil lourd de sous-entendus...

Fiodor fut sauvé par ce qui, logiquement, aurait dû le perdre : la nationalité de sa femme... Quand, quelques années auparavant, les gens avaient commencé à disparaître, famille par famille, maison par maison, il avait tout de suite pensé à cela. Charlotte portait en elle deux graves défauts le plus souvent imputés aux « ennemis du peuple » : les origines « bourgeoises » et le lien avec l'étranger. Marié à un « élément bourgeois », de surcroît à une Française, il se voyait naturellement accusé d'être un « espion à la solde des impérialistes français et britanniques ». La formule, depuis le temps, était devenue courante.

Cependant, c'est justement dans cette évidence parfaite que la machine bien rodée des répressions s'enraya. Car d'habitude, en fabriquant un procès, on était obligé de démontrer que l'accusé avait habilement et pendant des années caché ses liens avec l'étranger. Et quand il s'agissait d'un Sibérien ne parlant que sa langue maternelle, n'ayant jamais quitté sa patrie ou rencontré un représentant du monde capitaliste — une telle démonstration, même totalement falsifiée, exigeait un savoir-faire certain.

Mais Fiodor ne cachait rien. Le passeport de Charlotte indiquait, noir sur blanc, sa nationalité : française. Sa ville de naissance, Neuilly-sur-Seine, dans sa transcription russe, ne faisait que souligner son étrangeté. Ses voyages en France, ses cousins «bourgeois» qui vivaient toujours là-bas, ses enfants qui parlaient le français autant que le russe — tout était trop clair. Les faux aveux qu'on arrachait d'habitude sous la torture, après des semaines d'interrogatoires, avaient été livrés, cette fois, de bonne grâce dès le début. La machine piétina sur place. Fiodor fut incarcéré, puis devenant de plus en plus gênant, muté à l'autre bout de l'empire, dans une ville annexée à la Pologne.

Ils passèrent une semaine ensemble. Le temps du voyage à travers le pays et d'une journée d'emménagement, longue et désordonnée. Le lendemain, Fiodor partait à Moscou pour se faire réintégrer au Parti dont on l'avait promptement exclu. «C'est une affaire de deux jours», dit-il à Charlotte qui l'accompagnait à la gare. En rentrant, elle s'aperçut qu'il avait oublié son porte-cigarettes. «Ce n'est pas grave, pensa-t-elle, dans deux jours…» Et ce temps tout proche (Fiodor entrerait dans la pièce, verrait ce porte-cigarettes sur la table et, se donnant une petite claque sur le front, s'exclamerait : «Quel imbécile ! Je l'ai cherché partout…»), oui, ce matin de juin serait le premier dans un long ruissellement de jours heureux…

Ils se reverraient quatre ans après. Et Fiodor ne retrouverait jamais son porte-cigarettes, échangé par Charlotte, en pleine guerre, contre une miche de pain noir.

Les adultes parlaient. La télévision avec ses actualités radieuses, ses échos des dernières performances de l'industrie nationale, ses concerts du Bolchoï, formait un paisible fond sonore. La vodka atténuait l'amertume du passé. Et je sentais que nos invités, même les nouveaux venus, aimaient tous cette Française qui avait accepté sans broncher le destin de leur pays.

Ces récits m'apprenaient beaucoup. Je devinais à présent pourquoi les fêtes du nouvel an avaient toujours dans notre famille un reflet d'inquiétude, semblable à un courant d'air sournois qui fait claquer les portes dans une demeure vide, à l'heure du crépuscule. Malgré la gaieté de mon père, malgré les cadeaux, le bruit des pétards et le scintillement du sapin, cet impalpable malaise était là. Comme si au milieu des toasts, des claquements des bouchons et des rires, on attendait l'arrivée de quelqu'un. Je crois même que, sans se l'avouer, nos parents accueillaient le calme neigeux et quotidien des premiers jours de janvier avec un certain soulagement. En tout cas, c'était ce moment d'après les fêtes que nous préférions, ma sœur et moi, à la fête elle-même...

Les jours russes de ma grand-mère — ces jours qui, à un moment donné, devenaient tout simplement sa vie et non pas une « étape russe » avant le retour en France — avaient pour moi une tonalité secrète que les autres ne discernaient pas. C'était une sorte d'invisible aura que Charlotte portait en elle à travers ce passé ressurgi dans notre cuisine enfumée. Je me disais avec un étonnement émerveillé : « Cette femme qui attendait durant des mois et des mois le coup des fameuses trois heures du matin, devant la fenêtre couverte de glace, cette femme, c'était le même être mystérieux et si proche qui avait vu, un jour, des coquilles d'argent dans un café de Neuilly ! »

Jamais, quand ils parlaient de Charlotte, ils ne manquaient de raconter cette matinée…

C'est son fils qui se réveilla soudain au milieu de la nuit. Il sauta de son lit pliant et, pieds nus, les bras tendus devant lui, alla à la fenêtre. En traversant la pièce dans l'obscurité, il percuta le lit de sa sœur. Charlotte ne dormait pas non plus. Elle était couchée, les yeux ouverts dans le noir, en essayant de comprendre d'où provenait cette rumeur dense et monotone qui semblait imprégner les murs de vibrations sourdes. Elle sentit son corps, sa tête trépider dans ce bruit lent et visqueux. Les enfants se réveillèrent et coururent vers la fenêtre. Charlotte entendit le cri étonné de sa fille :

— Ah ! Toutes ces étoiles ! Mais elles bougent…

Sans allumer, Charlotte alla les rejoindre. En passant, elle aperçut sur la table un vague reflet métallique : le porte-cigarettes de Fiodor. Il devait rentrer de Moscou au matin. Elle vit des rangées de points lumineux qui glissaient lentement dans le ciel nocturne.

— Des avions, dit le garçon de sa voix calme

qui ne changeait jamais d'intonation. Des escadrilles entières...

— Mais où volent-ils tous comme ça ? soupira la fille en écarquillant ses yeux lourds de sommeil.

Charlotte les prit tous les deux par les épaules.

— Allez vous coucher ! Ça doit être les manœuvres de notre armée. Vous savez, la frontière est toute proche. Les manœuvres ou peut-être l'entraînement pour une parade d'aviation...

Le fils toussota et dit doucement, comme pour lui-même et toujours avec cette tristesse tranquille qui surprenait tellement chez cet adolescent :

— Ou, peut-être, une guerre...

— Ne dis pas de bêtises, Sergueï, le reprit Charlotte. Allez vite au lit. Demain nous irons chercher votre père à la gare.

En allumant une lampe de chevet, elle consulta sa montre : « Deux heures et demie. Donc, déjà aujourd'hui... »

Ils n'eurent pas le temps de se rendormir. Les premières bombes déchirèrent la nuit. Les escadrilles qui, depuis une heure déjà, survolaient la ville avaient pour cible des régions bien plus reculées, dans la profondeur du pays, où leur assaut aurait l'apparence d'un tremblement de terre. C'est seulement vers trois heures et demie du matin que les Allemands commencèrent à bombarder la ligne frontalière en déblayant la voie pour leur armée de terre. Et cette adolescente ensommeillée, ma mère, fascinée par d'étranges constellations trop bien ordonnées, se trouvait, en fait, dans une fulgurante parenthèse entre la paix et la guerre.

135

Il était déjà presque impossible de quitter la maison. La terre tanguait, les tuiles, une rangée après l'autre, glissaient du toit et se brisaient avec un craquement sec sur les marches du perron. Le bruit des explosions enveloppait les gestes et les paroles d'une épaisse surdité.

Charlotte réussit enfin à pousser les enfants dehors, sortit elle-même en emportant une grande valise qui lui pesait lourdement sur le bras. Les immeubles d'en face n'avaient plus de vitres. Un rideau ondoyait sous le vent à peine réveillé. Le tissu clair gardait dans son mouvement toute la douceur des matins de paix.

La rue qui menait à la gare était jonchée d'éclats de verre, de branches cassées. Parfois, un arbre brisé en deux barrait la route. À un moment, il leur fallut contourner un énorme entonnoir. C'est à cet endroit que la foule des fuyards devenait plus dense. En s'écartant du trou, les gens chargés de sacs se poussaient, et soudain se remarquaient les uns les autres. Ils essayaient de se parler, mais l'onde du choc égarée au milieu des maisons surgissait tout à coup et, d'un écho assourdissant, les bâillonnait. Ils agitaient les bras avec impuissance et reprenaient leur course.

Quand, au bout de la rue, Charlotte vit la gare, elle sentit physiquement sa vie d'hier se précipiter dans un passé sans retour. Seul le mur de la façade restait debout et à travers les orbites vides des fenêtres on voyait le ciel pâle du matin…

La nouvelle répétée par des centaines de bouches perça enfin le bruit des bombes. Le dernier train pour l'Est venait de partir, en respectant avec une précision absurde les horaires habituels. La foule se heurta contre les ruines de la gare, s'immobilisa, puis, écrasée par le hurlement d'un avion, se dissipa dans les rues avoisinantes et sous les arbres d'un square.

Charlotte, déroutée, promena son regard autour d'elle. Une pancarte traînait à ses pieds : « Ne pas traverser les voies ! Danger ! » Mais la voie, arrachée par les explosions, n'était que ces rails fous dressés dans une courbe raide contre le support en béton d'un viaduc. Ils pointaient vers le ciel, et leurs traverses ressemblaient à un escalier fantasmagorique qui menait tout droit dans les nuages.

« Là, il y a un train de marchandises qui va partir », entendit-elle soudain murmurer la voix calme et comme ennuyée de son fils.

Au loin, elle vit un convoi de gros wagons bruns autour desquels s'agitaient des figurines humaines. Charlotte saisit la poignée de sa valise, les enfants attrapèrent leurs sacs.

Quand ils furent devant le dernier wagon, le train s'ébranla, et l'on entendit un soupir de joie craintive qui salua ce départ. Un tassement compact de gens apeurés apparaissait entre des parois coulissantes. Charlotte, sentant la lenteur désespérante de ses gestes, poussa ses enfants vers cette ouverture qui s'éloignait lentement. Le fils grimpa, attrapa la valise. Sa sœur dut déjà accélérer le pas pour s'accrocher à la main que le garçon lui tendait. Charlotte saisit l'enfant par la taille, la souleva, parvint à la hisser sur le bord du wagon bondé. Il lui fallait à présent courir tout en essayant de s'agripper à la grande clenche de fer. Cela ne dura qu'une seconde, mais elle eut le temps d'apercevoir les visages figés des rescapés, les larmes de sa fille et, avec une netteté surnaturelle, le bois fissuré de la paroi du wagon...

Elle trébucha, tomba à genoux. Le reste fut si rapide qu'elle crut ne pas avoir touché le gravier blanc du remblai. Deux mains lui serrèrent fortement les côtes, le ciel décrivit un brusque zigzag, elle se sentit propulsée dans le wagon. Et dans un éclair lumineux, elle entrevit la casquette d'un cheminot, la silhouette d'un homme qui, une fraction de seconde, se profila à contre-jour entre les parois écartées...

Vers midi, le convoi traversa Minsk. Dans la fumée épaisse, le soleil rougeoyait comme celui d'une autre planète. Et d'étranges papillons funèbres — de grandes floches de cendre — voltigeaient dans l'air. Personne ne pouvait comprendre comment, en quelques heures de guerre, la ville avait pu se transformer en ces enfilades de carcasses noircies.

Le train s'avançait lentement, comme à tâtons, dans ce crépuscule carbonisé, sous un soleil qui ne faisait plus mal aux yeux. Ils s'étaient déjà habitués à cette marche hésitante et au ciel rempli de rugissements d'avions. Et même à ce sifflement strident au-dessus du wagon suivi d'une giclée de balles sur son toit.

En quittant la ville calcinée, ils tombèrent sur les restes d'un train éventré par les bombes. Plusieurs wagons étaient renversés sur le remblai, d'autres, couchés ou encastrés dans un monstrueux télescopage, encombraient les rails. Quelques infirmières, plongées dans une torpeur d'impuissance devant le nombre de corps étendus, marchaient le long du convoi. Dans ses entrailles noires on voyait des contours humains, parfois un bras pendait à une fenêtre brisée. Le sol était recouvert de bagages éparpillés. Ce qui étonnait surtout, c'était la quantité de poupées qui gisaient sur les traverses et dans l'herbe… L'un des wagons restés sur les rails avait sa plaque d'émail où l'on pouvait lire la destination. Perplexe, Charlotte constata qu'il s'agissait du train qu'ils avaient manqué ce matin. Oui, ce dernier train pour l'Est qui avait respecté les horaires d'avant la guerre.

À la tombée de la nuit, la course du train s'accéléra. Charlotte sentit sa fille se caler contre son épaule et frissonner. Elle se releva alors pour libérer la grande valise sur laquelle elles étaient assises. Il fallait se préparer pour la nuit, retirer les vêtements chauds et deux sacs de biscuits. Charlotte entrouvrit le couvercle, plongea sa main à l'intérieur et se figea, ne pouvant réprimer un cri bref qui réveilla ses voisins.

La valise était remplie de vieux journaux ! Dans l'affolement de ce matin, elle avait emporté la valise sibérienne…

Sans pouvoir encore en croire ses yeux, elle tira une feuille jaunie et dans la lumière grise du crépuscule, elle put lire : « Députés et sénateurs sans distinction d'opinion avaient répondu avec empressement à la convocation qui leur était adressée par MM. Loubet et Brisson… Les représentants des grands corps de l'État se groupaient dans le salon Murat… »

D'un geste somnambulique, Charlotte referma la valise, s'assit et regarda autour d'elle en secouant légèrement la tête comme si elle voulait nier une évidence.

— J'ai dans mon sac une vieille veste. Et puis, j'ai ramassé le pain dans la cuisine, en partant…

Elle reconnut la voix de son fils. Il avait dû deviner son désarroi.

La nuit, Charlotte s'endormit le temps d'un rêve rapide, mélange de sons et de couleurs d'autrefois… Quelqu'un, en glissant vers la sortie, la réveilla. Le train était arrêté au milieu des champs. L'air nocturne n'avait pas ici la même densité de noir que dans la ville dont ils s'étaient enfuis. La plaine qui s'étendait devant le rectangle pâle de la porte ouverte gardait le teint cendré des nuits du Nord. Quand ses yeux apprivoisèrent l'obscurité, elle distingua à côté de la voie, dans l'ombre d'un bosquet, les contours d'une isba assoupie. Et devant, dans un pré qui longeait le remblai, elle vit un cheval. Le silence était tel qu'on entendait le léger crissement des tiges arrachées et le piétinement mou des sabots sur la terre humide. Avec une sérénité amère qui l'étonna elle-même, Charlotte entendit naître et résonner dans son esprit cette pensée transparente : « Il y a eu cet enfer des villes brûlées et quelques heures plus tard — ce cheval qui broute l'herbe pleine de rosée, dans la fraîcheur de la nuit. Ce pays est trop grand pour qu'ils puissent le vaincre. Le silence de cette plaine infinie résistera à leurs bombes… »

Jamais encore elle ne s'était sentie aussi proche de cette terre.

Pendant les premiers mois de la guerre, son sommeil était traversé par un incessant défilé de corps mutilés qu'elle soignait en travaillant quatorze heures par jour. Dans cette ville, à une centaine de kilomètres de la ligne du front, on amenait les blessés par convois entiers. Souvent, Charlotte accompagnait le médecin qui venait à la gare pour accueillir ces trains remplis de chair humaine écharpée. Il lui arrivait alors de remarquer, sur la voie parallèle, un autre train, plein de soldats fraîchement mobilisés qui partaient dans le sens opposé, se dirigeant vers le front.

La ronde des corps mutilés ne s'interrompait pas même dans son sommeil. Ils traversaient ses rêves, se rassemblaient à la frontière de ses nuits, l'attendaient : ce jeune fantassin à la mâchoire inférieure arrachée et dont la langue pendait sur les pansements sales, cet autre — sans yeux, sans visage… Mais surtout ceux, de plus en plus nombreux, qui avaient perdu bras et jambes — horribles troncs sans membres, regards aveuglés par la douleur et le désespoir.

Oui, c'étaient surtout ces yeux qui déchiraient le voile fragile de ses rêves. Ils formaient des constellations scintillantes dans l'obscurité, la suivaient partout, lui parlaient silencieusement.

Une nuit (des colonnes infinies de chars traversaient la ville), son sommeil fut plus que jamais fragile — une série de brefs oublis et de réveils au milieu du rire métallique des chenilles. C'est sur le fond pâle de l'un de ces songes que Charlotte commença soudain à reconnaître toutes ces constellations des yeux. Oui, elle les avait déjà vues, un jour dans une autre ville. Dans une autre vie. Elle se réveilla, surprise de ne plus entendre le moindre bruit. Les chars avaient quitté la rue. Le silence assourdissait. Et dans cette obscurité compacte et muette, Charlotte revoyait les yeux des blessés de la Grande Guerre. Le temps de l'hôpital de Neuilly se rapprocha soudain. « C'était hier », pensa Charlotte.

Elle se leva et vint à la fenêtre pour fermer un vasistas. Son geste s'arrêta à mi-chemin. La tempête blanche (la première neige de ce premier hiver de guerre) tapissait, à grandes volées, la terre encore noire. Le ciel brassé par les vagues neigeuses aspira son regard dans des profondeurs mouvantes. Elle pensa à la vie des hommes. À leur mort. À la présence quelque part sous ce ciel tumultueux d'êtres sans bras ni jambes, à leurs yeux ouverts dans la nuit.

La vie lui apparut alors comme une monotone suite de guerres, un interminable pansement de plaies toujours ouvertes. Et le fracas de l'acier sur les pavés humides… Elle sentit un flocon se poser sur son bras. Oui, ces guerres sans fin, ces plaies et, dans une attente secrète au milieu d'elles, cet instant de la première neige.

Les regards des blessés s'effacèrent dans ses rêves deux fois seulement pendant la guerre. D'abord quand sa fille tomba malade du typhus, et il fallait trouver coûte que coûte du pain et du lait (ils mangeaient depuis des mois des épluchures de pommes de terre). La deuxième fois, lorsqu'elle reçut du front un avis de décès... Arrivée à l'hôpital le matin, elle y resta toute la nuit en espérant être assommée par la fatigue, en craignant de rentrer, de voir les enfants, de devoir leur parler. Vers minuit, elle s'assit enfin près du poêle, la tête contre le mur, ferma les yeux et tout de suite s'engagea dans une rue... Elle entendait la sonorité matinale des trottoirs, respirait l'air éclairé d'un soleil pâle, oblique. En marchant dans cette ville encore endormie, elle reconnaissait à chaque pas sa topographie naïve : café de la gare, église, place du marché... Elle ressentait une joie étrange à lire le nom des rues, à regarder le reflet des fenêtres, le feuillage dans le square derrière l'église. Celui qui marchait à côté d'elle lui demanda de traduire l'un de ces noms. Elle devina alors ce qui rendait si heureuse cette promenade à travers la ville matinale...

Charlotte sortit du sommeil en gardant dans le mouvement des lèvres les dernières paroles prononcées là-bas. Et quand elle comprit toute l'invraisemblance de son rêve — elle et Fiodor dans cette ville française par une matinée claire d'automne —, quand elle pénétra l'irréalité absolue de cette promenade pourtant si simple, elle tira de sa poche un petit rectangle de papier et relut pour la centième fois la mort imprimée en lettres floues et le nom de son mari écrit à la main, à l'encre violette. Quelqu'un l'appelait déjà de l'autre bout du couloir. Le nouveau convoi des blessés allait arriver.

Des « samovars » ! C'est ainsi que dans leurs conversations nocturnes, mon père et ses amis appelaient parfois ces soldats sans bras ni jambes, ces troncs vivants dont les yeux concentraient tout le désespoir du monde. Oui, c'étaient des samovars : avec des bouts de cuisses semblables aux pieds de ce récipient en cuivre et des moignons d'épaules, pareils à ses anses.

Nos invités en parlaient avec une drôle de crânerie, moquerie et amertume mélangées. Ce « samovar » ironique et cruel signifiait que la guerre était loin, oubliée par les uns, sans intérêt pour les autres, pour nous, les jeunes nés une dizaine d'années après leur Victoire. Et pour ne pas paraître pathétiques, pensais-je, ils évoquaient le passé avec cette désinvolture un peu canaille, sans croire ni au bon Dieu ni au diable, selon un dicton russe. C'est bien plus tard que ce ton désabusé me révélerait son vrai secret : un « samovar » était une âme happée par un morceau de chair désarticulé, un cerveau détaché du corps, un regard sans force englué dans la pâte spongieuse de la vie. Cette âme meurtrie, les hommes l'appelaient « samovar ».

Raconter la vie de Charlotte était pour eux aussi une façon de ne pas étaler leurs propres plaies et leurs souffrances. D'autant plus que son hôpital, en brassant des centaines de soldats venus de tous les fronts, condensait des destins innombrables, accumulait tant d'histoires personnelles.

Ce soldat, par exemple, qui m'impressionnait toujours avec sa jambe farcie de… bois. Un éclat s'incrustant sous son genou avait concassé une cuillère en bois qu'il portait plantée dans la longue tige de sa botte. La blessure était sans gravité, mais il fallait retirer tous les débris. «Toutes ces échardes», selon Charlotte.

Un autre blessé se plaignait, à longueur de journées, en affirmant que sous le plâtre, sa jambe le démangeait «à vous arracher les tripes». Il se tortillait, grattait la carapace blanche comme si ses ongles pouvaient pénétrer jusqu'à la plaie. «Enlevez-le, implorait-il. Ça me ronge. Enlevez-le, ou je vais le casser moi-même avec un couteau!» Le médecin-chef qui ne lâchait pas le scalpel douze heures par jour ne voulait rien entendre, croyant avoir affaire à un geignard. «Les samovars, eux, ne se plaignent jamais», se disait-il. C'est Charlotte qui l'avait enfin persuadé d'opérer une petite ouverture dans le plâtre. C'est elle aussi qui, avec une pincette, tira de la chair sanguinolente des vers blancs, et lava la plaie.

À ce récit, tout se révoltait en moi. Mon corps tressaillait devant cette image de désagrégation. Je sentais sur ma peau l'attouchement physique de la mort. Et, les yeux écarquillés, j'observais les adultes que ces épisodes, tous semblables à leur sens, amusaient : des morceaux de bois dans la plaie, des vers…

Et puis, il y avait cette blessure qui ne voulait pas se refermer. Pourtant elle se cicatrisait bien ; le soldat, calme et sérieux, restait couché à la différence des autres qui, à peine opérés, se mettaient à traîner dans les couloirs. Le médecin se penchait sur cette jambe et hochait la tête. Sous les pansements, la plaie, tendue la veille d'un fin vernis de peau, saignait de nouveau, ses bords sombres ressemblaient à une dentelle déchirée. «Bizarre!» s'étonnait le médecin, mais il ne pouvait pas s'y attarder plus longtemps. «Refaites un pansement!» disait-il à l'infirmière de service en se faufilant entre les lits serrés les uns contre les autres… C'est la nuit suivante que Charlotte, involontairement, surprit le blessé. Toutes les infirmières portaient des chaussures dont les talons remplissaient les couloirs d'un tambourinement pressé. Seule Charlotte, dans ses bottillons de feutre, se déplaçait sans bruit. Il ne l'avait pas entendue entrer. Elle pénétra dans cette salle noire, s'arrêta près de la porte. La silhouette du soldat assis sur son lit se découpait distinctement sur les vitres éclairées par la neige. Charlotte eut besoin de quelques secondes pour deviner : le soldat frottait sa plaie avec une éponge. Sur son oreiller s'enroulaient les pansements qu'il venait d'enlever… Le matin, elle parla au médecin-chef. Celui-ci, après une nuit sans sommeil, la regardait comme à travers un brouillard, ne comprenant pas. Puis, en secouant sa torpeur, jeta d'une voix rauque :

— Qu'est-ce que tu veux qu'on en fasse? Je leur téléphone tout de suite et qu'on l'embarque. C'est de l'automutilation…

— Il passera en conseil de guerre…

— Et alors? Il l'a mérité, non? Tandis que les autres crèvent dans les tranchées… Lui… Déserteur!

Il y eut un moment de silence. Le médecin s'assit et se mit à se masser le visage avec ses paumes maculées de teinture d'iode.

— Et si on lui mettait un plâtre ? dit Charlotte.

Le visage du médecin apparut derrière ses paumes dans une grimace de colère. Il entrouvrit déjà la bouche, puis se ravisa. Ses yeux rougis s'animèrent, il sourit.

— Toujours tes histoires de plâtre. On le casse chez l'un, parce que ça lui gratte, on en met à l'autre parce qu'il se gratte. Tu n'as pas fini de m'étonner, Charlota Norbertovna !

À l'heure de la visite, il examina la plaie et d'un ton très naturel dit à l'infirmière :

— Il faudra lui mettre un plâtre. Juste une couche. Charlota le fera avant de partir.

L'espoir revint quand, un an et demi après le premier avis de décès, elle en reçut un autre. Fiodor ne pouvait pas avoir été tué deux fois, pensait-elle, donc il était peut-être vivant. Cette double mort devenait une promesse de vie. Charlotte, sans rien dire à personne, se remettait à attendre.

Il revint, arrivant non pas de l'Ouest, au début de l'été comme la plupart des soldats, mais de l'Extrême-Orient, en septembre, après la défaite du Japon...

Saranza, d'une ville qui avait côtoyé le front, s'était transformée en un endroit paisible, revenant à son sommeil des steppes, derrière la Volga. Charlotte y vivait seule : son fils (mon oncle Sergueï) était entré dans une école militaire, sa fille (ma mère) — partie pour la ville voisine, de même que tous les élèves qui voulaient continuer leurs études.

Par un soir tiède de septembre, elle sortit de la maison et marcha dans la rue déserte. Avant la nuit, elle voulait cueillir, aux abords de la steppe, quelques tiges d'aneth sauvage pour ses salaisons. C'est sur le chemin du retour qu'elle le vit... Elle portait un bouquet de longues plantes surmontées d'ombelles jaunes. Sa robe, son corps étaient emplis de la limpidité des champs silencieux, de la lumière fluide du couchant. Ses doigts gardaient la senteur forte de l'aneth et des herbes sèches. Elle savait déjà que cette vie, malgré toute sa douleur, pouvait être vécue, qu'il fallait la traverser lentement en passant de ce coucher du soleil à l'odeur pénétrante de ces tiges, du calme infini de la plaine au gazouillement d'un oiseau perdu dans le ciel, oui, en allant de ce ciel à son reflet profond qu'elle ressentait dans sa poitrine comme une présence attentive et vivante. Oui, remarquer même la tiédeur de la poussière sur ce petit chemin qui menait vers Saranza...

Elle leva les yeux et le vit. Il marchait à sa rencontre, il était encore loin, au fond de la rue. Si Charlotte l'avait accueilli au seuil de la pièce, s'il avait ouvert la porte et était entré, comme elle imaginait cela depuis si longtemps, comme faisaient tous les soldats en revenant de la guerre, dans la vie ou dans les films, alors elle aurait sans doute poussé un cri, se serait jetée vers lui en s'agrippant à son baudrier, aurait pleuré...

Mais il apparut très loin, se laissant reconnaître

peu à peu, laissant à sa femme le temps d'apprivoiser cette rue rendue méconnaissable par la silhouette d'un homme dont elle remarquait déjà le sourire indécis. Ils ne coururent pas, n'échangèrent aucune parole, ne s'embrassèrent pas. Ils croyaient avoir marché l'un vers l'autre pendant une éternité. La rue était vide, la lumière du soir reflétée par le feuillage doré des arbres — d'une transparence irréelle. S'arrêtant près de lui, elle agita doucement son bouquet. Il hocha la tête comme pour dire : «Oui, oui, je comprends.» Il ne portait pas de baudrier, juste un ceinturon à la boucle de bronze terni. Ses bottes étaient rousses de poussière.

Charlotte habitait au rez-de-chaussée d'une vieille maison en bois. D'année en année, depuis un siècle, le sol s'élevait imperceptiblement, et la maison s'affaissait, si bien que la fenêtre de sa pièce dépassait à peine le niveau du trottoir… Ils entrèrent en silence. Fiodor posa son sac sur un tabouret, voulut parler, mais ne dit rien, toussota seulement, en portant ses doigts aux lèvres. Charlotte se mit à préparer à manger.

Elle se surprit à répondre à ses questions, à répondre sans y réfléchir (ils parlèrent du pain, des tickets de rationnement, de la vie à Saranza), à lui proposer du thé, à sourire quand il disait qu'il faudrait «affûter tous les couteaux dans cette maison». Mais en participant à cette première conversation encore hésitante, elle était ailleurs. Dans une absence profonde où résonnaient des paroles toutes différentes : «Cet homme aux cheveux courts et comme saupoudrés de craie est mon mari. Je ne l'ai pas vu depuis quatre ans. On l'a enterré deux fois — dans la bataille de Moscou d'abord, puis en Ukraine. Il est là, il est revenu. Je devrais pleurer de joie. Je devrais… Il a les cheveux tout gris… » Elle devinait que lui aussi était loin de cette conversation sur les tickets de rationnement. Il était revenu quand les feux de la Victoire s'étaient depuis longtemps éteints. La vie reprenait son cours quotidien. Il revenait trop tard. Comme un homme distrait qui, invité au déjeuner, se présente à l'heure du dîner, en surprenant la maîtresse de maison en train de dire ses adieux aux derniers convives attardés. « Je dois lui paraître très vieille », pensa soudain Charlotte, mais même cette idée ne sut pas rompre l'étrange manque d'émotion dans son cœur, cette indifférence qui la laissait perplexe.

Elle pleura seulement quand elle vit son corps. Après le repas, elle chauffa de l'eau, apporta un bassin en zinc, la petite baignoire d'enfant qu'elle installa au milieu de la pièce. Fiodor se recroquevilla dans ce récipient gris dont le fond cédait sous le pied en émettant un son vibrant. Et tout en versant un filet d'eau chaude sur le corps de son mari qui, maladroitement, se frottait les épaules et le dos, Charlotte se mit à pleurer. Les larmes traversaient son visage dont les traits restaient immobiles, et elles tombaient, se mélangeant à l'eau savonneuse du bassin.

Ce corps était celui d'un homme qu'elle ne connaissait pas. Un corps criblé de cicatrices, de balafres — tantôt profondes, aux bords charnus, comme d'énormes lèvres voraces, tantôt à la surface lisse, luisante, comme la trace d'un escargot. Dans l'une des omoplates, une cavité était creusée — Charlotte savait quel genre de petits éclats griffus faisaient ça. Les traces roses des points de suture entouraient une épaule, se perdant dans la poitrine...

À travers ses larmes, elle regarda la pièce comme pour la première fois : une fenêtre au ras du sol, ce bouquet d'aneth venant déjà d'une autre époque de sa vie, un sac de soldat sur le tabouret près de l'entrée, des grosses bottes couvertes de poussière rousse. Et sous une ampoule nue et terne, au milieu de cette pièce à moitié enfouie dans la terre — ce corps méconnaissable, on eût dit déchiré par les rouages d'une machine. Des mots étonnés se formèrent en elle, à son insu : « Moi, Charlotte Lemonnier, je suis là, dans cette isba ensevelie sous l'herbe des steppes, avec cet homme, ce soldat au corps lacéré de blessures, le père de mes enfants, l'homme que j'aime tant... Moi, Charlotte Lemonnier... »

Un des sourcils de Fiodor portait une large entaille blanche qui, s'amincissant, lui barrait le front. Son regard en paraissait constamment surpris. Comme s'il ne parvenait pas à s'habituer à cette vie d'après la guerre.

Il vécut moins d'un an... En hiver, ils déménagèrent dans l'appartement où, enfants, nous viendrions rejoindre Charlotte, chaque été. Ils n'eurent même pas le temps d'acheter la nouvelle vaisselle et les couverts. Fiodor coupait le pain avec le couteau ramené du front — fabriqué à partir d'une baïonnette...

En écoutant les récits des adultes, j'imaginais ainsi notre grand-père durant ces retrouvailles incroyablement brèves : un soldat montait le perron de l'isba, son regard se noyait dans celui de sa femme, et il avait juste le temps de dire : « Je suis revenu, tu vois… », avant de tomber et de mourir de ses blessures.

## 3

La France, cette année, m'enferma dans une solitude profonde et studieuse. À la fin de l'été, je revenais de Saranza, tel un jeune explorateur avec mille et une trouvailles dans mes bagages — de la grappe de raisin de Proust à l'écusson attestant la mort tragique du duc d'Orléans. En automne et surtout durant l'hiver, je me transformai en un maniaque d'érudition, en un archiviste glanant avec obsession tout renseignement sur le pays dont il n'avait réussi qu'à entamer le mystère par son excursion d'été.

Je lus tout ce que la bibliothèque de notre école possédait d'intéressant sur la France. Je plongeai dans les rayonnages plus vastes de celle de notre ville. Au pointillé des récits impressionnistes de Charlotte, je voulais opposer une étude systématique, en progressant d'un siècle à l'autre, d'un Louis au suivant, d'un romancier à ses confrères, disciples ou épigones.

Ces longues journées passées dans les labyrinthes poussiéreux chargés de livres correspondaient sans doute à un penchant monacal que tout le monde ressent à cet âge. On cherche l'évasion avant d'être happé par les engrenages de la vie adulte, on reste seul à fabuler les aventures amoureuses à venir. Cette attente, cette vie de reclus devient vite pénible. D'où le collectivisme grouillant et tribal des adolescents — tentative fébrile de jouer, avant l'heure, tous les scénarios de la société adulte. Rares sont ceux qui, à treize ou quatorze ans, savent résister à ces jeux de rôles imposés aux solitaires, aux contemplatifs, avec toute la cruauté et l'intolérance de ces enfants d'hier.

C'est grâce à ma quête française que je sus préserver mon attentive solitude d'adolescent.

La société en miniature de mes collègues manifestait à mon égard tantôt une condescendance distraite (j'étais un « pas mûr », je ne fumais pas et je ne racontais pas d'histoires salaces où les organes génitaux, masculins et féminins, devenaient des personnages à part entière), tantôt une agressivité dont la violence collective me laissait pantois : je me sentais très peu différent des autres, je ne me croyais pas digne de tant d'hostilité. C'est vrai que je ne m'extasiais pas devant les films que leur mini-société commentait pendant les récréations, je ne distinguais pas les clubs de football dont ils étaient des supporters passionnés. Mon ignorance les offensait. Ils y voyaient un défi. Ils m'attaquaient avec leurs moqueries, avec leurs poings. C'est pendant cet hiver que je commençai à discerner une vérité déroutante : porter en soi ce lointain passé, laisser vivre son âme dans cette fabuleuse Atlantide, n'était pas innocent. Oui, c'était bel et bien un défi, une provocation aux yeux de ceux qui vivaient au présent. Un jour, excédé par les brimades, je fis semblant de m'intéresser au score du dernier match et, me mêlant de leur conversation, je citai des noms de footballeurs appris la veille. Mais tout le monde flaira l'imposture. La discussion s'interrompit. La minisociété se dispersa. J'eus droit à quelques regards presque compatissants. Je me sentis encore plus déprécié.

Après cette tentative piteuse, je m'enfonçai davantage dans mes recherches et mes lectures. Les reflets éphémères de l'Atlantide dans le cours du temps ne me suffisaient plus. Désormais, j'aspirais à connaître l'intimité de son histoire. Errant dans les cavernes de notre vieille bibliothèque, j'essayais d'éclaircir le pourquoi de cet extravagant mariage entre Henri I$^{er}$ et la princesse russe Anna. Je voulais savoir ce que son père, le célèbre Iaroslav le Sage, pouvait bien envoyer comme dot. Et comment il faisait parvenir de Kiev des troupeaux de chevaux à son beau-fils français attaqué par les belliqueux Normands. Et quel était le passe-temps quotidien d'Anna Iaroslavna dans de sombres châteaux moyenâgeux où elle regrettait tant l'absence des bains russes… Je ne me contentais plus du récit tragique peignant la mort du duc d'Orléans sous les fenêtres de la belle Isabeau. Non, à présent je me lançais à la poursuite de son meurtrier, de ce Jean sans Peur dont il fallait remonter la lignée, attester les exploits guerriers, reconstituer les vêtements et les armes, situer les fiefs… J'apprenais quel était le retard des divisions du maréchal Grouchy, ces quelques heures de plus, fatales pour Napoléon à Waterloo…

Bien sûr, la bibliothèque, otage de l'idéologie, était très inégalement fournie : je n'y trouvai qu'un seul livre sur le temps de Louis XIV, tandis que l'étagère voisine offrait une vingtaine de volumes consacrés à la Commune de Paris et une douzaine sur la naissance du parti communiste français. Mais, avide de connaître, je sus déjouer cette manipulation historique. Je me tournai vers la littérature. Les grands classiques français étaient là et, à l'exception de quelques proscrits célèbres comme Rétif de La Bretonne, Sade ou Gide, ils avaient, dans l'ensemble, échappé à la censure.

Ma jeunesse et mon inexpérience me rendaient fétichiste : je collectionnais plus que je ne saisissais la physionomie du temps historique. Je recherchais surtout des anecdotes semblables à celles que racontent aux touristes les guides devant les monuments d'un site. Il y avait dans ma collection le gilet rouge de Théophile Gautier que celui-ci avait porté lors de la première d'*Hernani*, les cannes de Balzac, le narguilé de George Sand et la scène de sa trahison dans les bras du médecin qui était censé soigner Musset. J'admirais l'élégance avec laquelle elle offrait à son amant le sujet de *Lorenzaccio*. Je ne me lassais pas de revoir les séquences pleines d'images qu'enregistrait, en grand désordre il est vrai, ma mémoire. Comme celle où Victor Hugo, patriarche grisonnant et mélancolique, rencontrait sous le dais d'un parc Leconte de Lisle. «Savez-vous à quoi j'étais en train de penser?» demandait le patriarche. Et devant l'embarras de son interlocuteur, il déclarait avec emphase : «Je pensais à ce que je dirai à Dieu quand, très bientôt peut-être, je rejoindrai son royaume...» C'est alors que Leconte de Lisle, ironique et respectueux à la fois, affirmait avec conviction : «Oh, vous lui direz : "Cher confrère..."»

Étrangement, c'est un être qui ne savait rien de la France, qui n'avait jamais lu un seul auteur français, quelqu'un qui ne pouvait, j'en étais sûr, localiser ce pays sur la mappemonde, oui, c'est lui qui, involontairement, m'avait aidé à sortir de ma collection d'anecdotes en orientant ma quête vers une direction tout à fait nouvelle. C'était ce cancre qui m'avait appris un jour que si Lénine n'avait pas d'enfants, c'est qu'il ne savait pas faire l'amour...

La mini-société de notre classe lui vouait autant de mépris qu'à moi, mais pour des raisons tout autres. Ils le détestaient parce qu'il leur renvoyait une image très déplaisante de l'adulte. De deux ans notre aîné, installé donc dans cet âge dont les élèves savouraient d'avance les libertés, mon ami le cancre n'en profitait guère. Pachka, ainsi que tout le monde l'appelait, menait la vie de ces moujiks bizarres qui gardent en eux, jusqu'à la mort, une part d'enfance, ce qui contraste telle-ment avec leur physique sauvage et viril. Obstiné-ment, ils fuient la ville, la société, le confort, se fondent dans la forêt et, chasseurs ou vagabonds, y finissent souvent leurs jours.

Pachka apportait dans la classe l'odeur du poisson, de la neige et, au temps du redoux, celle de la glaise. Il pataugeait des journées entières sur les berges de la Volga. Et s'il venait à l'école, c'était pour ne pas faire de peine à sa mère. Toujours en retard, ne remarquant pas les coups d'œil dédaigneux des futurs adultes, il traversait la classe et glissait derrière son pupitre, tout au fond. Les élèves reniflaient avec ostentation à son passage, la maîtresse soupirait en levant les yeux au ciel. L'odeur de neige et de terre humide remplissait lentement la salle.

Notre statut de parias dans la société de notre classe finit par nous unir. Sans devenir amis à proprement parler, nous remarquâmes nos deux solitudes, y vîmes comme un signe de reconnaissance. Désormais, il m'arrivait souvent d'accompagner Pachka dans ses expéditions de pêche sur les rives enneigées de la Volga. Il trouait la glace à l'aide d'un puissant vilebrequin, jetait dans la percée sa ligne et s'immobilisait au-dessus de cette ouverture ronde qui laissait apparaître l'épaisseur verdâtre de la glace. J'imaginais un poisson qui, au bout de cet étroit tunnel, long parfois d'un mètre, s'approchait prudemment de l'appât... Des perches au dos tigré, des brochets tachetés, des gardons à la queue rouge vif surgissaient de la trouée et, décrochés de l'hameçon, tombaient sur la neige. Après quelques soubresauts, leurs corps se figeaient, gelés par le vent glacial. Les épines dorsales se couvraient de cristaux, tels les fabuleux diadèmes. Nous parlions peu. Le grand calme des plaines neigeuses, le ciel argenté, le profond sommeil du grand fleuve rendaient les paroles inutiles.

Parfois Pachka, à la recherche d'un endroit plus poissonneux, s'approchait dangereusement des longues plaques de glace sombre, humide, minée par les sources… Je me retournais en entendant un craquement et je voyais mon camarade qui se débattait dans l'eau et enfonçait ses doigts en éventail dans la neige granuleuse. Je courais vers lui et à quelques mètres de la brèche, je me mettais à plat ventre et lui jetais le bout de mon écharpe. D'habitude, Pachka parvenait à s'en sortir avant mon intervention. Tel un marsouin, il s'arrachait à l'eau et retombait, la poitrine sur la glace, rampait en dessinant une longue trace mouillée. Mais parfois, surtout pour me faire plaisir sans doute, il attrapait mon écharpe et se laissait sauver.

Après une telle baignade, nous allions vers l'une des carcasses des vieilles barques qu'on voyait, ici et là, se dresser au milieu des congères. Nous allumions un grand feu de bois dans leurs entrailles noircies. Pachka enlevait ses grosses bottes de feutre, son pantalon ouaté, et les mettait près des flammes. Puis, les pieds nus posés sur une planche, il se mettait à griller le poisson.

C'est autour de ces feux de bois que nous devenions plus volubiles. Il me racontait les pêches extraordinaires (un poisson trop large pour passer dans le trou percé par le vilebrequin!), les débâcles qui, dans le déferlement assourdissant des glaces, emportaient les barques, les arbres arrachés et même des isbas avec des chats grimpés sur le toit... Moi, je lui parlais des tournois chevaleresques (je venais d'apprendre que les guerriers d'antan, en enlevant leur heaume après une joute, avaient le visage couvert de rouille : le fer plus la sueur ; je ne sais pas pourquoi, mais ce détail m'exaltait davantage que le tournoi luimême...), oui, je lui parlais de ces traits virils accentués par des filets roussâtres, et de ce jeune preux qui soufflait trois fois dans sa corne en appelant du renfort. Je savais que Pachka sillonnant, été comme hiver, les rives de la Volga, rêvait secrètement des étendues marines. J'étais heureux de trouver pour lui dans ma collection française ce combat terrifiant entre un marin et une énorme pieuvre. Et comme mon érudition se nourrissait essentiellement des anecdotes, je lui en racontais une, bien en rapport avec sa passion et notre escale dans la carcasse d'une vieille barque. Sur une mer dangereuse d'autrefois, un bateau de guerre anglais croise un navire français et, avant de se lancer dans une bataille sans merci, le capitaine anglais s'adresse à ses ennemis de toujours en mettant les mains en porte-voix : «Vous, les Français, vous vous battez pour l'argent. Et nous, les sujets de la reine, nous nous battons pour l'honneur ! » Alors, du navire français, on entend parvenir avec une bouffée de vent salé cette exclamation joyeuse du capitaine : «Chacun se bat pour ce qu'il n'a pas, sir ! »

Un jour, il faillit se noyer pour de bon. C'était tout un pan de glace — nous étions en plein redoux — qui céda sous ses pieds. Sa tête seule sortait de l'eau, puis un bras qui cherchait un appui inexistant. Dans un effort violent, il projeta sa poitrine sur la glace, mais la surface poreuse se cassa sous son poids. Le courant entraînait déjà ses jambes aux bottes pleines d'eau. Je n'eus pas le temps de dérouler mon cache-nez, je m'aplatis sur la neige, je rampai, je lui tendis ma main. C'est à ce moment que je vis passer dans ses yeux une brève lueur d'effroi… Je crois qu'il s'en serait tiré sans mon aide, il était trop aguerri, trop lié aux forces de la nature pour se laisser piéger par elles. Mais cette fois, il accepta ma main sans son sourire habituel.

Quelques minutes plus tard, le feu brûlait et Pachka, les jambes nues et le corps couvert uniquement d'un long pull que je lui avais prêté le temps de sécher ses vêtements, dansotait sur une planche léchée par les flammes. Avec ses doigts rouges, écorchés, il pétrissait une boule de glaise dont il enveloppait le poisson avant de le mettre dans la braise… Il y avait autour de nous le désert blanc de la Volga hivernale, les saules aux branches fines, frileuses, qui formaient une broussaille transparente le long du rivage, et, noyée sous la neige, cette barque à moitié désintégrée dont la membrure alimentait notre feu de bois barbare. La danse des flammes semblait rendre le crépuscule plus épais, l'éphémère sensation de confort plus saisissante.

Pourquoi, ce jour-là, lui racontai-je cette histoire plutôt qu'une autre ? Il y avait eu sans doute une raison à cela, une amorce de conversation qui m'avait suggéré ce sujet… C'était un résumé, très écourté d'ailleurs, d'un poème de Hugo que Charlotte m'avait narré il y a bien longtemps et dont je ne me rappelais même pas le titre… Quelque part à côté des barricades détruites, les soldats fusillaient les insurgés, au cœur de ce Paris rebelle où les pavés avaient l'extraordinaire capacité de se dresser subitement en remparts. Une exécution routinière, brutale, impitoyable. Les hommes se mettaient le dos contre le mur, fixaient un moment les canons des fusils qui visaient leur poitrine, puis levaient le regard vers la course légère des nuages. Et ils tombaient. Leurs compagnons prenaient la relève face aux soldats… Parmi ces condamnés se trouvait une sorte de Gavroche dont l'âge aurait dû inspirer la clémence. Hélas, non ! L'officier lui ordonna de se mettre dans la file d'attente fatale, l'enfant avait le même droit à la mort que les adultes. « Nous allons te fusiller toi aussi ! » maugréa ce bourreau en chef. Mais un instant avant d'aller au mur, l'enfant accourut vers l'officier et le supplia : « Permettez-vous que j'aille rapporter cette montre à ma mère ? Elle habite à deux pas d'ici, près de la fontaine. Je reviendrai, je vous le jure ! » Cette astuce enfantine toucha même les cœurs ensauvagés de cette soldatesque. Ils s'esclaffèrent, la ruse paraissait vraiment trop naïve. L'officier, riant aux éclats, proféra : « Vas-y, cours. Sauve-toi, petit vaurien ! » Et ils continuaient à rire en chargeant les fusils. Soudain, leurs voix se coupèrent net. L'enfant réapparut et se mettant près du mur, à côté des adultes, lança : « Me voilà ! »

Tout au long de mon récit, Pachka sembla à peine me suivre. Il restait immobile, incliné vers le feu. Son visage se cachait sous la visière rabattue de sa grosse chapka de fourrure. Mais lorsque j'en fus arrivé à la dernière scène — l'enfant revient, le visage pâle et grave, et se fige devant les soldats — oui, quand j'eus prononcé sa dernière parole : «Me voilà!», Pachka tressaillit, se redressa… Et l'incroyable se produisit. Il enjamba le bord de la barque et, pieds nus, se mit à marcher dans la neige. J'entendis une sorte de gémissement étouffé que le vent humide dissipa rapidement au-dessus de la plaine blanche.

Il fit quelques pas, puis s'arrêta, enlisé jusqu'aux genoux dans une congère. Interdit, je restai un moment sans bouger, en regardant, de la barque, ce grand gars vêtu d'un pull étiré que le vent gonflait telle une courte robe de laine. Les oreillettes de sa chapka ondoyaient lentement dans ce souffle froid. Ses jambes nues enfoncées dans la neige me fascinaient. Ne comprenant plus rien, je sautai par-dessus bord et j'allai le rejoindre. En entendant le crissement de mes pas, il se retourna brusquement. Une grimace douloureuse crispait son visage. Les flammes de notre feu de bois se reflétaient dans ses yeux avec une fluidité inhabituelle. Il se hâta d'essuyer ces reflets avec sa manche. «Ah, cette fumée!» bougonna-t-il en clignant des paupières et, sans me regarder, il regagna la barque.

C'est là, en poussant ses pieds frigorifiés vers la braise, qu'il me demanda avec une insistance coléreuse :

— Et après? Ils l'ont tué, ce gars, c'est ça?

Pris de court et ne trouvant dans ma mémoire aucun éclaircissement sur ce point, j'émis un balbutiement hésitant :

— Euh… C'est que je ne sais pas au juste…

— Comment, tu ne sais pas? Mais tu m'as tout raconté!

— Non, mais, tu vois, dans le poème…

— On s'en fout du poème! Dans la vie, on l'a tué ou pas?

Son regard qui me fixait par-dessus les flammes brillait d'un éclat un peu fou. Sa voix se faisait à la fois rude et implorante. Je soupirai, comme si je voulais demander pardon à Hugo et, d'un ton ferme et net, je déclarai :

— Non, on ne l'a pas fusillé. Un vieux sergent qui était là s'est souvenu de son propre fils resté dans son village. Et il a crié : «Celui qui touche à ce gosse aura affaire à moi!» Et l'officier a dû le relâcher…

Pachka baissa le visage et se mit à retirer le poisson moulé dans l'argile en remuant la braise avec une branche. En silence, nous brisions cette croûte de terre cuite qui se détachait avec les écailles et nous mangions la chair tendre et brûlante en la saupoudrant de gros sel.

Nous nous taisions aussi en retournant, à la nuit tombante, à la ville. J'étais encore sous l'impression de la magie qui venait de se produire. Le miracle qui m'avait démontré la toute-puissance de la parole poétique. Je devinais qu'il ne s'agissait même pas d'artifices verbaux ni d'un savant assemblage de mots. Non! Car ceux de Hugo avaient été d'abord déformés dans le récit lointain de Charlotte, puis au cours de mon résumé. Donc doublement trahis… Et pourtant, l'écho de cette histoire en fait si simple, racontée à des milliers de kilomètres du lieu de sa naissance, avait réussi à arracher des larmes à un jeune barbare et le pousser nu dans la neige ! Secrètement, je m'enorgueillissais d'avoir fait briller une étincelle de ce rayonnement qu'irradiait la patrie de Charlotte.

Et puis, ce soir, je compris que ce n'étaient pas les anecdotes qu'il fallait rechercher dans mes lectures. Ni des mots joliment disposés sur une page. C'était quelque chose de bien plus profond et, en même temps, de bien plus spontané : une pénétrante harmonie du visible qui, une fois révélée par le poète, devenait éternelle. Sans savoir la nommer, c'est elle que je poursuivrais désormais d'un livre à l'autre. Plus tard, j'apprendrais son nom : le Style. Et je ne pourrais jamais accepter sous ce nom des exercices vains de jongleurs de mots. Car je verrais surgir devant mon regard les jambes bleues de Pachka plantées dans une congère, au bord de la Volga, et les reflets fluides des flammes dans ses yeux… Oui, il était plus ému par le destin du jeune insurgé que par sa propre noyade évitée de justesse une heure avant !

En me quittant à un carrefour de la banlieue où il habitait, Pachka me tendit ma part de poisson : quelques longues carapaces d'argile. Puis, d'un ton bourru, en évitant mon regard, il demanda :

— Et ce poème sur les fusillés, on peut le trouver où ?

— Je vais te l'apporter demain, à l'école, je dois l'avoir chez moi, recopié...

Je le dis d'un trait, en maîtrisant mal ma joie. C'était le jour le plus heureux de mon adolescence.

# 4

« Mais c'est que Charlotte n'a plus rien à m'apprendre ! »

Cette pensée déconcertante me vint à l'esprit le matin de mon arrivée à Saranza. Je sautai du wagon devant la petite gare, j'étais seul à descendre ici. À l'autre bout du quai, je vis ma grand-mère. Elle m'aperçut, agita légèrement la main et alla à ma rencontre. C'est à ce moment-là, en marchant vers elle, que j'eus cette intuition : elle n'avait plus rien de nouveau à m'apprendre sur la France, elle m'avait tout raconté et, grâce à mes lectures, j'avais accumulé des connaissances plus vastes peut-être que les siennes… En l'embrassant, je me sentis honteux de cette pensée qui m'avait pris au dépourvu moi-même. J'y voyais comme une trahison involontaire.

D'ailleurs, depuis des mois déjà, j'éprouvais cette angoisse bizarre : celle d'avoir trop appris… Je ressemblais à cet homme économe qui espère voir la masse de son épargne lui procurer bientôt une façon de vivre toute différente, lui ouvrir un horizon prodigieux, changer sa vision des choses

— jusqu'à sa manière de marcher, de respirer, de parler aux femmes. La masse ne cesse pas de gonfler, mais la métamorphose radicale tarde à venir.

Il en était de même avec ma somme de connaissances françaises. Non que j'eusse désiré en tirer quelque profit. L'intérêt que mon camarade le cancre portait à mes récits me comblait déjà amplement. J'espérais plutôt un mystérieux déclic, pareil à celui du ressort dans une boîte à musique, un cliquetis qui annonce le début d'un menuet que vont danser les figurines sur leur estrade. J'aspirais à ce que ce fouillis de dates, de noms, d'événements, de personnages se refonde en une matière vitale jamais vue, se cristallise en un monde foncièrement nouveau. Je voulais que la France greffée dans mon cœur, étudiée, explorée, apprise, fasse de moi un autre.

Mais l'unique changement du début de cet été fut l'absence de ma sœur qui était partie continuer ses études à Moscou. J'avais peur de m'avouer que ce départ allait peut-être rendre impossibles nos veillées sur le balcon.

Le premier soir, comme pour avoir la confirmation de mes craintes, je me mis à interroger ma grand-mère sur la France de sa jeunesse. Elle répondait volontiers, estimant ma curiosité sincère. Tout en parlant, Charlotte continuait à repriser le col dentelé d'un chemisier. Elle maniait l'aiguille avec ce brin d'élégance artistique qu'on remarque toujours chez une femme qui travaille et entretient en même temps la conversation avec un invité qu'elle croit intéressé par son récit.

Accoudé à la rampe du petit balcon, je l'écoutais. Mes questions machinales amenaient, en écho, des scènes du passé mille fois contemplées dans mon enfance, des images familières, des êtres connus : ce tondeur de chiens sur le quai de la Seine, le cortège impérial parcourant les Champs-Élysées, la belle Otéro, le Président enlaçant sa maîtresse dans un baiser fatal... À présent, je me rendais compte que toutes ces histoires, Charlotte nous les avait répétées chaque été, cédant à notre désir de réécouter le conte favori. Oui, exactement, ce n'était rien d'autre que des contes qui enchantaient nos jeunes années et qui, comme tout conte véritable, ne nous lassaient jamais.

J'avais quatorze ans cet été. Le temps des contes, je le comprenais bien, ne recommencerait pas. J'avais trop appris pour me laisser griser par leur sarabande colorée. Étrangement, au lieu de me réjouir de ce signe évident de mon mûrissement, ce soir-là, je regrettais beaucoup ma confiance naïve d'autrefois. Car mes nouvelles connaissances, contrairement à mon attente, semblaient obscurcir mon imagerie française. À peine voulais-je revenir dans l'Atlantide de notre enfance qu'une voix docte intervenait : je voyais les pages des livres, les dates en caractères gras. Et la voix se mettait à commenter, à comparer, à citer. Je me sentais atteint d'une étrange cécité...

À un moment, notre conversation s'interrompit. J'avais écouté si distraitement que les dernières paroles de Charlotte — ce devait être une question — m'échappèrent. Confus, je scrutais son visage levé vers moi. J'entendais dans mes oreilles la mélodie de la phrase qu'elle venait de prononcer. C'est son intonation qui m'aida à en restituer le sens. Oui, c'était l'intonation qu'adopte le conteur en disant : «Non, mais celle-ci, vous l'avez déjà sans doute entendue. Je ne vais pas vous ennuyer avec mes vieilleries...» et il espère, secrètement, que ses auditeurs se mettent à l'encourager en affirmant ignorer son histoire ou l'avoir oubliée... Je secouai légèrement la tête, l'air dubitatif.

— Non, non, je ne vois pas. Mais tu es sûre de me l'avoir déjà racontée?

Je vis un sourire éclairer le visage de ma grand-mère. Elle reprit son récit. Je l'écoutais, cette fois, avec attention. Et pour la énième fois surgit devant mon regard la rue étroite d'un Paris moyen-âgeux, une nuit d'automne froide et, sur un mur — cet écusson sombre qui avait uni pour toujours trois destins et trois noms d'antan : Louis d'Orléans, Jean sans Peur, Isabeau de Bavière...

Je ne sais pas pourquoi je lui coupai la parole à cet instant. Je voulais sans doute lui montrer mon érudition. Mais surtout, ce fut cette révélation qui m'aveugla subitement : une vieille dame, sur un balcon suspendu au-dessus de la steppe sans fin, répète encore une fois une histoire connue par cœur, elle la répète avec la précision mécanique d'un disque, fidèle à ce récit plus ou moins légendaire parlant d'un pays qui n'existe que dans sa mémoire... Notre tête-à-tête dans le silence du soir me parut tout à coup saugrenu, la voix de Charlotte me rappela celle d'un automate. Je saisis au vol le nom du personnage qu'elle venait d'évoquer, je me mis à parler. Jean sans Peur et ses honteuses collusions avec les Anglais. Paris où les bouchers, devenus «révolutionnaires», faisaient la loi et massacraient les ennemis de Bourgogne ou prétendus tels. Et le roi fou. Et les gibets sur les places parisiennes. Et les loups qui rôdaient dans les faubourgs de la ville dévastée par la guerre civile. Et la trahison inimaginable commise par Isabeau de Bavière qui rejoignit Jean sans Peur et renia le dauphin en prétendant qu'il n'était pas le fils du roi. Oui, la belle Isabeau de notre enfance…

L'air me manqua tout à coup, je m'étranglai avec mes propres paroles, j'avais trop à dire.

Après un moment de silence, ma grand-mère hocha doucement la tête et dit avec beaucoup de sincérité :

— Je suis ravie que tu connaisses si bien l'histoire !

Pourtant dans sa voix, pleine de conviction, je crus distinguer l'écho d'une pensée inavouée : «C'est bien de connaître l'histoire. Mais quand je parlais d'Isabeau et de cette allée des Arbalétriers, de cette nuit d'automne, je songeais à une tout autre chose… »

Elle se pencha sur son ouvrage, en donnant des petits coups d'aiguille, précis et réguliers. Je traversai l'appartement, descendis dans la rue. Un sifflet de locomotive retentit au loin. Sa sonorité adoucie par l'air chaud du soir avait quelque chose d'un soupir, d'une plainte.

Entre l'immeuble où habitait Charlotte et la steppe, il y avait une sorte de petit bois très dense, impénétrable même : des broussailles de mûriers sauvages, des branches griffues de coudriers, des tranchées affaissées pleines d'orties. D'ailleurs, même si, au cours de nos jeux, nous parvenions à percer ces encombrements naturels, d'autres, ceux fabriqués par l'homme, obstruaient le passage : les rangs entortillés de barbelés, les croisements rouillés des obstacles antichars... On appelait cet endroit la «Stalinka» d'après le nom de la ligne de défense qu'on avait construite ici pendant la guerre. On craignait que les Allemands ne viennent jusque-là. Mais la Volga et surtout Stalingrad les avaient arrêtés... La ligne avait été démontée, les restes du matériel de guerre s'étaient retrouvés abandonnés dans ce bois qui en avait hérité le nom. « La Stalinka », disaient les habitants de Saranza, et leur ville semblait entrer ainsi dans les grands gestes de l'Histoire.

On affirmait que l'intérieur du bois était miné. Cela dissuadait même les plus crânes parmi nous qui auraient voulu s'aventurer dans ce *no man's land* replié sur ses trésors rouillés.

C'est derrière les fourrés de la Stalinka que passait ce chemin de fer à voie étroite ; on eût dit une voie ferrée miniature, avec une petite locomotive toute noire de suie, des wagonnets, petits eux aussi, et — comme dans une illusion d'optique — le conducteur vêtu d'un maillot maculé de cambouis : un faux géant se penchant par la fenêtre. Chaque fois, avant de traverser l'un des chemins qui s'enfuyaient vers l'horizon, la locomotive poussait son cri mi-tendre, mi-plaintif. Doublé par son écho, ce signal ressemblait à l'appel sonore d'un coucou. «La Koukouchka», disions-nous avec un clin d'œil en apercevant ce convoi sur ses rails étroits envahis de pissenlits et de camomilles…

C'est sa voix qui me guida ce soir-là. Je contournai les broussailles à l'orée de la Stalinka, je vis le dernier wagonnet qui glissait en s'estompant dans la pénombre tiède du crépuscule. Même ce petit convoi répandait l'inimitable odeur des chemins de fer, un peu piquante et qui appelait insensiblement aux longs voyages décidés sur un heureux coup de tête. De loin, de la brume bleutée du soir, j'entendis planer un mélancolique «coucou-ou». Je posai mon pied sur le rail qui vibrait tout doucement sous le train disparu. La steppe silencieuse semblait attendre de moi un geste, un pas.

«Comme c'était bien avant, disait en moi une voix sans paroles. Cette Koukouchka que je croyais s'en aller dans une direction inconnue, vers des pays inexistants sur la carte, vers des montagnes aux sommets neigeux, vers une mer nocturne où se confondent les lampions des barques et les étoiles. Maintenant je sais que ce train va de la briqueterie de Saranza à la gare où l'on décharge ses wagonnets. Deux ou trois kilomètres en tout et pour tout. Beau voyage! Oui, maintenant je le sais et je ne pourrai donc plus jamais croire que ces rails sont infinis et ce soir, unique, avec cette senteur forte de la steppe, ce ciel immense, et avec ma présence inexplicable et étrangement nécessaire ici, près de cette voie avec ses traverses fendillées, à cet instant précis, avec l'écho de ce "cou-cou-ou" dans l'air violet. Autrefois, tout me paraissait si naturel... »

La nuit, avant de me rendormir, je me rappelai avoir enfin appris le sens de la formule énigmatique dans le menu du banquet en l'honneur du Tsar : « bartavelles et ortolans truffés rôtis ». Oui, je savais à présent qu'il s'agissait du gibier très apprécié des gourmets. Un plat délicat, savoureux, rare, mais rien de plus. J'avais beau répéter comme autrefois : « Bartavelles et ortolans », la magie qui remplissait mes poumons du vent salé de Cherbourg était caduque. Et avec un désespoir hésitant, je murmurai tout bas, pour moi-même, en écarquillant les yeux dans l'obscurité :

— J'ai donc déjà vécu une partie de ma vie !

Désormais, nous parlions pour ne rien dire. Nous vîmes s'installer entre nous l'écran de ces mots lisses, de ces reflets sonores du quotidien, de ce liquide verbal dont on se sent obligé, on ne sait pourquoi, de remplir le silence. Avec stupeur, je découvrais que parler était, en fait, la meilleure façon de taire l'essentiel. Alors que pour le dire, il aurait fallu articuler les mots d'une tout autre manière, les chuchoter, les tisser dans les bruits du soir, dans les rayons du couchant. Une nouvelle fois, je ressentais en moi la mystérieuse gestation de cette langue si différente des paroles émoussées par l'usage, une langue dans laquelle j'aurais pu dire tout bas en rencontrant le regard de Charlotte :

— Pourquoi j'ai le cœur serré quand j'entends l'appel lointain de la Koukouchka ? Pourquoi une matinée d'automne à Cherbourg d'il y a cent ans, oui, cet instant que je n'ai jamais vécu, dans une ville que je n'ai jamais visitée, pourquoi sa lumière et son vent me paraissent plus vivants que les jours de ma vie réelle ? Pourquoi ton balcon ne plane plus dans l'air mauve du soir, au-dessus de la steppe ? La transparence de rêve qui l'enveloppait s'est brisée, tel un matras d'alchimiste. Et ces éclats de verre grincent et nous empêchent de parler comme autrefois… Et tes souvenirs que je connais maintenant par cœur ne sont-ils pas une cage qui te tient prisonnière ? Et notre vie, n'est-elle pas justement cette transformation quotidienne du présent mobile et chaleureux en une collection de souvenirs figés comme les papillons écartelés sur leurs épingles sous une vitre poussiéreuse ? Et pourquoi alors je sens que je donnerais sans hésiter toute cette collection pour l'unique sensation d'aigreur qu'avait laissée sur mes lèvres l'imaginaire coupelle d'argent dans ce café illusoire de Neuilly ? Pour une seule gorgée du vent salé de Cherbourg ? Pour un seul cri de la Koukouchka venu de mon enfance ?

Cependant, nous continuions à remplir le silence, tel le tonneau des Danaïdes, de mots inutiles, de répliques creuses : « Il fait plus chaud qu'hier ! Gavrilytch est de nouveau ivre… La Koukouchka n'est pas passée ce soir… C'est la steppe qui brûle là-bas, regarde ! Non, c'est un nuage… Je vais refaire du thé… Aujourd'hui, au marché, on vendait des pastèques d'Ouzbékistan… »

L'indicible ! Il était mystérieusement lié, je le comprenais maintenant, à l'essentiel. L'essentiel était indicible. Incommunicable. Et tout ce qui, dans ce monde, me torturait par sa beauté muette, tout ce qui se passait de la parole me paraissait essentiel. L'indicible était essentiel.

Cette équation créa dans ma jeune tête une sorte de court-circuit intellectuel. Et c'est grâce à sa concision que, cet été, je tombai sur cette vérité terrible : « Les gens parlent car ils ont peur du silence. Ils parlent machinalement, à haute voix ou chacun à part soi, ils se grisent de cette bouillie vocale qui englue tout objet et tout être. Ils parlent de la pluie et du beau temps, ils parlent d'argent, d'amour, de rien. Et ils emploient, même quand ils parlent de leurs amours sublimes, des mots cent fois dits, des phrases usées jusqu'à la trame. Ils parlent pour parler. Ils veulent conjurer le silence… »

Le matras d'alchimiste s'était brisé. Conscients de l'absurdité de nos paroles, nous poursuivions notre dialogue journalier : « Il va peut-être pleuvoir. Regarde ce gros nuage. Non, c'est la steppe qui brûle… Tiens, la Koukouchka est passée plus tôt que d'habitude… Gavrilytch… Le thé… Au marché… »

Oui, une partie de ma vie était derrière moi. L'enfance.

Finalement, nos conversations sur la pluie et le beau temps n'étaient pas, cet été, tout à fait injustifiées. Il pleuvait souvent, et ma tristesse colora ces vacances dans ma mémoire de tons brumeux et tièdes.

Parfois, du fond de cette lente grisaille de jours, un reflet de nos veillées d'autrefois surgissait

— quelque photo que je découvrais par hasard dans la valise sibérienne dont le contenu n'avait, depuis longtemps, plus de secret pour moi. Ou, de temps à autre, un fugitif détail du passé familial qui m'était encore inconnu et que Charlotte me livrait avec la joie timide d'une princesse ruinée qui trouve soudain sous la doublure élimée de sa bourse une fine piécette d'or.

C'est ainsi que par un jour de grande pluie, en retournant les piles des vieux journaux français entassés dans la valise, je tombai sur cette page provenant, sans doute, d'un illustré du début du siècle. C'était une reproduction, à peine revêtue d'un teint brun et gris, d'un tableau de ce réalisme très fouillé qui attire par la précision et l'abondance des détails. C'est en les examinant durant cette longue soirée pluvieuse que je dus retenir le sujet. Une colonne très disparate de guerriers, tous visiblement éprouvés par la fatigue et l'âge, traversait la rue d'un village pauvre, aux arbres nus. Oui, les soldats étaient tous très âgés — des vieillards, me sembla-t-il, avec de longs cheveux blancs s'échappant des chapeaux aux larges bords. C'étaient les tout derniers hommes valides dans une levée en masse populaire déjà engloutie par la guerre. Je n'avais pas retenu le titre du tableau, mais le mot « derniers » y était présent. Ils étaient les derniers à faire face à l'ennemi, les tout derniers à pouvoir manier les armes. Celles-ci d'ailleurs étaient très rudimentaires : quelques piques, des haches, de vieux sabres. Curieux, je détaillais leurs vêtements, leurs gros godillots avec de grandes boucles de cuivre, leurs chapeaux et parfois un casque terni, semblable à celui des conquistadors, leurs doigts noduleux crispés sur les manches des piques… La France, qui était toujours apparue devant mes yeux dans les fastes de ses palais, aux heures glorieuses de son histoire, se manifesta soudain sous les traits de ce village du nord où les maisons basses se recroquevillaient derrière des haies maigres, où les arbres rabougris frissonnaient sous le vent d'hiver. Étonnamment, je me sentis très proche et de cette rue boueuse, et de ces vieux guerriers condamnés à tomber dans un combat inégal. Non, il n'y avait rien de pathétique dans leur démarche. Ce n'étaient pas des héros exposant leur bravoure ou leur abnégation. Ils étaient simples, humains. Surtout celui-ci, portant le vieux casque à la conquistador, un vieil homme de grande taille qui marchait en s'appuyant sur une pique, à la fin de la colonne. Son visage me subjugua par une surprenante sérénité, amère et souriante à la fois.

Tout à ma mélancolie d'adolescent, je fus transporté subitement par une joie confuse. Je crus avoir compris le calme de ce vieux guerrier face à la défaite imminente, face à la souffrance et à la mort. Ni stoïque ni âme béate, il marchait, la tête haute, à travers ce pays plat, froid et terne, et qu'il aimait malgré tout en l'appelant « patrie ». Il paraissait invulnérable. Pour une fraction de seconde mon cœur sembla battre au même rythme que le sien, triomphant de la peur, de la fatalité, de la solitude. Dans ce défi je sentis comme une nouvelle corde de l'harmonie vivante qu'était pour moi la France. Je tentai tout de suite de lui trouver un nom : orgueil patriotique ? panache ? Ou la fameuse *furia francese* que les Italiens reconnaissaient aux guerriers français ?

En évoquant mentalement ces étiquettes, je vis que le visage du vieux soldat se refermait lentement, ses yeux s'éteignirent. Il redevenait un personnage d'une vieille reproduction aux couleurs grises et bistre. C'était comme s'il avait détourné son regard pour me cacher son mystère que je venais d'entrevoir.

Un autre éclat du passé fut cette femme. Celle, en veste ouatée et en grosse chapka, dont j'avais découvert la photo dans un album rempli de clichés datant de l'époque française de notre famille. Je me rappelai que cette photo avait disparu de l'album aussitôt après que je m'y étais intéressé et que j'en avais parlé à Charlotte. Je m'efforçai de me souvenir pourquoi, alors, je n'avais pas pu obtenir de réponse. La scène se présenta à mes yeux : je montre la photo à ma grand-mère et soudain je vois passer une ombre rapide qui me fait oublier ma question ; sur le mur je recouvre de ma paume un étrange papillon, un sphinx à deux têtes, à deux corps, à quatre ailes.

Je me disais qu'à présent, quatre ans après, ce sphinx double n'avait plus rien de mystérieux pour moi : deux papillons accouplés, tout simplement. Je pensai aux gens accouplés, en essayant d'imaginer le mouvement de leurs corps... Et tout à coup je compris que depuis des mois déjà, des années peut-être, je ne pensais qu'à ces corps enlacés, confondus. J'y pensais sans m'en rendre compte, à chaque instant de la journée, en parlant d'autre chose. Comme si la caresse fiévreuse des sphinx brûlait tout le temps ma paume.

Interroger Charlotte pour savoir qui était cette femme en veste ouatée me paraissait maintenant définitivement impossible. Un obstacle absolu surgissait entre ma grand-mère et moi : le corps féminin rêvé, convoité, possédé mille fois en pensée.

Le soir, en me versant du thé, Charlotte dit d'une voix distraite :

— C'est drôle, la Koukouchka n'est pas encore passée…

Émergeant de ma rêverie, je levai les yeux sur elle. Nos regards se rencontrèrent… Nous ne nous dîmes plus rien jusqu'à la fin du repas.

Ces trois femmes changèrent ma vue, ma vie…

Je les avais découvertes par hasard, au verso d'une coupure de presse enfouie dans la valise sibérienne. Je relisais, une nouvelle fois, l'article sur le premier raid automobile «Pékin-Paris via Moscou», comme pour me prouver à moi-même qu'il n'y avait plus rien à apprendre, que la France de Charlotte avait été bel et bien épuisée. Distrait, j'avais laissé glisser la page sur le tapis, j'avais regardé par la porte ouverte du balcon. C'était une journée particulière, à la fin du mois d'août, fraîche et ensoleillée, quand le vent froid franchissant l'Oural apportait dans nos steppes le premier souffle de l'automne. Tout brillait dans cette lumière limpide. Les arbres de la Stalinka se dessinaient avec une netteté fragile sur le ciel d'un bleu ravivé. L'horizon traçait une ligne pure, tranchante. Avec un apaisement amer, je me disais que la fin des vacances approchait. La fin aussi d'une période de ma vie, une fin marquée par cette découverte extraordinaire : toutes mes connaissances ne me garantissaient ni le bonheur ni le contact privilégié avec l'essentiel… Une autre révélation aussi : à longueur de temps je pensais au corps féminin, aux corps des femmes. Toutes les autres pensées étaient complémentaires, accidentelles, dérivées. Oui, je me rendais à l'évidence qu'être un homme signifiait penser constamment aux femmes, que l'homme n'était autre que ce rêveur de femmes ! Et que je le devenais…

Par un caprice comique, la page du journal, en glissant sur le tapis, s'était retournée. Je la ramassai et c'est alors qu'au dos, je les aperçus, ces trois femmes du début du siècle. Je ne les avais encore jamais vues, considérant le revers de cette coupure de presse comme inexistante. Cette rencontre imprévue m'intrigua. J'approchai la photo vers la lumière qui venait du balcon…

Et tout de suite, je tombai amoureux d'elles. De leurs corps et de leurs yeux tendres et attentifs qui laissaient trop bien deviner la présence d'un photographe courbé sous une bâche noire, derrière un trépied.

Leur féminité était celle qui devait infailliblement toucher le cœur de l'adolescent solitaire et farouche que j'étais. Une féminité en quelque sorte normative. Toutes les trois portaient une longue robe noire qui mettait en valeur l'ample arrondi de leur poitrine, moulait les hanches, mais surtout, avant d'embrasser les jambes et de se déverser en de gracieux plis autour des pieds, le tissu esquissait le galbe discret de leur ventre. La sensualité pudique de ce triangle légèrement rebondi me fascina !

Oui, leur beauté était justement celle qu'un jeune rêveur encore charnellement innocent pouvait imaginer sans cesse dans ses mises en scène érotiques. C'était la représentation d'une femme « classique ». Idée de féminité incarnée. Vision de la maîtresse idéale. C'est ainsi en tout cas que je contemplais ces trois élégantes avec leurs grands yeux ombrés de noir, leurs volumineux chapeaux aux rubans en velours sombre, leur air d'autrefois qui, dans les portraits des générations précédentes, nous apparaît toujours comme le signe d'une certaine naïveté, d'une candeur spontanée qui manque à nos contemporains et qui nous touche en nous inspirant confiance.

En fait, j'étais surtout émerveillé par la précision de cette coïncidence : mon inexpérience amoureuse faisait appel justement à cette Femme en général, une femme encore dépourvue de toutes les particularités charnelles que le désir mûr saurait détecter dans son corps.

Je les contemplais avec un malaise croissant. Leurs corps m'étaient inaccessibles. Oh, il ne s'agissait pas d'une impossibilité réelle de les rejoindre. Depuis longtemps mon imagination érotique avait appris à déjouer cet obstacle. Je fermais les yeux et je voyais mes belles promeneuses — nues. Tel un chimiste, par une savante synthèse, je pouvais recomposer leur chair à partir des éléments les plus banals : la pesanteur de la cuisse de cette femme qui un jour m'avait frôlé dans un autobus bondé, les courbes des corps bronzés sur les plages, tous les nus des tableaux. Et même mon propre corps ! Oui, malgré le tabou qui, dans ma patrie, frappait la nudité et, à plus forte raison la nudité féminine, j'aurais su reconstituer l'élasticité d'un sein sous mes doigts et la souplesse d'une hanche.

Non, les trois élégantes m'étaient tout autrement inaccessibles… Quand je voulus recréer le temps qui les entourait, ma mémoire s'exécuta tout de suite. Je me souvenais de Blériot qui, vers cette époque, traversait la Manche sur son monoplan, de Picasso qui peignait *Les Demoiselles d'Avignon*… La cacophonie des faits historiques résonna dans ma tête. Mais les trois femmes restaient immobiles, inanimées — trois pièces de musée sous une étiquette : les élégantes de la Belle Époque dans les jardins des Champs-Élysées. Je tentai alors de les rendre miennes, d'en faire mes maîtresses imaginaires. Par ma synthèse érotique, je modelais leurs corps, elles bougèrent, mais avec la raideur des léthargiques qu'on aurait voulu transporter, debout, habillées, en imitant leur réveil. Et comme pour accentuer cette impression de torpeur, la synthèse dilettante puisa dans ma mémoire une image qui me fit grimacer : ce sein nu, flasque, le sein mort d'une vieille ivrogne que j'avais vue, un jour, à la gare. Je secouai la tête pour me défaire de cette vision écœurante.

Il fallait donc se résigner à ce musée peuplé de momies, de figures de cire avec leurs étiquettes

«Trois élégantes», «Président Faure et sa maîtresse», «Vieux guerrier dans un village du Nord»… Je refermai la valise.

M'accoudant à la rampe du balcon, je laissai s'égarer mon regard dans la dorure transparente du soir, au-dessus de la steppe.

«À quoi, en fin de compte, leur beauté a-t-elle servi? pensai-je avec une clarté subite, tranchante comme cette lumière du couchant. Oui, à quoi ont servi leurs beaux seins, leurs hanches, leurs robes qui moulaient si joliment leurs jeunes corps? Être si belles et se retrouver enfouies dans une vieille valise, dans une ville ensommeillée et poussiéreuse, perdue au milieu d'une plaine infinie! Dans cette Saranza dont, de leur vivant, elles n'avaient pas la moindre idée… Tout ce qui reste d'elles, c'est donc ce cliché, rescapé d'une suite inimaginable de grands et de petits hasards, conservé uniquement comme le revers de la page évoquant le raid automobile Pékin-Paris. Et même Charlotte ne garde plus aucun souvenir de ces trois silhouettes féminines. Moi, moi seul sur cette terre, je préserve le dernier fil qui les unit au monde des vivants! Ma mémoire est leur ultime refuge, leur dernier séjour avant l'oubli définitif, total. Je suis en quelque sorte le dieu de leur univers vacillant, de ce bout de Champs-Élysées où leur beauté brille encore…»

Mais tout dieu que j'étais, je ne pouvais leur offrir qu'une existence de marionnettes. Je remontais le ressort de mes souvenirs, et les trois élégantes se mettaient à trottiner, le président de la République enlaçait Marguerite Steinheil, le duc

184

d'Orléans tombait, transpercé de poignards perfides, le vieux guerrier empoignait sa longue pique et bombait la poitrine…

« Comment se fait-il, me demandai-je avec angoisse, que toutes ces passions, douleurs, amours, paroles laissent si peu de traces ? Quelle absurdité les lois de ce monde où la vie des femmes si belles, si désirables dépend de la voltige d'une page : en effet, si cette feuille ne s'était pas retournée, je ne les aurais pas sauvées de leur oubli qui serait devenu éternel. Quelle bêtise cosmique la disparition d'une belle femme ! Disparition sans retour. Effacement complet. Sans ombre. Sans reflet. Sans appel… »

Le soleil s'éteignit au fond de la steppe. Mais l'air garda longtemps la luminosité cristalline des soirées d'été fraîches. Derrière le bois résonna le cri de la Koukouchka, plus sonore dans cet air froid. Le feuillage des arbres était émaillé de quelques feuilles jaunes. Les toutes premières. Le cri de la petite locomotive retentit de nouveau. Déjà au loin, affaibli.

C'est alors qu'en revenant au souvenir des trois élégantes, j'eus cette pensée simple, ce dernier écho des réflexions tristes dans lesquelles je m'étais embrouillé tout à l'heure : « Mais c'est qu'il y avait dans leur vie cette matinée d'automne, fraîche et limpide, cette allée au sol jonché de feuilles mortes, où elles s'étaient arrêtées, un instant, s'immobilisant devant l'objectif. Immobilisant cet instant… Oui, il y avait dans leur vie une matinée d'automne claire… »

Cette brève parole provoqua le miracle. Car

soudain, par tous mes sens, je me transportai dans l'instant que le sourire de trois élégantes avait suspendu. Je me retrouvai dans le climat de ses odeurs automnales, mes narines palpitèrent tant l'arôme amer des feuilles était pénétrant. Je clignais des yeux sous le soleil qui perçait à travers les branches. J'entendis le bruit lointain d'un phaéton roulant sur les pavés. Et le ruissellement encore confus de quelques répliques amusées que les trois femmes échangeaient avant de se figer devant le photographe… Oui, intensément, pleinement, je vivais leur temps !

L'effet de ma présence dans cette matinée d'automne, à côté d'elles, fut si grand que je m'arrachai à sa lumière, presque effrayé. J'eus soudain très peur d'y rester pour toujours. Aveuglé, assourdi, je revins dans la pièce, je retirai la page du journal…

La surface du cliché sembla frémir, comme celle, aux couleurs humides et vives, d'une décalcomanie. Sa perspective plate se mit soudain à s'approfondir, à s'enfuir devant mon regard. C'est ainsi, enfant, que je contemplais deux images identiques qui naviguaient lentement l'une vers l'autre avant de se confondre en une seule, stéréoscopique. La photo des trois élégantes s'ouvrait devant moi, m'entourait peu à peu, me laissait entrer sous son ciel. Les branches aux larges feuilles jaunes me surplombaient…

Mes réflexions d'il y a une heure (l'oubli total, la mort…) ne voulaient plus rien dire. Tout était trop lumineux, sans paroles. Je n'avais même plus besoin de regarder la photo. Je fermais les yeux, l'instant était en moi. Et je devinais jusqu'à cette joie qu'éprouvaient les trois femmes, celle de retrouver, après la chaleur oisive de l'été, la fraîcheur d'automne, les vêtements de saison, les plaisirs de la vie citadine et même, bientôt, la pluie et le froid qui allaient en augmenter le charme.

Leurs corps, inaccessibles il y a un moment, vivaient en moi, baignant dans la senteur piquante des feuilles sèches, dans la légère brume pailletée de soleil… Oui, je devinais chez elles cet imperceptible frémissement avec lequel le corps féminin accueille le nouvel automne, ce mélange de jouissance et d'angoisse, cette mélancolie sereine. Il n'y avait plus aucun obstacle entre ces trois femmes et moi. Notre fusion, je le sentais, était plus amoureuse et plus charnelle que n'importe quelle possession physique.

J'émergeai de cette matinée d'automne, me retrouvant sous un ciel déjà presque noir. Fatigué comme si je venais de traverser un grand fleuve à la nage, je regardais autour de moi en reconnaissant à peine les objets familiers. J'eus quand même envie de rebrousser chemin pour revoir les trois promeneuses de la Belle Époque.

Mais la magie dont je venais de faire l'expérience sembla m'échapper encore. Ma mémoire, à mon insu, recréa un tout autre reflet du passé. Je vis un bel homme habillé de noir, au milieu d'un luxueux bureau. La porte s'ouvrait silencieusement, une femme, le visage masqué par un voile, pénétrait dans la pièce. Et, bien théâtralement, le Président enlaçait sa maîtresse. Oui, c'était la scène, mille fois surprise, du rendez-vous secret des amoureux de l'Élysée. Convoqués par mon souvenir, ils s'exécutèrent en la rejouant une nouvelle fois à la manière d'un vaudeville hâtif. Mais cela ne me suffisait plus…

La transfiguration des trois élégantes me laissait espérer que la magie pourrait se reproduire. Je me rappelais très bien cette phrase si simple qui avait tout déclenché : « Et pourtant, il y avait dans la vie de ces trois femmes cette matinée fraîche et ensoleillée… » Tel un apprenti sorcier, j'imaginai de nouveau l'homme à la belle moustache dans son bureau, devant la fenêtre noire, et je chuchotai la formule magique :

— Et pourtant, il y a eu dans sa vie un soir d'automne quand il se tenait devant la fenêtre noire derrière laquelle s'agitaient les branches nues du jardin de l'Élysée…

Je ne me rendis pas compte à quel moment la frontière du temps s'était dissipée… Le Président fixait les reflets mouvants des arbres, sans voir. Ses lèvres étaient si proches de la vitre qu'un rond de buée la voila pour une seconde. Il le remarqua et hocha légèrement la tête en réponse à ses pensées muettes. Je devinais qu'il sentait la raideur bizarre du vêtement sur son corps. Il se voyait étranger à lui-même. Oui, une existence inconnue, tendue, qu'il était obligé de maîtriser par son immobilité apparente. Il pensait, non, ne pensait pas, mais percevait quelque part dans cette obscurité humide derrière la vitre la présence de plus en plus intime de celle qui bientôt entrerait dans la pièce. « Le président de la République, dit-il tout bas en détachant lentement les syllabes. L'Élysée… » Et soudain, ces mots si coutumiers lui parurent sans aucun rapport avec ce qu'il était. Intensément, il se sentit l'homme qui, dans un moment, serait de nouveau ému par la douceur chaude des lèvres féminines sous le voile scintillant de gouttelettes glacées…

Je gardai quelques secondes sur mon visage cette sensation contrastée.

La magie de ce passé transfiguré m'avait à la fois exalté et brisé. Assis sur le balcon, je respirais par saccades, le regard aveugle perdu dans la nuit des steppes. Je devenais sans doute maniaque de cette alchimie du temps. À peine revenu à moi, je redis mon « sésame » : « Et pourtant, il y a eu dans la vie de ce vieux soldat ce jour d'hiver… » Et je voyais le vieil homme portant un casque à la conquistador. Il marchait s'appuyant sur sa longue pique. Son visage rougi par le vent était refermé sur des pensées amères : sa vieillesse et cette guerre qui se poursuivrait encore quand il ne serait plus là. Soudain, dans l'air terne de cette journée glaciale, il sentit l'odeur d'un feu de bois. Ce goût agréable et un peu acide se mêlait à la fraîcheur du givre dans les champs nus. Le vieillard aspira profondément une âpre gorgée d'air hivernal. Un reflet de sourire colora son visage austère. Il plissa légèrement les paupières. C'était lui, cet homme qui aspirait avec avidité le vent glacé sentant le feu de bois. Lui. Ici. Maintenant. Sous ce ciel… La bataille à laquelle il allait prendre part, et cette guerre et même sa mort lui parurent alors des événements sans importance.

Oui, des épisodes d'une destinée infiniment plus grande dont il serait, dont il était déjà un participant pour le moment inconscient. Il respirait fortement, il souriait, les yeux mi-clos. Il devinait que l'instant qu'il vivait était le début de cette destinée pressentie...

Charlotte revint à la nuit tombante. Je savais que de temps en temps elle passait la fin de l'après-midi au cimetière. Elle sarclait la petite plate-bande de fleurs devant la tombe de Fiodor, arrosait, nettoyait la stèle surmontée d'une étoile rouge. Quand le jour commençait à décliner, elle s'en allait. Elle marchait lentement, en traversant toute la Saranza, en s'asseyant parfois sur un banc. Ces soirs-là, nous ne sortions pas sur le balcon...

Elle entra. J'entendis avec émoi ses pas dans le couloir, puis dans la cuisine. Sans me laisser le temps de réfléchir à mon geste, j'allai lui demander de me raconter la France de sa jeunesse. Comme autrefois.

Les instants dans lesquels je venais de séjourner m'apparaissaient à présent comme l'expérimentation d'une étrange folie, belle et effrayante en même temps. Il était impossible de les nier, car tout mon corps en gardait l'écho lumineux. Je les avais réellement vécus ! Mais par un sournois esprit de contradiction, mélange de peur et de bon sens révolté, il me fallait désavouer ma découverte, détruire l'univers dont j'avais entrevu quelques fragments. J'espérais de Charlotte un apaisant conte d'enfant sur la France de ses jeunes années. Un souvenir familier et lisse comme un cliché photographique et qui m'aiderait à oublier ma folie passagère.

Elle ne répondit pas tout de suite à ma question. Sans doute avait-elle compris que si j'osais troubler ainsi nos habitudes c'est qu'une raison grave m'y avait forcé. Elle dut penser à toutes nos conversations pour rien depuis plusieurs semaines, à notre tradition des récits au coucher du soleil, un rituel, cet été, trahi.

Après une minute de silence, elle soupira avec un petit sourire au coin des lèvres :

— Mais qu'est-ce que je peux te raconter ? Tu connais maintenant tout… Attends, je vais te lire plutôt un poème…

Et j'allais vivre un début de nuit, le plus extra-ordinaire de ma vie. Car Charlotte ne put long-temps mettre la main sur le livre qu'elle cherchait. Et avec cette merveilleuse liberté avec laquelle nous la voyions parfois bouleverser l'ordre des choses, elle, femme par ailleurs ordonnée et poin-tilleuse, transforma la nuit en une longue veillée. Des piles de livres s'entassaient sur le plancher Nous grimpions sur la table pour explorer les rayons supérieurs des étagères. Le livre était introuvable.

C'est vers deux heures du matin que, se dres-sant au milieu d'un pittoresque désordre de volumes et de meubles, Charlotte s'exclama :

— Que je suis bête ! Mais ce poème, j'ai com-mencé à vous le lire, à toi et à ta sœur, l'été der-nier, tu te souviens ? Et puis… Je ne me rappelle plus. Enfin, nous nous sommes arrêtés à la pre-mière strophe. Donc il doit être là.

Et Charlotte s'inclina vers une petite armoire près de la porte du balcon, l'ouvrit, et à côté d'un chapeau de paille, nous vîmes ce livre.

Assis sur le tapis, je l'écoutais lire. Une lampe de table posée à terre éclairait son visage. Sur le mur, nos silhouettes se dessinaient avec une précision hallucinante. De temps en temps, une bouffée d'air froid venant de la steppe nocturne s'engouffrait par la porte du balcon. La voix de Charlotte avait la tonalité des paroles dont on écoute l'écho, des années après leur naissance :

> *... Or, chaque fois que je viens à l'entendre,*
> *De deux cents ans mon âme rajeunit...*
> *C'est sous Louis treize ; et je crois voir s'étendre*
> *Un coteau vert, que le couchant jaunit.*
>
> *Puis un château de brique à coins de pierre,*
> *Aux vitraux teints de rougeâtres couleurs,*
> *Ceint de grands parcs, avec une rivière*
> *Baignant ses pieds, qui coule entre des fleurs ;*
>
> *Puis une dame, à sa haute fenêtre,*
> *Blonde aux yeux noirs, en ses habits anciens,*
> *Que, dans une autre existence peut-être,*
> *J'ai déjà vue... et dont je me souviens !*

Nous ne nous dîmes plus rien durant cette nuit insolite. Avant de m'endormir, je pensai à cet homme qui, dans le pays de ma grand-mère, il y a un siècle et demi, avait eu le courage de raconter sa « folie » — cet instant rêvé, plus vrai que n'importe quelle réalité de bon sens.

Le lendemain matin, je me réveillai tard. Dans la chambre voisine, l'ordre était déjà revenu... Le vent avait changé de direction et apportait le souffle chaud de la Caspienne. La journée froide d'hier paraissait très lointaine.

Vers midi, sans nous concerter, nous sortîmes dans la steppe. Nous marchions en silence, côte à côte, en contournant les broussailles de la Stalinka. Ensuite nous traversâmes les rails étroits envahis d'herbes folles. De loin, la Koukouchka fit entendre son appel sifflant. Nous vîmes apparaître le petit convoi qui semblait courir entre des touffes de fleurs. Il s'approcha, croisa notre sentier et se fondit dans le voile de chaleur. Charlotte l'accompagna du regard, puis murmura doucement en reprenant la marche :

— Il m'est arrivé, dans mon enfance, de prendre un train qui était un peu cousin de cette Koukouchka. Lui, il transportait des passagers, et avec ses petits wagons il sinuait longtemps à travers la Provence. Nous allions passer quelques jours chez une tante qui habitait à... Je ne me rappelle plus le nom de cette ville. Je me souviens seulement du soleil qui inondait les collines, du chant sonore et sec des cigales quand on s'arrêtait dans de petites gares ensommeillées. Et sur ces collines, à perte de vue, s'étendaient des champs de lavande... Oui, le soleil, les cigales et ce bleu intense et cette odeur qui entrait avec le vent par les fenêtres ouvertes...

Je marchais à côté d'elle, muet. Je sentais que la « Koukouchka » serait désormais le premier mot de notre nouvelle langue. De cette langue qui dirait l'indicible.

Deux jours après je quittais Saranza. Pour la première fois de ma vie, le silence des dernières minutes avant le départ du train ne devenait pas gênant. De la fenêtre, je regardais Charlotte, sur le quai, au milieu des gens qui gesticulaient comme des sourds-muets, de peur que ceux qui partaient ne les entendent pas. Charlotte se taisait et, rencontrant mon regard, souriait légèrement. Nous n'avions pas besoin de mots.

III

1

À l'automne, quelques jours à peine séparèrent
le temps où, honteux de l'avouer à moi-même, je
me réjouissais de l'absence de ma mère, hospitali-
sée « pour un simple examen », nous disait-elle, et
cet après-midi où, en sortant de l'école, j'apprenais sa mort.

Le lendemain de son départ pour l'hôpital, un
agréable laisser-aller s'installa dans notre appartement. Mon père restait devant la télévision jusqu'à une heure du matin. Moi, savourant ce
prélude de liberté d'adulte, j'essayais de retarder
chaque jour un peu plus mon retour à la maison :
neuf heures, neuf heures et demie, dix heures...

Je passais ces soirées à un carrefour qui, dans le
crépuscule d'automne et avec un léger effort
d'imagination, faisait naître une illusion surprenante : celle d'une soirée pluvieuse dans une
métropole d'Occident. C'était un endroit unique
au milieu des larges avenues monotones de notre
ville. Les rues qui s'entrecroisaient ici s'enfuyaient
comme les rayons d'un cercle — les façades des
immeubles en restaient découpées en trapèze. Je

savais déjà qu'à Paris Napoléon avait ordonné cette configuration aux croisements de rues, afin d'éviter les collisions des voitures...

Plus l'obscurité était dense, plus mon illusion devenait complète. Savoir que l'une de ces maisons abritait le musée local de l'athéisme et que les murs des autres dissimulaient des appartements communautaires surpeuplés — cela ne me gênait guère. Je contemplais l'aquarelle jaune et bleue des fenêtres sous la pluie, les reflets des réverbères sur l'asphalte graisseux, les silhouettes des arbres nus. J'étais seul, libre. J'étais heureux. En chuchotant, je m'adressais à moi-même en français. Devant ces façades en trapèze, la sonorité de cette langue me semblait très naturelle. La magie que j'avais découverte cet été allait-elle se matérialiser en quelque rencontre ? Chaque femme qui me croisait avait l'air de vouloir me parler. Chaque demi-heure gagnée sur la nuit étoffait mon mirage français. Je n'appartenais plus ni à mon temps ni à ce pays. Sur ce petit rond-point nocturne, je me sentais merveilleusement étranger à moi-même.

À présent, le soleil m'ennuyait, le jour devenait une inutile attente avant ma vraie vie, le soir...

Cependant, c'est en plein jour, en clignant des yeux aveuglés par le scintillement du premier givre, que j'appris cette nouvelle. À mon passage, une voix retentit dans le joyeux attroupement des élèves qui continuaient à manifester à mon égard la même hostilité dédaigneuse.

— Vous avez entendu ? Sa mère est morte...

J'interceptai quelques coups d'œil curieux. Je

reconnus celui qui avait parlé — le fils de nos voisins…

C'est l'indifférence de la réplique qui me laissa le temps d'imaginer cette situation inconcevable : ma mère était morte. Tous les événements des derniers jours se rassemblèrent soudain en un tableau cohérent : les absences fréquentes de mon père, son silence, l'arrivée, il y a deux jours, de ma sœur (ce n'étaient pourtant pas des vacances universitaires, me disais-je maintenant…).

C'est Charlotte qui m'ouvrit la porte. Elle était arrivée de Saranza le matin même. Donc ils savaient tous ! Et moi, je restais «l'enfant à qui l'on ne dira rien pour le moment». Et cet enfant, ignorant tout, continuait à faire les cent pas à son carrefour «français», en s'imaginant adulte, libre, mystérieux. Ce dégrisement fut le premier sentiment provoqué par la mort de ma mère. Il céda la place à la honte : ma mère mourait et moi, dans un contentement égoïste, je me réjouissais de ma liberté, recréant l'automne parisien sous les fenêtres du musée de l'athéisme !

Durant ces jours tristes et la journée des funérailles, Charlotte fut seule à ne pas pleurer. Le visage fermé, les yeux calmes, elle vaquait à toutes les tâches ménagères, accueillait les visiteurs, installait les parents qui venaient d'autres villes. Sa sécheresse déplaisait aux gens…

«Tu peux venir chez moi quand tu veux», me dit-elle en partant. Je hochai la tête, en revoyant Saranza, le balcon, la valise bourrée de vieux journaux français. J'eus de nouveau honte : pendant que nous nous disions des contes, la vie conti-

nuait avec ses vraies joies et ses vraies douleurs,
ma mère travaillait, déjà atteinte, souffrait sans
l'avouer à personne, se savait condamnée sans le
trahir d'une parole ou d'un geste. Et nous, des
jours durant, nous parlions des élégantes de la
Belle Époque…

C'est avec un soulagement caché que je vis Charlotte partir. Je me sentais sournoisement impliqué
dans la mort de ma mère. Oui, j'en portais cette
responsabilité floue que ressent le spectateur dont
le regard fait chanceler ou même tomber un
funambule. C'était Charlotte qui m'avait appris à
distinguer les silhouettes parisiennes au milieu
d'une grande ville industrielle sur la Volga, c'est
elle qui m'avait enfermé dans ce passé rêvé d'où je
jetais des coups d'œil distraits sur la vie réelle.

Et cette vie réelle, c'était cette couche d'eau
qu'en frissonnant j'avais aperçue stagner au fond
de la tombe, le jour de l'enterrement. Sous une
fine pluie d'automne, lentement, on déposait le
cercueil dans ce mélange d'eau et de boue…

La vie réelle se fit sentir aussi avec l'arrivée de
ma tante, la sœur aînée de mon père. Elle habitait
dans une bourgade ouvrière dont la population
se levait à cinq heures du matin et se déversait aux
portes des gigantesques usines de la ville. Cette
femme apporta avec elle le souffle pesant et fort
de la vie russe — un étrange alliage de cruauté,
d'attendrissement, d'ivresse, d'anarchie, de joie
de vivre invincible, de larmes, d'esclavage consenti,
d'entêtement obtus, de finesse inattendue… Je
découvrais, dans un étonnement grandissant,

un univers autrefois éclipsé par la France de Charlotte.

La tante craignait beaucoup que mon père ne se mît à boire, geste fatal des hommes qu'elle avait connus dans sa vie. Ainsi répétait-elle chaque fois qu'elle venait nous voir : « Surtout, Nikolaï, ne bois pas l'amère ! » C'est-à-dire, la vodka. Lui acquiesçait machinalement, sans l'entendre, et affirmait en secouant énergiquement la tête :

— Non, non, c'est moi qui aurais dû mourir le premier. C'est sûr. Avec ça…

Et il appliquait sa paume sur son crâne chauve. Je savais qu'il avait au-dessus de l'oreille gauche un « trou » — cet endroit qui n'était recouvert que d'une peau fine et lisse, animée de pulsations rythmiques. Ma mère avait toujours eu peur que, mêlé à une bagarre, mon père ne fût tué par une simple chiquenaude…

— Surtout ne touche pas à l'amère…

— Non, c'est moi qui aurais dû mourir le premier…

Il ne commença pas à boire. Cependant, les avertissements de sa sœur se révélèrent stupidement justifiés. En février, au temps des derniers froids de l'hiver, les plus durs, il tomba dans une ruelle enneigée, le soir, terrassé par un arrêt cardiaque. Les miliciens qui le trouveraient étendu dans la neige penseraient naturellement à un ivrogne et l'amèneraient au « dessoûloir ». C'est seulement le lendemain matin qu'on remarquerait l'erreur…

De nouveau la vie réelle, avec sa force arrogante, vint défier mes chimères. Ce seul bruit s'avéra suf-

fisant : on avait transporté le corps dans un four-
gon bâché où il faisait aussi froid que dehors ; et
ce corps, posé sur la table, fit entendre le cogne-
ment d'un bloc de glace contre le bois...

Je ne pouvais pas me mentir à moi-même. Dans
ce fouillis très profond des pensées sans masque,
des aveux sans détours — dans mon âme —, la
disparition de mes parents n'avait pas laissé de
meurtrissures inguérissables. Oui, j'avouais,
durant ces tête-à-tête secrets avec moi-même, ne
pas souffrir outre mesure.

Et s'il m'arriva de pleurer, je ne pleurais pas de
les avoir perdus. C'étaient des larmes d'impuissance devant une vérité stupéfiante : toute une
génération de tués, de mutilés, de « sans jeunesse ». Des dizaines de millions d'êtres rayés de
la vie. Ceux qui étaient tombés sur le champ de
bataille avaient au moins le privilège d'une mort
héroïque. Mais les rescapés qui disparaissaient dix
ou vingt ans après la guerre semblaient mourir
tout « normalement », « de vieillesse ». Il fallait
approcher de très près mon père pour voir au-
dessus de son oreille cette trace légèrement
concave où battait le sang. Il fallait connaître ma
mère pour distinguer en elle cette enfant figée
devant la fenêtre noire, sous un ciel rempli
d'étranges étoiles vrombissantes, en ce premier
matin de la guerre. Pour voir en elle aussi cette
adolescente squelettique, blême, qui s'étranglait
en dévorant des épluchures de pommes de
terre...

J'observais leur vie à travers le brouillard des

larmes. Je voyais mon père, par une chaude soirée de juin, rentrer, après la démobilisation, dans son village natal. Il reconnaissait tout : la forêt, la rivière, la courbe de la route. Et puis — cet endroit inconnu, cette rue noire, composée de deux rangées d'isbas calcinées. Et pas un être vivant. Seuls les bienheureux appels d'un coucou rythmés sur les battements brûlants du sang au-dessus de son oreille.

Je voyais ma mère, étudiante qui venait de réussir ses examens d'entrée à l'université, cette jeune fille pétrifiée dans un garde-à-vous de glace devant un mur de visages méprisants — une commission de Parti réunie pour juger son « crime ». Elle savait que la nationalité de Charlotte, oui, sa « francité », était une terrible tare, à cette époque de la lutte contre le « cosmopolitisme ». Dans le questionnaire rempli avant l'examen, elle avait marqué, d'une main tremblante : « Mère — de nationalité russe »…

Et ils s'étaient rencontrés, ces deux êtres, si différents et si proches dans leur jeunesse mutilée. Et nous étions nés, ma sœur et moi, et la vie avait continué malgré les guerres, les villages brûlés, les camps.

Oui, si je pleurais, c'était devant leur résignation silencieuse. Ils n'en voulaient à personne, ne demandaient pas de réparations. Ils vivaient et essayaient de nous rendre heureux. Mon père avait passé toute sa vie à sillonner les espaces infinis entre la Volga et l'Oural en montant avec sa brigade les lignes de haute tension. Ma mère, renvoyée de l'université après son crime, n'avait jamais eu le courage de renouveler la tentative. Elle était devenue traductrice dans l'une des grandes usines de notre ville. Comme si ce français technique et impersonnel la disculpait de sa francité criminelle.

J'observais ces deux vies à la fois banales et extraordinaires, et je sentais monter en moi une colère confuse. Je ne savais pas bien contre qui. Si, je le savais : contre Charlotte ! Contre la sérénité de son univers français. Contre le raffinement inutile de ce passé imaginaire : quelle folie de penser à trois créatures apparues sur une coupure de presse du début du siècle ou d'essayer de recréer les états d'âme d'un président amoureux ! Et oublier ce soldat sauvé par l'hiver qui avait serré son crâne fracassé dans une carapace de glace, en arrêtant le sang. Oublier que si je vivais, c'était grâce à ce train qui se faufilait à tâtons entre les convois remplis de chair humaine broyée, un train qui emportait Charlotte et ses enfants pour les cacher dans les profondeurs protectrices de la Russie… Cette phrase de propagande qui me laissait autrefois indifférent : « Vingt millions de personnes sont mortes pour que vous puissiez vivre ! », oui, ce refrain patriotique acquit soudain pour moi un sens neuf et douloureux. Et très personnel.

La Russie, tel un ours après un long hiver, se réveillait en moi. Une Russie impitoyable, belle, absurde, unique. Une Russie opposée au reste du monde par son destin ténébreux.

Oui, si, à la mort de mes parents, il m'arriva de pleurer c'est parce que je me sentis Russe. Et que la greffe française dans mon cœur se mit à me faire, par moments, très mal.

La sœur de mon père, ma tante, avait inconsciemment contribué à ce retournement...

Elle s'installa dans notre appartement avec ses deux fils, mes cousins cadets, heureuse de quitter l'appartement communautaire bondé dans sa bourgade ouvrière. Non qu'elle eût voulu imposer quelque autre mode de vie en effaçant les traces de notre existence d'autrefois. Non, tout simplement, elle vivait comme elle pouvait. Et l'originalité de notre famille — sa francité très discrète et aussi éloignée de la France que le français des traductions techniques de ma mère — s'estompa d'elle-même.

Ma tante était un personnage issu de l'époque stalinienne. Staline était mort depuis vingt ans, mais elle n'avait pas changé. Il ne s'agissait pas d'un grand amour envers le généralissime. Son premier mari avait été tué dans la pagaille meurtrière des premiers jours de la guerre. La tante savait qui était coupable de ce début catastrophique et elle le racontait à qui voulait l'entendre. Le père de ses deux enfants, avec lequel elle ne s'était jamais mariée, avait passé huit ans dans un camp. « À cause de sa langue trop longue », disait-elle.

Non, son « stalinisme », c'était surtout sa manière de parler, de s'habiller, de regarder dans les yeux des autres comme si l'on avait été toujours en pleine guerre, comme si la radio pouvait encore entonner d'une voix funèbre et pathétique : «Après des combats héroïques et acharnés, nos armées ont rendu la ville de Kiev... ont rendu la ville de Smolensk... ont rendu la ville de...» et tous les visages se figeaient en suivant cette progression inexorable vers Moscou... Elle vivait comme dans les années où les voisins échangeaient un coup d'œil silencieux en indiquant d'un mouvement des sourcils une maison — la nuit, toute une famille avait été embarquée dans une voiture noire...

Elle portait un grand châle brun, un vieux manteau de gros drap, en hiver — des bottes de feutre, en été — des chaussures fermées, sur une épaisse semelle. Je n'aurais pas du tout été étonné si je l'avais vue endosser une tunique militaire et mettre des bottes de soldat. Et quand elle posait les tasses sur la table, ses grosses mains avaient l'air de manier les douilles d'obus sur la chaîne d'une usine d'armement, comme pendant la guerre...

Le père de ses enfants, que j'appelais par son patronyme, Dmitritch, venait parfois chez nous et notre cuisine résonnait alors de sa voix rauque qui semblait se réchauffer peu à peu après un hiver long de plusieurs années. Ni ma tante ni lui n'avaient plus rien à perdre et ne craignaient rien. Ils parlaient de tout avec une verdeur agressive et désespérée. L'homme buvait beaucoup, mais ses yeux restaient limpides, et seules ses mâchoires se serraient de plus en plus fortement comme pour mieux proférer, de temps en temps, quelque dur juron des camps. C'est lui qui me fit boire mon premier verre de vodka. Et c'est grâce à lui que je pus imaginer cette Russie invisible — ce continent encerclé de barbelés et de miradors. Dans ce pays interdit, les mots les plus simples prenaient une signification redoutable, brûlaient la gorge comme cette «amère» que je buvais dans un épais verre à facettes.

Un jour, il parla d'un petit lac, en pleine taïga, gelé onze mois sur douze. Par la volonté de leur chef de camp, son fond s'était transformé en cimetière : c'était plus simple que de creuser le permafrost. Les prisonniers mouraient par dizaines...

— En automne, on y est allé, un jour, on en avait dix ou quinze à foutre dans la flotte. Il y avait là, une percée. Et alors je les ai vus, tous les autres, ceux d'avant. Nus, on récupérait bien sûr leurs fripes. Ouais, à poil, sous la glace, pas pourris du tout. Tiens, c'était comme un morceau de *kholodets*!

Le *kholodets*, cette viande en gelée dont il y avait justement une assiette sur notre table, devint alors un mot terrible — glace, chair et mort figées dans une sonorité tranchante.

Ce qui me fit le plus souffrir au cours de leurs aveux nocturnes, c'était l'indestructible amour envers la Russie que ces confidences engendraient en moi. Ma raison luttant contre la morsure de la vodka se révoltait : «Ce pays est monstrueux! Le mal, la torture, la souffrance, l'automutilation sont les passe-temps favoris de ses habitants. Et pourtant je l'aime? Je l'aime pour son absurde. Pour ses monstruosités. J'y vois un sens supérieur qu'aucun raisonnement logique ne peut percer...»

Cet amour était un déchirement permanent.

Plus la Russie que je découvrais se révélait noire, plus cet attachement devenait violent. Comme si pour l'aimer, il fallait s'arracher les yeux, se boucher les oreilles, s'interdire de penser.

Un soir, j'entendis ma tante et son concubin parler de Béria…

Autrefois, dans les conversations de nos invités, j'avais appris ce que dissimulait ce nom terrible. Ils le prononçaient avec mépris, mais non sans une note de frayeur respectueuse. Trop jeune, je ne parvenais pas à comprendre l'inquiétante zone d'ombre dans la vie de ce tyran. Je devinais juste qu'il s'agissait de quelque faiblesse humaine. Ils l'évoquaient à mi-voix et, d'habitude, c'est à ce moment-là qu'en remarquant ma présence ils me chassaient de la cuisine…

Désormais, nous étions trois dans notre cuisine. Trois adultes. En tout cas, ma tante et Dmitritch n'avaient rien à me cacher. Ils parlaient, et à travers le brouillard bleu du tabac, à travers l'ivresse, j'imaginais une grosse voiture noire aux fenêtres fumées. Malgré sa taille imposante, elle avait l'allure d'un taxi en maraude. Elle s'avançait avec une lenteur sournoise, s'arrêtant presque, puis repartait rapidement, comme pour rattraper quelqu'un. Curieux, j'observais ses allées et venues de par les rues de Moscou. Soudain, j'en devinai le but : la voiture noire poursuivait les femmes. Belles, jeunes. Elle les examinait de ses vitres opaques, progressait au rythme de leur pas. Puis elle les relâchait. Ou, parfois, en se décidant enfin, s'engouffrait à leur suite dans une rue transversale…

Dmitritch n'avait pas de raison de me ménager. Il racontait tout sans faux-fuyants. Sur la banquette arrière de la voiture était affalé un personnage rond, chauve, un pince-nez noyé dans un visage gras. Béria. Il choisissait le corps féminin qui lui faisait envie. Après quoi, ses hommes de main arrêtaient la passante. C'était l'époque où l'on n'avait même pas besoin de prétexte. Emmenée dans sa résidence, la femme était violée — brisée à l'aide de l'alcool, des menaces, des tortures…

Dmitritch ne disait pas — il ne le savait pas lui-même — ce que ces femmes devenaient après. Personne, en tout cas, ne les revoyait jamais.

Je passai plusieurs nuits sans dormir. Debout devant la fenêtre, l'œil aveugle, le front moite. Je pensais à Béria et à ces femmes condamnées à ne vivre qu'une nuit. Mon cerveau se couvrait de brûlures. Je sentais dans ma bouche un goût acide, métallique. Je me voyais le père ou le fiancé, ou le mari de cette jeune femme suivie par la voiture noire. Oui, pour quelques secondes, tant que je pouvais le supporter, je me retrouvais dans la peau de cet homme, dans son angoisse, dans ses larmes, dans sa colère inutile, impuissante, dans sa résignation. Car tout le monde savait comment ces femmes disparaissaient ! Mon ventre se crispait dans un horrible spasme de douleur. J'ouvrais le vasistas, je ramassais une couche de neige collée à son rebord, je m'en frottais le visage. Cela ne calmait mes brûlures que pour une minute. Je voyais maintenant cet homme tapi derrière la vitre fumée de la voiture. Dans les verres de son pince-nez se reflétaient les silhouettes féminines. Il les triait, les palpait, évaluait leurs attraits. Ensuite, il choisissait...

Et moi, je me haïssais ! Car je ne pouvais pas m'empêcher d'admirer ce guetteur de femmes. Oui, il y avait en moi quelqu'un qui — avec effroi, avec répulsion, avec honte — s'extasiait devant la puissance de l'homme à pince-nez. Toutes les femmes étaient à lui ! Il se promenait à travers l'infini Moscou comme au milieu d'un harem. Et ce qui me fascinait le plus, c'était son indifférence. Il n'avait pas besoin d'être aimé, il ne se souciait pas de ce que ses élues pouvaient ressentir envers lui. Il choisissait une femme, la désirait, la possédait le jour même. Puis l'oubliait. Et tous les cris, lamentations, larmes, râles, supplications, injures qu'il lui arrivait d'entendre n'étaient pour lui que des épices qui augmentaient la saveur du viol.

Je perdis connaissance au début de ma quatrième nuit sans sommeil. Juste avant cette syncope, je crus percevoir la pensée fébrile de l'une de ces femmes violées, de celle qui devinait soudain que dans aucun cas on ne la laisserait partir. Cette pensée qui transperça son ivresse forcée, sa douleur, son dégoût — résonna dans ma tête et me jeta par terre.

En revenant à moi, je me sentis autre. Plus calme, plus résistant aussi. Comme un malade qui après une opération se réhabitue à marcher, je m'avançais lentement d'un mot à l'autre. J'avais besoin de tout remettre en ordre. Je murmurais dans le noir de courtes phrases qui constataient mon nouvel état :

— Ainsi, il y a en moi celui qui peut contempler ces viols. Il m'est possible de lui ordonner de se taire, mais il reste toujours là. Donc, en principe, tout est permis. C'est Béria qui m'a appris cela. Et si la Russie me subjugue c'est parce qu'elle ne connaît pas de limites, ni dans le bien ni dans le mal. Surtout dans le mal. Elle me permet d'envier ce chasseur de corps féminins. Et de me détester. Et de rejoindre cette femme meurtrie, écrasée par une masse de chair en sueur. Et de deviner sa dernière pensée claire : la pensée de la mort qui suivrait cet accouplement hideux. Et d'aspirer à mourir en même temps qu'elle. Car on ne peut pas continuer à vivre en portant en soi ce double qui admire Béria...

Oui, j'étais Russe. Je comprenais maintenant, de façon encore confuse, ce que cela voulait dire. Porter dans son âme tous ces êtres défigurés par la douleur, ces villages carbonisés, ces lacs glacés remplis de cadavres nus. Connaître la résignation d'un troupeau humain violé par un satrape. Et l'horreur de se sentir participer à ce crime. Et le désir enragé de rejouer toutes ces histoires passées — pour en extirper la souffrance, l'injustice, la mort. Oui, rattraper la voiture noire dans les rues de Moscou et l'anéantir sous sa paume de géant. Puis, en retenant son souffle, accompagner du regard la jeune femme qui pousse la porte de sa maison, monte l'escalier... Refaire l'Histoire. Purifier le monde. Traquer le mal. Donner refuge à tous ces gens dans son cœur pour pouvoir les relâcher un jour dans un monde libéré du mal. Mais en attendant, partager la douleur qui les atteint. Se détester pour chaque défaillance. Pousser cet engagement jusqu'au délire, jusqu'à l'évanouissement. Vivre très quotidiennement au bord du gouffre. Oui, c'est ça, la Russie.

C'est ainsi que dans mon désarroi juvénile, je m'accrochais à ma nouvelle identité. Elle devenait pour moi la vie même, celle qui allait, pensais-je, effacer pour toujours mon illusion française.

Cette vie manifesta rapidement sa qualité principale (que la routine des jours nous empêche de voir) — sa totale invraisemblance.

Avant, je vivais dans les livres. Je progressais d'un personnage à l'autre, suivant la logique d'une intrigue amoureuse ou d'une guerre. Mais ce soir de mars, tellement tiède que ma tante avait ouvert la fenêtre de notre cuisine, je compris que dans cette vie il n'y avait aucune logique, aucune cohérence. Et que peut-être la mort seule était prévisible.

Ce soir-là, j'appris ce que mes parents m'avaient toujours caché. Cet épisode trouble en Asie centrale : Charlotte, les hommes armés, leur bousculade, leurs cris. Je ne gardais que cette réminiscence floue et enfantine des récits d'autrefois. Les paroles des adultes étaient si obscures !

Cette fois leur clarté m'aveugla. D'une voix très banale, en déversant les pommes de terre fumantes dans un plat, ma tante dit à l'intention de notre invité assis à côté de Dmitritch :

— Bien sûr que là-bas ils ne vivent pas comme nous. Ils prient leur dieu cinq fois par jour, tu te rends compte ! Et même, ils mangent sans table.

Oui, tous par terre. Enfin, sur un tapis. Et sans cuillères, avec les doigts!

L'invité, plutôt pour raviver la conversation, objecta d'un ton raisonneur :

— Ouais, pas comme nous, c'est beaucoup dire. J'ai été, moi, à Tachkent, l'été dernier. Tu sais, c'est pas si différent de chez nous…

— Et dans leur désert, tu y as été? (Elle parla plus haut, heureuse qu'on ait trouvé une bonne amorce et que le dîner promette d'être animé et convivial.) Oui, dans le désert? Sa grand-mère, par exemple (la tante fit un mouvement de menton dans ma direction), cette Cherl… Chourl… bref cette Française, elle, c'était pas du tout drôle ce qui lui était arrivé là-bas. Ces basmatchs, ces bandits qui ne voulaient pas du pouvoir soviétique, ils l'ont attrapée, elle était toute jeune encore, sur une route, et ils l'ont violée, mais comme des bêtes sauvages! Tous, l'un après l'autre. Ils étaient six ou sept peut-être. Et tu dis «ils sont comme nous»… Ils lui ont tiré une balle dans la tête, après ça. Heureusement que cet assassin a mal visé. Et le paysan qui l'amenait dans sa carriole, ils l'ont égorgé comme un mouton. Alors, «comme chez nous», tu sais…

— Non, écoute, mais là tu nous parles de l'ancien temps! intervint Dmitritch.

Et ils continuèrent à discuter en buvant de la vodka, en mangeant. Derrière la fenêtre ouverte, on entendait les bruits paisibles de notre cour. L'air du soir était bleu, doux. Ils parlaient sans remarquer que, figé sur ma chaise, je ne respirais plus, ne voyais rien, ne comprenais pas le sens de leurs répliques. Enfin, d'un pas somnambulique, je quittai la cuisine et sortant dans la rue je marchai dans la neige fondue, plus étranger à cette limpide soirée de printemps qu'un Martien.

Non, je n'étais pas terrifié par l'épisode dans le désert. Raconté de cette façon banale, il ne pourrait jamais, je le pressentais, se libérer de cette gangue de mots et de gestes quotidiens. Son acuité resterait émoussée par les gros doigts qui attrapaient un cornichon, par le va-et-vient de la pomme d'Adam sur le cou de notre invité avalant sa vodka, par les piaillements joyeux des enfants dans la cour. C'était comme ce bras humain que j'avais vu un jour, sur une autoroute à côté de deux voitures encastrées l'une dans l'autre. Un bras arraché et que quelqu'un, en attendant l'arrivée des ambulances, avait enveloppé dans un bout de journal. Les caractères d'imprimerie, les photos collées à la chair sanguinolente la rendaient presque neutre...

Non, ce qui m'avait vraiment bouleversé, c'était l'invraisemblance de la vie. Une semaine avant, j'apprenais le mystère de Béria, son harem de femmes violées, tuées. À présent, le viol de cette jeune Française dans laquelle je ne pourrais jamais, me semblait-il, reconnaître Charlotte.

C'était trop à la fois. Cet excès me confondait. La coïncidence gratuite, absurdement évidente embrouillait mes pensées. Je me disais que dans un roman, après cette histoire atroce des femmes enlevées en plein Moscou, on aurait laissé le lecteur reprendre ses esprits pendant de longues pages. Il aurait pu se préparer à l'apparition d'un héros qui terrasserait le tyran. Mais la vie ne se souciait pas de la cohérence du sujet. Elle déversait son contenu en désordre, pêle-mêle. Par sa maladresse, elle gâchait la pureté de notre compassion et compromettait notre juste colère. La vie était en fait un interminable brouillon où les événements, mal disposés, empiétaient les uns sur les autres, où les personnages, trop nombreux, s'empêchaient de parler, de souffrir, d'être aimés ou haïs individuellement.

Je me débattais entre ces deux récits tragiques : Béria et ces jeunes femmes dont la vie prenait fin avec le dernier râle de plaisir de leur violeur ; Charlotte, jeune, méconnaissable, jetée sur le sable, battue, torturée. Je me sentais gagné par une étrange insensibilité. J'étais déçu, je m'en voulais à moi-même de cette indifférence obtuse.

C'est la nuit même que toutes mes réflexions sur l'incohérence apaisante de la vie me parurent fausses. Je revis, dans une rêverie mi-éveillée, le bras enveloppé dans un journal... Non, il était cent fois plus effrayant dans cet emballage banal ! La réalité avec toute son invraisemblance dépassait de loin la fiction. Je secouai la tête pour chasser la vision des petites cloques du journal collées à la peau ensanglantée. Soudain, sans aucun brouillage, nette, ciselée, dans l'air translucide du désert, une autre vision s'incrusta dans mes yeux. Celle d'un jeune corps féminin prostré sur le sable. Un corps déjà inerte, malgré les convulsions effrénées des hommes qui sauvagement se jetaient sur lui. Le plafond que je fixais devint

vert. La douleur était telle que je sentis se dessi-
ner dans ma poitrine les contours brûlants de
mon cœur. L'oreiller sous ma nuque était dur et
rêche comme le sable…

Mon geste me prit au dépourvu moi-même. Je
me mis à me gifler avec acharnement, en retenant
les coups d'abord, ensuite, sans pitié. Je sentais en
moi celui qui, dans les renfoncements maréca-
geux de mes pensées, contemplait ce corps féminin avec jouissance…

Je me frappai jusqu'à ce que mon visage enflé,
mouillé de larmes, me dégoûtât par sa surface
poisseuse. Jusqu'à ce que cet autre, tapi en moi,
se tût totalement… Puis, en trébuchant sur le
coussin que j'avais fait tomber dans mon agitation, je m'approchai de la fenêtre. Un croissant
de lune très fin incisait le ciel. Les étoiles fragiles,
frileuses, sonnaient comme la glace crissante sous
les pas d'un noctambule qui traversait la cour.
L'air froid calmait mon visage tuméfié.

— Je suis Russe, dis-je tout à coup à mi-voix.

## 2

C'est grâce à ce corps, jeune et d'une sensualité encore naïve, que je fus guéri. Oui, ce jour d'avril, je me crus enfin libéré de l'hiver le plus pénible de ma jeunesse, de ses malheurs, ses morts et du poids des révélations qu'il avait apportées.

Mais l'essentiel est que ma greffe française semblait ne plus exister. Comme si j'avais réussi à étouffer ce second cœur dans ma poitrine. Le dernier jour de son agonie coïncida avec cet après-midi d'avril qui devait marquer pour moi le début d'une vie sans chimères…

Je la vis de dos, debout devant une table en grosses planches de pin non rabotées, sous les arbres. Un instructeur suivait ses gestes et, de temps en temps, jetait un coup d'œil sur le chronomètre qu'il serrait dans sa paume.

Elle devait avoir le même âge que moi, quinze ans, cette jeune fille dont le corps imprégné de soleil m'avait ébloui. Elle était en train de désassembler une mitraillette pour, ensuite, l'assembler de nouveau en essayant de faire le plus vite possible. C'étaient les compétitions paramilitaires auxquelles plusieurs écoles de la ville prenaient part. À tour de rôle, nous nous mettions devant la table, attendions le signal de l'instructeur et nous jetions sur la Kalachnikov en dépeçant son agrégat pesant. Les pièces retirées s'étalaient sur les planches et, un instant après, dans une amusante marche arrière de gestes, se remettaient en place. Certains d'entre nous laissaient tomber à terre le ressort noir, d'autres confondaient l'ordre de l'assemblage... Quant à elle, je crus d'abord qu'elle dansotait devant la table. Habillée d'une vareuse et d'une jupe kaki, un calot posé sur ses boucles rousses, elle faisait ondoyer son corps au rythme de son exercice. Elle avait dû s'entraîner beaucoup pour manier la masse glissante de l'arme avec une telle habileté.

Je la contemplais, ébahi. Tout en elle était si simple et si vivant! Ses hanches, en répondant aux mouvements de ses bras, ondulaient légèrement. Ses jambes pleines et dorées frémissaient. Elle jouissait de sa propre agilité qui lui permettait même des gestes inutiles — comme ce cambrement cadencé de sa jolie croupe musclée. Oui, elle dansait. Et même sans voir son visage, je devinais son sourire.

Je tombai amoureux de cette jeune inconnue rousse. C'était bien sûr avant tout un désir très physique, un émerveillement charnel devant sa taille d'une fragilité encore enfantine qui contrastait tellement avec son torse déjà féminin... J'exécutai mon numéro de démontage-assemblage dans un engourdissement de tous mes membres, et je mis plus de trois minutes, me retrouvant parmi les moins doués… Mais plus que le désir d'enlacer ce corps, de sentir sous mes doigts le vernis du bronzage, j'éprouvais un bonheur neuf et sans nom.

Il y avait cette table en grosses planches installée à l'orée d'un bois. Le soleil et l'odeur des dernières neiges réfugiées dans l'obscurité des fourrés. Tout était divinement simple. Et lumineux. Comme ce corps avec sa féminité encore distraite. Comme mon désir. Comme les commandes de l'instructeur. Aucune ombre du passé ne troublait la limpidité de ce moment. Je respirais, désirais, exécutais machinalement les ordres. Et avec une jouissance indicible, je sentais que le caillot de mes réflexions d'hiver, pénibles et embrouillées, se dissipait dans ma tête… La jeune rousse se déhanchait légèrement devant la mitraillette. Le soleil illuminait les contours de son corps à travers le fin tissu de sa vareuse. Ses boucles de feu rebiquaient sur le calot. Et c'est comme du fond d'un puits, dans un écho sourd et lugubre, que résonnaient ces noms grotesques : Marguerite Steinheil, Isabeau de Bavière… Je ne parvenais pas à croire que ma vie était autrefois composée de ces reliques poussiéreuses. J'avais vécu sans soleil, sans désir — dans le crépuscule des livres. À la recherche d'un pays fantôme, d'un mirage de cette France d'antan peuplée de revenants…

L'instructeur poussa un cri de joie en montrant à tout le monde son chronomètre : «Une minute quinze secondes !» C'était le meilleur temps. La rouquine se retourna, radieuse. Et, enlevant son calot, elle secoua la tête. Ses cheveux s'enflammè-rent dans le soleil, ses taches de rousseur jaillirent comme des étincelles. Je fermai les yeux.

Et le lendemain, pour la première fois de ma vie, je découvrais cette volupté très singulière de serrer une arme à feu, une Kalachnikov, et de sentir ses tressaillements nerveux contre mon épaule. Et de voir, au loin, une silhouette en contrepla-qué se couvrir de trous. Oui, ses secousses insis-tantes, sa force mâle étaient pour moi d'une nature profondément sensuelle.

D'ailleurs, dès la première rafale, ma tête se rem-plit d'un silence bourdonnant. Mon voisin de gauche avait tiré le premier et m'avait assourdi. Ce carillon incessant dans mes oreilles, les gerbes iri-sées du soleil dans mes cils, l'odeur fauve de la terre sous mon corps — j'étais au comble du bonheur.

Car enfin je revenais à la vie. Je lui trouvai un sens. Vivre dans la bienheureuse simplicité de ces gestes ordonnés : tirer, marcher en rang, manger dans des gamelles en aluminium la kacha de mil. Se laisser porter dans un mouvement collectif dirigé par les autres. Par ceux qui connaissaient l'objectif suprême. Ceux qui, généreusement, ôtaient tout le poids de notre responsabilité, nous rendant légers, transparents, nets. Cet objectif était, lui aussi, simple et univoque : défendre la patrie. Je me hâtai de me fondre dans ce but monumental, de me dissoudre dans la masse mer-veilleusement irresponsable de mes camarades. Je jetais des grenades d'exercice, je tirais, je plantais une tente. Heureux. Béat. Sain. Et avec stupeur je me rappelais parfois cet adolescent qui, dans une vieille maison au bord de la steppe, passait des jours entiers à méditer sur la vie et la mort de trois femmes aperçues dans un amoncellement de vieux journaux. Si l'on m'avait présenté ce rêveur, je ne l'aurais sans doute pas reconnu. Je ne me serais pas reconnu...

Le lendemain, l'instructeur nous emmena assister à l'arrivée d'une colonne de chars. Nous discernâmes d'abord un nuage gris qui s'enflait à l'horizon. Puis, une vibration puissante se répandit dans la semelle de nos chaussures. La terre tremblait. Et le nuage devenant jaune s'éleva jusqu'au soleil et l'éclipsa. Tous les bruits disparurent, couverts par le vacarme métallique des chenilles. Le premier canon perça le mur de poussière, le char du commandant surgit, puis le deuxième, le troisième... Et avant de s'arrêter les chars décrivaient une courbe serrée pour se mettre en rang, à côté du précédent. Leurs chenilles alors claquaient encore plus rageusement en déchirant l'herbe en longues lamelles.

Hypnotisé par cette puissance de l'empire, j'imaginai soudain le globe terrestre que ces chars — nos chars! — pouvaient écorcher tout entier. Une brève commande aurait suffi. J'en éprouvai un orgueil encore jamais ressenti...

Et les soldats qui sortaient des tourelles me fascinèrent par leur virilité sereine. Ils étaient tous semblables, taillés dans la même matière ferme et saine. Je les devinais invulnérables à ces pensées caverneuses qui me torturaient durant l'hiver. Non, toute cette vase mentale ne serait pas restée une seule seconde dans le courant limpide de leur raisonnement, simple et direct comme les ordres qu'ils exécutaient. J'étais terriblement jaloux de leur vie. Elle s'exposait là, sous le soleil, sans une tache d'ombre. Leur force, l'odeur mâle de leur corps, leurs vareuses couvertes de poussière. Et la présence, quelque part, de la jeune rousse, de cette adolescente-femme, de cette promesse amoureuse. Je n'avais plus qu'une envie : pouvoir, un jour, m'extraire de la tourelle étroite d'un char, sauter sur ses chenilles, puis sur la terre molle, et marcher d'un pas agréablement fatigué vers la femme-promesse.

Cette vie, une vie en fait très soviétique dans laquelle j'avais toujours vécu en marginal, m'exalta. Me fondre dans sa routine débonnaire et collectiviste m'apparut soudain comme une solution lumineuse. Vivre de la vie de tout le monde ! Conduire un char, puis, démobilisé, faire couler l'acier au milieu des machines d'une grande usine au bord de la Volga, aller, chaque samedi, au stade pour voir un match de football. Mais surtout savoir que cette suite de jours, tranquille et prévisible, était couronnée d'un grand projet messianique — ce communisme qui, un jour, nous rendrait tous constamment heureux, cristallins dans nos pensées, strictement égaux...

C'est là qu'en rasant presque les sommets de la forêt, les avions de chasse surgirent au-dessus de nos têtes. Volant par groupe de trois, ils firent écrouler sur nous le ciel explosé. Vague après vague, ils déferlaient en éventrant l'air, m'incisant le cerveau par leurs décibels.

Plus tard, dans le silence du soir, j'observais longuement la plaine déserte avec les rayures sombres de l'herbe arrachée çà et là. Je me disais qu'il était une fois un enfant qui avait imaginé une ville fabuleuse s'élevant au-dessus de cet horizon brumeux… Cet enfant n'était plus. J'étais guéri.

Depuis ce jour d'avril mémorable, la mini-société scolaire m'accepta. Ils m'accueillirent avec cette générosité condescendante qu'on a pour les néophytes, pour les reconvertis zélés ou les repentis enthousiastes. Je l'étais. À tout moment, je tenais à leur montrer que ma singularité avait été définitivement dépassée. Que j'étais comme eux. Et en plus, prêt à tout pour expier ma marginalité.

Au reste, la mini-société elle-même avait, entre-temps, changé. Copiant de mieux en mieux le monde des adultes, elle s'était divisée en quelques clans. Oui, presque en classes sociales ! J'en distinguai trois. Elles préfiguraient déjà l'avenir de ces adolescents, hier encore unis dans une petite meute homogène. À présent, il y avait là un groupe de «prolétaires». Les plus nombreux, ils étaient issus, pour la plupart, de familles ouvrières qui fournissaient en main-d'œuvre les ateliers de l'énorme port fluvial. Il y avait, en outre, un noyau de forts en mathématiques, futurs « *tekhnars* » qui, autrefois mélangés aux prolétaires et dominés par eux, s'en démarquaient de plus en plus en occupant le devant de la scène scolaire. Enfin, la plus fermée et la plus élitiste, la plus restreinte aussi, cette coterie dans laquelle on reconnaissait l'intelligentsia en herbe.

Je devenais des leurs dans chacune de ces classes. Ma présence intermédiaire était appréciée par tout le monde. À un certain moment, je me crus même irremplaçable. Grâce à… la France !

Car, guéri d'elle, je la racontais. J'étais heureux de pouvoir confier à ceux qui m'avaient accepté parmi eux tout ce stock d'anecdotes accumulées depuis des années. Mes récits plaisaient. Batailles dans les catacombes, cuisses de grenouilles payées à prix d'or, rues entières livrées à l'amour vénal à Paris — ces sujets me valurent la réputation d'un conteur patenté.

Je parlais et je sentais que ma guérison était complète. Les accès de cette folie qui m'avait autrefois plongé dans la vertigineuse sensation du passé ne se répétaient plus. La France devenait une simple matière à raconter. Amusante, exotique aux yeux de mes collègues, excitante quand je décrivais «l'amour à la française», mais en somme peu différente des histoires drôles, souvent graveleuses, que nous nous racontions pendant les récréations en tirant sur nos cigarettes hâtives.

Je remarquai assez rapidement qu'il fallait assaisonner mes récits français selon le goût de mes interlocuteurs. La même histoire changeait de ton selon que je la racontais aux «prolétaires», aux « *tekhnars* » ou bien aux «intellectuels». Fier de mon talent de conférencier, je variais les genres, adaptais les niveaux de style, triais les mots. Ainsi, pour plaire aux premiers, je m'attardais longuement sur les ébats torrides du Président et de Marguerite. Un homme, de surcroît un président de la République, qui mourait d'avoir trop fait l'amour — ce tableau, à lui seul, les portait à l'extase. Les « *tekhnars* », eux, étaient plus sensibles aux péripéties de l'intrigue psychologique. Ils voulaient savoir ce qui était arrivé à Marguerite après ce coup d'éclat amoureux. Je parlais alors du mystérieux double meurtre dans l'impasse Ronsin, de cette terrible matinée de mai où l'on avait découvert le mari de Marguerite strangulé à l'aide d'un cordon de tirage, sa belle-mère, étranglée elle aussi, mais avec son propre râtelier... Je n'oubliais pas de préciser que le mari, peintre de son état, croulait sous les commandes officielles, tandis que son épouse n'avait jamais renoncé à ses amitiés haut placées. Et que d'après une version, c'est l'un des successeurs de feu Félix Faure, visiblement un ministre, qui avait été surpris par le mari...

Quant aux « intellectuels », le sujet paraissait ne pas les toucher. Certains pour montrer leur désintérêt poussaient même un bâillement de temps à autre. Ils se départirent de ce flegme feint, seulement en trouvant un prétexte pour faire des jeux de mots. Le nom de « Faure » fut vite victime d'un calembour : « donner à Faure » signifiait en russe « donner des points à son rival ». Les rires, savamment blasés, fusèrent. Quelqu'un, toujours avec ce même petit rire indolent, lança : « Quel forward, Faure ! » en sous-entendant l'avant du football. Un autre, en arborant la mine d'un simple d'esprit, parla de la *fortotchka*, le vasistas... Je me rendis compte que la langue pratiquée dans cet étroit cercle se composait presque exclusivement de ces mots détournés, rébus, phrases maniérées, tournures connues seulement de ses membres. Avec un mélange d'admiration et d'angoisse, je constatai que leur langue n'avait pas besoin du monde qui nous entourait — de ce soleil, de ce vent ! Bientôt, je parvenais à imiter facilement ces jongleurs de mots...

La seule personne qui n'apprécia pas mon retournement fut Pachka, ce cancre dont je partageais autrefois les parties de pêche. De temps en temps, il s'approchait de notre groupe, nous écoutait et quand je me mettais à raconter mes histoires françaises, il me fixait d'un air méfiant.

Un jour, l'attroupement autour de moi fut plus nombreux que d'habitude. Mon récit devait les intéresser particulièrement. Je parlais (en résumant le roman de ce pauvre Spivalski accusé de tous les péchés mortels et tué à Paris) des deux amants qui avaient passé une longue nuit dans un train presque vide, fuyant à travers l'empire moribond des tsars. Le lendemain, ils se séparaient à jamais...

Mes auditeurs appartenaient, cette fois, aux trois castes — fils de prolétaires, futurs ingénieurs, intelligentsia. J'évoquais les étreintes fougueuses au fond d'un compartiment nocturne, dans ce train survolant les villages morts et les ponts incendiés. Ils m'écoutaient avidement. Il leur était certainement plus facile d'imaginer ce couple d'amants dans un train qu'un président de la République avec sa bien-aimée dans un palais... Et pour satisfaire les amateurs de jeux de mots, j'évoquais l'arrêt du train dans une ville de province : le héros abaissait la fenêtre et demandait aux rares individus qui longeaient la voie le nom de l'endroit. Mais personne ne pouvait le renseigner. C'était une ville sans nom! Une ville peuplée d'étrangers. Un soupir de satisfaction monta du groupe des esthètes. Et moi, par un habile flash-back, je revenais dans le compartiment pour reparler des amours vagabondes de mes passagers extravagants... C'est à ce moment que par-dessus la foule, je vis apparaître la tête ébouriffée de Pachka. Il écouta quelques minutes, puis bougonna en couvrant facilement ma voix par sa basse rugueuse :

— Alors, comme ça, t'es content? Tous ces faux culs ne demandent que ça. Ils en bavent déjà de tes bobards!

Personne n'aurait osé contrarier Pachka dans un affrontement singulier. Mais la foule a un courage bien à elle. Un grognement indigné lui répondit. Pour calmer les esprits, je précisai d'un ton conciliant :

— Mais non, c'est pas des bobards, Pachka! C'est un roman autobiographique. Ce type, après la révolution, a vraiment fui la Russie avec sa maîtresse et puis, à Paris, on l'a assassiné...

— Et pourquoi alors tu ne leur racontes pas ce qui s'est passé à la gare, hein?

Je restai bouche bée. À présent je me souvenais avoir déjà raconté cette histoire à mon ami le cancre. Le matin, les amoureux se retrouvaient au bord de la mer Noire, dans une brasserie déserte, dans une ville noyée sous la neige. Ils buvaient un thé brûlant devant une fenêtre tapissée de givre… Plusieurs années plus tard, ils se reverraient à Paris et s'avoueraient que ces quelques heures matinales leur étaient plus chères que toutes les sublimes amours de leur vie. Oui, ce matin gris, mat, les appels étouffés des cornes de brume, et leur présence complice au milieu de la tempête meurtrière de l'Histoire…

C'est donc de cette brasserie de la gare que parlait Pachka… La sonnerie me tira d'embarras. Mes auditeurs écrasèrent leur cigarette et s'engouffrèrent dans la salle. Et moi, interdit, je me disais qu'aucun de mes styles — ni celui que j'adoptais en parlant aux « prolos », ni celui des « *tekhnars* », ni même les acrobaties verbales qu'adoraient les « intellectuels » — non, aucun de ces langages ne pouvait recréer le charme mystérieux de cette matinée neigeuse au bord de l'abîme des temps. Sa lumière, son silence… Du reste, personne parmi mes collègues ne se serait intéressé à cet instant ! Il était trop simple : sans appâts érotiques, sans intrigue, sans jeux de mots.

En rentrant de l'école, je me souvins que jamais encore, en racontant à mes camarades l'histoire du Président amoureux, je n'avais parlé de son guet muet près de la fenêtre noire de l'Élysée. Lui, seul, face à la nuit d'automne et quelque part, dans ce monde obscur et pluvieux — une femme au visage dissimulé sous un voile scintillant de brume. Mais qui m'aurait écouté si je m'étais avisé de parler de ce voile humide dans la nuit d'automne ?

Pachka essaya encore à deux ou trois reprises, et toujours maladroitement, de m'arracher à mon nouvel entourage. Un jour, il m'invita à aller pêcher sur la Volga. Je refusai devant tout le monde, avec une mine vaguement méprisante. Il resta quelques secondes devant notre groupe — seul, hésitant, étrangement fragile malgré sa carrure… Une autre fois, il me rattrapa sur le chemin du retour et me demanda de lui apporter le livre de Spivalski. Je le lui promis. Le lendemain, je ne m'en souvenais plus…

J'étais trop absorbé par un nouveau plaisir collectif : la Montagne de joie.

C'est ainsi que dans notre ville on appelait cet énorme dancing à ciel ouvert, situé sur le sommet d'une colline surplombant la Volga. Nous savions à peine danser. Mais nos déhanchements rythmiques n'avaient, en réalité, qu'un seul but : tenir dans nos bras un corps féminin, le toucher, l'apprivoiser. Pour ne pas avoir peur après. Le soir, dans nos équipées sur la Montagne, les castes et les coteries n'existaient plus. Nous étions tous égaux dans la fébrilité de notre désir. Seuls, les jeunes soldats en permission formaient un groupe à part. Je les observais avec jalousie.

Un soir, j'entendis quelqu'un m'appeler. La voix semblait venir du feuillage des arbres. Je levai la tête, je vis Pachka ! Le carré du dancing était entouré d'une haute clôture en bois. Derrière elle, se dressait une végétation sauvage, un fourré intermédiaire entre un parc laissé à l'abandon et la forêt. C'est sur une grosse branche d'un érable, au-dessus de la clôture, que je le vis…

Je venais de quitter le dancing après avoir

heurté dans ma gaucherie les seins de ma partenaire… C'était la première fois que je dansais avec une jeune fille aussi mûre. Mes paumes posées sur son dos étaient toutes moites. Trompé par une fioriture inattendue de l'orchestre, je fis une fausse manœuvre et ma poitrine s'aplatit contre la sienne. L'effet était plus fort qu'une décharge électrique ! L'élasticité tendre d'un sein féminin me bouleversa. Je continuais à piétiner sans entendre la musique, en voyant, à la place du beau visage de la danseuse, un ovale luminescent. Quand l'orchestre se tut, elle me quitta sans mot dire, visiblement dépitée. Je traversai le plateau, en glissant entre les couples comme si je marchais sur de la glace, et sortis.

J'avais besoin de rester seul, de reprendre mes esprits, de respirer. Je marchai dans l'allée qui longeait le dancing. Le vent venant de la Volga rafraîchissait mon front en feu. « Et si c'est ma partenaire elle-même, pensai-je subitement, qui a voulu me heurter exprès ? » Oui, peut-être avait-elle voulu me faire sentir la souplesse de sa poitrine, me lançant ainsi un appel que, dans ma naïveté et ma timidité, je n'avais pas su décoder ? J'avais donc peut-être raté la chance de ma vie !

Comme un enfant qui vient de briser une tasse et qui ferme les yeux en espérant que ce noir momentané va tout remettre en ordre, je plissai les paupières : pourquoi l'orchestre ne pourrait-il pas rejouer la même chanson, et moi — retrouver ma partenaire pour répéter tous les gestes jusqu'au serrement convenu ? Jamais je n'avais ressenti et ne ressentirais plus aussi intensément la proximité très intime et, en même temps, l'éloignement le plus irrémédiable d'un corps féminin...

C'est au milieu de ce désarroi sentimental que j'entendis la voix de Pachka caché dans le feuillage. Je levai les yeux. Il me souriait, à demi allongé sur une grosse branche :

— Allez, grimpe ! Je te ferai de la place, dit-il en pliant ses jambes.

Maladroit et pesant dans la ville, Pachka se transfigurait dès qu'il se retrouvait dans la nature. Sur cette branche, il ressemblait à un gros félin se reposant avant la chasse nocturne...

En toute autre circonstance, j'aurais ignoré son invitation. Mais sa position était trop insolite et, de plus, je me sentais pris en flagrant délit. C'était comme si, de sa branche, il avait intercepté mes pensées fébriles ! Il me tendit la main, je me hissai à côté de lui. Cet arbre était un véritable poste d'observation.

Vu d'en haut, l'ondoiement des centaines de corps enlacés avait une tout autre allure. Il paraissait à la fois absurde (tous ces êtres qui piétinent sur place !) et doté d'une certaine logique. Les corps circulaient, s'agglutinaient, l'espace d'une danse, se séparaient, parfois restaient collés l'un à l'autre durant plusieurs chansons. De notre arbre, dans un seul regard, je pouvais englober tous les petits jeux affectifs qui se tissaient sur le plateau. Rivalités, défis, trahisons, coups de foudre, ruptures, explications, bagarres naissantes vite maîtrisées par un service d'ordre vigilant. Mais surtout le désir qui perçait à travers le voile de la musique et le rituel de la danse. Je retrouvai dans cette

houle humaine la jeune fille dont je venais de frô-
ler les seins. Je suivis, un moment, sa trajectoire
d'un partenaire à l'autre…

Je sentais qu'en résumé ce tournoiement me
rappelait insidieusement quelque chose. «La
vie!» me suggéra soudain une voix muette, et mes
lèvres répétèrent silencieusement: «La vie…» Le
même brassage des corps mus par le désir et qui le
dissimulent sous d'innombrables simagrées. La
vie… «Et où suis-je, moi, à cet instant?» me
demandai-je en devinant que la réponse à cette
question donnerait naissance à une vérité extraordinaire qui expliquerait tout, définitivement.

Des cris résonnèrent du côté de l'allée. Je reconnus mes camarades de classe qui retournaient à la
ville. J'empoignai la branche, prêt à sauter. La
voix de Pachka, teintée d'une résignation aigrie,
retentit avec peu d'assurance:

— Attends! Là, ils vont éteindre les projecteurs, tu verras, il y aura plein d'étoiles! Si on
grimpe plus haut, on verra le Sagittaire…

Je ne l'écoutai pas. Je sautai à terre. Le sol
tressé de grosses racines percuta violemment la
plante de mes pieds. Je courus pour rattraper mes
collègues qui s'éloignaient en gesticulant. J'avais
envie de leur parler le plus vite possible de ma
partenaire à la belle poitrine, d'entendre leurs
remarques, de m'assourdir avec les mots. J'étais
pressé de revenir à la vie. Et avec une joie mauvaise, je parodiai l'étrange question qui s'était for-
mée dans ma tête, un instant avant: «Où suis-je?
Où étais-je? Mais sur une branche, à côté de cet
imbécile de Pachka. À côté de la vraie vie!»

Par un hasard farfelu (je savais déjà que le réel est fait de répétitions invraisemblables que pourchassent, comme un grave défaut, les auteurs de romans), nous nous rencontrâmes, de nouveau, le lendemain. Avec cette gêne qu'éprouvent deux compagnons qui, le soir, ont échangé des confidences graves, exaltées et sentimentales, se sont livrés jusqu'à ce fond très intime de leur âme, et qui se retrouvent le matin, dans la clarté quotidienne et sceptique.

J'errais autour du dancing encore fermé, il était à peine six heures du soir. Je voulais à tout prix être le premier partenaire de la danseuse de la veille. Superstitieux, j'espérais que le temps ferait marche arrière et que je pourrais recoller ma tasse brisée.

Pachka surgit de la broussaille du parc, m'aperçut, hésita une seconde, puis vint me saluer. Il était chargé de son attirail de pêcheur. Sous le bras, il portait une grande miche de pain noir dont il arrachait des morceaux pour les manger en mastiquant avec appétit. Je me sentis encore une fois pris en flagrant délit. Il me dévisagea, en examinant ma chemise claire au col largement ouvert, mon pantalon à la mode, très évasé vers le bas. Puis, en hochant la tête en signe d'adieu, il s'en alla. Je poussai un soupir de soulagement. Mais soudain, Pachka se retourna et me lança d'une voix un peu rude :

— Viens, je vais te montrer quelque chose ! Viens, tu ne regretteras pas...

S'il s'était arrêté pour attendre ma réponse,

j'aurais bafouillé un refus. Mais il continua son chemin sans plus me regarder. Je le suivis d'un pas indécis.

Nous descendîmes vers la Volga, longeâmes le port avec ses énormes grues, ses ateliers, ses entrepôts en tôle ondulée. Plus en aval, nous nous enfonçâmes dans un large terrain vague encombré de vieilles barges, de constructions métalliques rouillées, de pyramides de longues grumes pourrissantes. Pachka cacha ses lignes et ses filets sous l'un de ces troncs vermoulus et se mit à sauter d'une barque à l'autre. Il y avait aussi un débarcadère abandonné, quelques passerelles à pontons qui se dérobaient souplement sous nos pas. D'ailleurs, en suivant Pachka, je ne me rendis pas compte à quel moment nous avions quitté la terre ferme pour nous retrouver sur cette île flottante d'embarcations déchues. Je m'agrippai à une rampe cassée, sautai dans une espèce de jonque, enjambai son bord, glissai sur le bois humide d'un radeau...

Nous nous retrouvâmes enfin dans un chenal aux berges escarpées toutes couvertes de sureaux en fleur. Sa surface d'une rive à l'autre se perdait sous les coques des vieux bateaux serrés, bord contre bord, dans un désordre fantasque.

Nous nous installâmes sur le banc d'une petite barque. Au-dessus d'elle s'élevait le flanc d'une péniche portant des traces d'incendie. En tendant le cou, je remarquai là-haut, sur le pont de la péniche, une corde tendue près de la cabine : quelques morceaux de tissu délavé ondoyaient doucement — le linge qui séchait depuis des années...

La soirée était chaude, brumeuse. L'odeur de l'eau se mélangeait avec les effluves fades du sureau. De temps en temps, un bateau qu'on voyait passer au loin, au milieu de la Volga, envoyait dans notre chenal une série de vagues paresseuses. Notre barque se mettait à tanguer en se frottant contre le bord noir de la péniche. Tout ce cimetière à moitié immergé s'animait. On entendait le crissement d'un câble, le clapotis sonore de l'eau sous un ponton, le chuintement des roseaux.

— C'est formidable, tout ce bastingage ! m'exclamai-je en employant ce mot dont je ne connaissais que vaguement l'appartenance maritime.

Pachka me lança un coup d'œil un peu confus, voulut parler, puis se ravisa. Je me levai, pressé de retourner sur la Montagne de joie… Soudain, mon ami me tira avec force par la manche pour me faire asseoir et dans un chuchotement nerveux, il annonça :

— Attends ! Ils arrivent !

Je perçus alors le bruit des pas. D'abord, le claquement des talons sur l'argile humide de la berge, puis le tambourinement sur le bois d'une passerelle. Enfin, un martèlement métallique au-dessus de nous, sur le pont de la péniche… Et c'est déjà de ses entrailles que des voix étouffées nous parvinrent.

Pachka se dressa de toute sa taille et se serra contre le bord de la péniche. C'est alors seulement que j'aperçus ces trois hublots. Leurs vitres étaient brisées et bouchées de l'intérieur avec des morceaux de contreplaqué. Ceux-ci avaient la surface couverte des fines piqûres d'une lame. Sans se détacher de son hublot, mon ami agita la main en m'invitant à l'imiter. M'accrochant à une saillie d'acier qui courait le long du bord, je me collai au hublot de gauche. Celui situé au centre restait inoccupé.

Ce que je vis à travers la fente était à la fois banal et extraordinaire. Une femme dont je ne voyais que la tête, de profil, et le haut du corps, semblait accoudée à une table, les bras parallèles, les mains immobiles. Son visage paraissait calme et même ensommeillé. Seule sa présence ici, dans cette péniche, pouvait surprendre. Quoique après tout... Elle secouait légèrement sa tête aux cheveux clairs frisés, comme si, sans arrêt, elle approuvait un interlocuteur invisible.

Je m'écartai de mon hublot, je jetai un coup d'œil à Pachka. J'étais perplexe : « Qu'y a-t-il, finalement, à voir ? » Mais lui, les paumes collées à la surface écaillée de la péniche, avait le front rivé au contreplaqué.

Je me déplaçai alors vers le hublot voisin, me noyant dans l'une des fissures dont était perforé le bois qui le bouchait...

Il me sembla que notre barque coulait, descendait au fond de ce chenal encombré et que le bord de la péniche, au contraire, s'élançait vers le ciel. Fébrilement, je me laissais aimanter par son métal rêche, en essayant de retenir dans mon regard la vision qui venait de m'aveugler.

C'était une croupe féminine d'une nudité blanche, massive. Oui, les hanches d'une femme agenouillée, vue toujours de côté, ses jambes, ses cuisses dont la largeur m'effraya, et le début de son dos coupé par le champ de vision de la fente. Derrière cette énorme croupe se tenait un soldat, à genoux lui aussi, le pantalon déboutonné, la vareuse en désordre. Il empoignait les hanches de la femme et les tirait vers lui comme s'il voulait s'enliser dans cet amas de chair qu'il repoussait en même temps par des secousses violentes de tout son corps.

Notre barque se mit à se dérober sous mes pieds. Un bateau qui remontait la Volga avait envoyé ses vagues dans notre chenal.

L'une d'elles réussit à me déséquilibrer. En évitant la chute, je fis un pas à gauche, me retrouvant près du premier hublot. Je serrai le front contre son cadre d'acier. Dans la fente apparut la femme aux cheveux frisés, au visage indifférent et sommeilleux, celle que j'avais vue d'abord. Accoudée sur ce qui ressemblait à une nappe, vêtue d'un chemisier blanc, elle continuait à acquiescer par des petits hochements de tête et, distraitement, elle examinait ses doigts...

Ce premier hublot. Et le deuxième. Cette femme aux paupières lourdes de sommeil, son habit et sa coiffure très ordinaires. Et cette autre. Cette croupe nue dressée, cette chair blanche dans laquelle s'enlisait un homme paraissant fluet à côté d'elle, ces épaisses cuisses, ce mouvement pesant des hanches. Dans ma jeune tête affolée, aucun lien ne pouvait associer ces deux images. Impossible d'unir ce haut d'un corps féminin à ce bas !

Mon excitation était telle que le bord de la

péniche me parut soudain étalé à l'horizontale. Aplati sur sa surface comme un lézard, je me déplaçai vers le hublot de la femme nue. Elle était toujours là, mais le puissant arrondi de ses chairs restait immobile. Le soldat, vu de face, se boutonnait avec des gestes mous, maladroits. Et un autre, plus petit que le premier, se mettait à genoux derrière la croupe blanche. Ses mouvements à lui, en revanche, étaient d'une rapidité nerveuse, craintive. Dès qu'il commença à se débattre en poussant de son ventre les lourds hémisphères blancs, il ressembla, à s'y méprendre, au premier. Il n'y avait aucune différence entre leurs façons de faire.

Mes yeux se remplissaient déjà d'aiguilles noires. Mes jambes fléchissaient. Et mon cœur serré contre le métal rouillé faisait vibrer tout le bateau de ses échos profonds, essoufflés. Une nouvelle série de petites vagues secoua la barque. Le bord de la péniche redevenait vertical, et, privé de mon agilité de lézard, je glissais vers le premier hublot. La femme en chemisier blanc hochait machinalement la tête, en examinant ses mains. Je la vis gratter un ongle avec un autre pour écailler la couche de vernis…

Leurs pas retentirent dans l'ordre inverse, cette fois : le martèlement des talons sur le pont, le tambourinement sur les planches de la passerelle, le claquement de l'argile molle. Sans me regarder, Pachka enjamba le bord de notre barque et sauta sur un ponton à moitié immergé, puis sur un débarcadère. Je le suivis, en exécutant les bonds mous d'une marionnette de chiffon.

Parvenu sur la rive, il s'assit, enleva ses chaussures et retroussant son pantalon jusqu'aux genoux, entra dans l'eau en écartant les longues tiges des roseaux. Il repoussa les lentilles d'eau et se débarbouilla longuement, en poussant des grognements de plaisir qu'on pouvait prendre, de loin, pour des cris de détresse.

C'était un grand jour dans sa vie. Ce soir de juin, elle allait, pour la première fois de sa vie, se donner à l'un de ses jeunes amis, à l'un de ces danseurs qui piétinaient sur le plateau de la Montagne de joie.

Elle était plutôt frêle. Son visage avait ces traits neutres qui, dans le défilé humain, passent inaperçus. Ses cheveux d'un roux pâle laissaient deviner leur teinte seulement dans la lumière du jour. Sous les projecteurs de la Montagne ou dans le halo bleuâtre des réverbères, elle paraissait tout simplement blonde.

J'avais découvert cette pratique amoureuse il y a quelques jours à peine. Dans le fourmillement humain du dancing, je voyais des groupes se former — un tourbillon d'adolescents naissait, en frétillant, en s'excitant et il essaimait en partant pour s'initier à ce qui me semblait tantôt stupidement simple, tantôt fabuleusement mystérieux et profond : l'amour.

Elle avait dû se retrouver de trop dans l'une de ces compagnies. Elle avait bu comme les autres, en cachette, au milieu des arbustes qui couvraient les versants de la Montagne. Puis, quand leur petit cercle agité avait éclaté en couples, elle était restée seule, le hasard arithmétique ne lui offrant pas de partenaire. Les couples s'étaient éclipsés. L'ivresse la gagnait déjà. Elle n'était pas habituée à l'alcool et en avait bu trop, par zèle, par crainte de ne pas être à la hauteur des autres, en voulant aussi maîtriser l'angoisse de ce grand jour… Elle était revenue sur le plateau, ne sachant plus que faire de son corps dont chaque parcelle était imprégnée d'une exaltation impatiente. Mais on commençait déjà à éteindre les projecteurs.

Tout cela, je le devinerais plus tard… Ce soir-là, je vis simplement une adolescente qui faisait les cent pas dans un coin du parc nocturne, en tournoyant sur le rond blafard d'un réverbère. Tel un papillon de nuit happé par un rai de lumière. Sa démarche m'étonna : elle avançait comme sur une corde, avec des pas à la fois aériens et tendus. Je compris que par chacun de ses gestes, elle luttait contre son ivresse. Son visage avait une expression figée. Tout son être se mobilisait dans cet unique effort — ne pas tomber, ne rien laisser soupçonner, continuer à tourner sur ce rond lumineux jusqu'à ce que les arbres noirs cessent de tanguer, de bondir à son approche en agitant leurs branches sonores.

J'allai vers elle. J'entrai dans le rond bleu du réverbère. Son corps (sa jupe noire, son corsage clair) concentra soudain tout mon désir. Oui, elle devint immédiatement la femme que j'avais toujours désirée. Malgré sa faiblesse pantelante, malgré ses traits estompés par l'ivresse, malgré tout ce qui, dans son corps et dans son visage, aurait dû me déplaire et que je trouvais à présent si beau.

240

Dans sa ronde, elle se heurta contre moi, leva les yeux. Je vis se succéder sur son visage plusieurs masques — peur, colère, sourire. C'est le sourire qui l'emporta, un sourire flou qui semblait s'adresser à quelqu'un d'autre que moi. Elle prit mon bras. Nous descendîmes de la Montagne.

Elle parla d'abord sans s'interrompre. Sa jeune voix avinée ne parvenait pas à rester égale. Elle chuchotait, puis criait presque. En s'accrochant à mon bras, elle trébuchait de temps en temps et lançait alors un juron, en appliquant avec une hâte enjouée sa paume sur ses lèvres. Ou bien, tout à coup, elle s'arrachait à moi, l'air blessé, pour se serrer contre mon épaule un instant après. Je devinai que ma compagne était en train de jouer une comédie amoureuse préparée de longue date — un jeu qui devait démontrer à son partenaire qu'elle n'était pas n'importe qui. Mais dans son ivresse, elle confondait la suite de ces petits intermèdes. Et moi, mauvais acteur, je restais muet, subjugué par cette présence féminine subitement si accessible et surtout par l'hallucinante facilité avec laquelle ce corps allait s'offrir à moi. J'avais toujours cru que cette offre serait précédée d'un long cheminement sentimental, de mille paroles, d'un ingénieux flirt. Je me taisais en sentant s'écraser contre mon bras un petit sein féminin. Et ma compagne nocturne, dans un bafouillage animé, rejetait les avances d'un fantôme entreprenant, gonflait ses joues pour quelques secondes en montrant qu'elle boudait, ensuite enveloppait son amant imaginaire d'un regard qu'elle croyait langoureux et qui était tout simplement brouillé par le vin et l'excitation.

Je l'amenai vers l'unique lieu qui pût accueillir notre amour — vers cette île flottante où, au début de l'été, j'avais espionné avec Pachka la prostituée et les soldats.

Dans l'obscurité, je dus me tromper de direction. Après un long vagabondage au milieu des barques endormies, nous nous arrêtâmes sur une espèce de vieux bac dont la rampe aux supports cassés s'enfonçait dans l'eau.

Elle se tut brusquement. L'ivresse devait la quitter peu à peu. Je restais immobile face à son attente tendue dans le noir. Je ne savais pas ce que je devais faire. Me mettant à genoux, je tâtai les planches en rejetant dans l'eau tantôt un écheveau de cordes émoussées, tantôt un paquet d'algues sèches. C'est par hasard que, tout à mon ménage, je frôlai sa jambe. Mes doigts qui glissaient sur sa peau lui donnaient la chair de poule…

Elle resta muette jusqu'à la fin. Les yeux fermés, elle semblait absente, m'abandonnant son corps rempli de menus tressaillements… Je dus lui faire très mal par mes gestes hâtifs. Cet acte tant rêvé s'enlisa dans une quantité de manipulations, gauches, entravées. L'amour ressemblait, eût-on dit, à une fouille précipitée, nerveuse. Les genoux, les coudes pointaient dans une étrange fixité anatomique.

Le plaisir fut comme la flamme d'une allumette dans le vent glacé — un feu qui a juste le temps de brûler les doigts avant de s'éteindre en laissant un point aveuglant dans les yeux.

J'essayai de l'embrasser (je croyais que c'était à

242

ce moment-là qu'on devait le faire) ; sous ma bouche je sentis sa lèvre fortement mordue...

Et ce qui m'effraya le plus, c'est qu'une seconde après je n'avais plus besoin ni de ses lèvres, ni de ses seins pointus dans son chemisier largement ouvert, ni de ses cuisses minces sur lesquelles elle avait tiré la jupe d'un geste rapide. Son corps me devenait indifférent, inutile. Plongé dans mon obtus contentement charnel, je me suffisais. « Qu'a-t-elle à rester étendue comme ça, demi-nue ? » me demandai-je avec humeur. Je sentis sous mon dos les aspérités des planches, dans ma paume — la brûlure de quelques échardes. Le vent avait le goût lourd d'une eau stagnante.

Il y eut, peut-être, dans cet intervalle nocturne, un oubli passager, un fulgurant sommeil de quelques minutes. Car je ne vis pas le bateau s'approcher. Nous ouvrîmes les yeux lorsque toute son énormité blanche, étincelante de lumières, nous surplombait déjà. J'avais cru que notre refuge se trouvait au fond de l'une des innombrables baies encombrées d'épaves rouillées. Mais c'est le contraire qui s'était produit. Nous étions arrivés, dans l'obscurité, à la pointe d'un cap qui saillait presque vers le milieu du fleuve... Le paquebot illuminé descendant lentement la Volga s'éleva brusquement au-dessus de notre vieux bac en s'étageant de ses trois ponts. Les silhouettes humaines se découpèrent sur le fond du ciel sombre. On dansait sur le pont supérieur, dans l'embrasement des feux. La coulée chaude d'un tango se déversa sur nous, nous enveloppa. Les fenêtres des cabines, à l'éclairage plus discret, semblèrent s'incliner, nous laissant pénétrer dans leur intimité… Le flux engendré par le passage du paquebot fut si puissant que notre radeau décrivit un demi-tour, une rapide glissade qui nous donna le vertige. Le navire avec sa lumière et sa musique sembla nous contourner… C'est à cet instant qu'elle serra ma main et se blottit contre moi. La densité chaleureuse de son corps semblait pouvoir se concentrer tout entière dans mes paumes comme le corps palpitant d'un oiseau. Ses bras, sa taille avaient la souplesse de cette brassée de nénuphars que j'avais cueillis, un jour, en enlaçant dans l'eau plusieurs tiges glissantes…

Mais déjà le navire fondit dans l'obscurité. L'écho du tango s'éteignit. Dans sa navigation vers Astrakhan, il emportait la nuit avec lui. L'air autour de notre bac s'emplit d'une pâleur hésitante. Il me fut étrange de nous voir au milieu d'un grand fleuve, dans cette timide naissance du jour, sur les planches mouillées d'un radeau. Et sur la rive se précisaient lentement les contours du port.

Elle ne m'attendit pas. Sans me regarder, elle se mit à sauter d'une barque à l'autre. Elle se sauvait — avec la hâte farouche d'une jeune ballerine après une fausse sortie. Je suivais cette fuite bondissante, le cœur arrêté. A tout moment, elle pouvait glisser sur le bois mouillé, être trahie par une passerelle désagrégée, plonger entre deux barques dont les bords se refermeraient au-dessus de sa tête. L'intensité de mon regard la retenait dans sa voltige à travers la brume matinale.

L'instant d'après, je la vis marcher sur la rive. Dans le silence, le sable humide crissait doucement sous ses pas… C'était une femme dont j'étais si proche il y a un quart d'heure, qui s'éloignait. Je ressentis cette douleur toute neuve pour moi : une femme s'éloignait en rompant ces liens invisibles qui nous unissaient encore. Et elle devenait, là, sur cette rive déserte, un être extraordinaire — une femme que j'aime et qui redevient indépendante de moi, étrangère à moi, et qui va tout à l'heure parler aux autres, sourire… Vivre !

Elle se retourna en m'entendant courir derrière elle. Je vis son visage pâle, ses cheveux qui étaient, je m'en rendais compte à présent, d'un teint roux très clair. Elle ne souriait pas et me regardait en silence. Je ne me rappelais plus ce que je voulais lui dire en écoutant, une minute avant, le sable humide crisser sous ses talons. «Je t'aime» eût été un mensonge imprononçable. Seule sa jupe noire froissée, seuls ses bras d'une minceur enfantine dépassaient pour moi tous les «je t'aime» du monde. Lui proposer de nous revoir aujourd'hui ou demain était impensable. Notre nuit ne pouvait être qu'unique. Comme le passage du paquebot, comme notre sommeil fulgurant, comme son corps dans la fraîcheur du grand fleuve assoupi.

J'essayai de le lui dire. Je parlai, sans suite, du crissement du sable sous ses pas, de sa solitude sur cette rive, de sa fragilité, cette nuit, qui m'avait fait penser aux tiges des nénuphars. Je sentis soudain, et avec un bonheur aigu, qu'il faudrait aussi parler du balcon de Charlotte, de nos soirées de steppes, des trois élégantes dans une matinée d'automne aux Champs-Élysées…

Son visage se crispa dans une expression à la fois méprisante et inquiète. Ses lèvres frémirent.

— Tu es malade ou quoi? dit-elle en me coupant la parole de ce ton un peu nasal avec lequel les filles sur la Montagne de joie rabrouaient les importuns.

Je restai immobile. Elle s'en allait en montant vers les premiers bâtiments du port et plongea bientôt dans leur ombre massive. Les ouvriers commençaient à apparaître aux portes de leurs ateliers.

Quelques jours plus tard, dans l'attroupement nocturne de la Montagne, j'entendis la conversation de mes camarades d'école qui n'avaient pas remarqué ma présence toute proche. Une des danseuses de leur petit cercle s'était plainte, disaient-ils, de son partenaire qui ne savait pas faire l'amour (ils exprimèrent l'idée beaucoup plus crûment) et elle avait confié, semblait-il, des détails comiques («tordants», affirma l'un d'eux) de son comportement. Je les écoutais en espérant quelques révélations érotiques. Soudain le nom du partenaire persiflé fut cité: Frantsouz… C'était mon sobriquet dont j'étais plutôt fier. «Frantsouz» — un Français, en russe. À travers leurs rires, je perçus un échange de répliques à part, entre deux amis, à la manière d'un conciliabule: «On va s'occuper d'elle, ce soir, après les danses. À deux, d'accord?»

Je devinai qu'il s'agissait toujours d'elle. Je quit-

tai mon recoin et j'allai vers la sortie. Ils m'aperçurent. «Frantsouz! Frantsouz...», ce chuchotement m'accompagna un moment, puis s'effaça
dans la première vague de la musique.

Le lendemain, sans prévenir personne, je partais pour Saranza.

J'allais dans cette petite ville ensommeillée, perdue au milieu des steppes, pour détruire la France. Il fallait en finir avec cette France de Charlotte qui avait fait de moi un étrange mutant, incapable de vivre dans le monde réel.

Dans mon esprit, cette destruction devait ressembler à un long cri, à un rugissement de colère qui exprimerait le mieux toute ma révolte. Ce hurlement sourdait encore sans paroles. Elles allaient venir, j'en étais sûr, dès que les yeux calmes de Charlotte se poseraient sur moi. Pour l'instant, je criais silencieusement. Seules les images déferlaient dans un flux chaotique et bariolé.

Je voyais le scintillement d'un pince-nez dans la pénombre calfeutrée d'une grosse voiture noire. Béria choisissait un corps féminin pour sa nuit. Et notre voisin d'en face, paisible retraité souriant, arrosait les fleurs sur son balcon, en écoutant le gazouillis d'un transistor. Et dans notre cuisine, un homme aux bras couverts de tatouages parlait d'un lac gelé rempli de cadavres nus. Et tous ces gens dans le wagon de troisième classe qui m'emportait vers Saranza semblaient ne pas remarquer ces paradoxes déchirants. Ils continuaient à vivre. Tranquillement.

Dans mon cri, je voulais déverser sur Charlotte ces images. J'attendais d'elle une réponse. Je voulais qu'elle s'explique, qu'elle se justifie. Car c'est elle qui m'avait transmis cette sensibilité française — la sienne —, me condamnant à vivre dans un pénible entre-deux-mondes.

Je lui parlerais de mon père avec son «trou» dans le crâne, ce petit cratère où battait sa vie. Et de ma mère dont nous avions hérité la peur de la sonnerie inattendue à la porte, les soirs de fêtes. Tous les deux morts. Inconsciemment, j'en voulais à Charlotte d'avoir survécu à mes parents. Je lui en voulais de son calme durant l'enterrement de ma mère. Et de cette vie très européenne, dans son bon sens et sa propreté, qu'elle menait à Saranza. Je trouvais en elle l'Occident personnifié, cet Occident rationnel et froid contre lequel les Russes gardent une rancune inguérissable. Cette Europe qui, de la forteresse de sa civilisation, observe avec condescendance nos misères de barbares — les guerres où nous mourions par millions, les révolutions dont elle a écrit pour nous les scénarios... Dans ma révolte juvénile, il y avait une grande part de cette méfiance innée.

La greffe française que je croyais atrophiée était toujours en moi et m'empêchait de voir. Elle scindait la réalité en deux. Comme elle avait fait avec le corps de cette femme que j'espionnais à travers deux hublots différents : il y avait une femme en chemisier blanc, calme et très ordi-

249

naire, et l'autre — cette immense croupe rendant presque inutile, par son efficacité charnelle, le reste du corps.

Et pourtant je savais que les deux femmes n'en faisaient qu'une. Tout comme la réalité déchirée. C'était mon illusion française qui me brouillait la vue, telle une ivresse, en doublant le monde d'un mirage trompeusement vivant…

Mon cri mûrissait. Les images qui allaient se mettre en paroles tournoyaient dans mes yeux de plus en plus rapidement : Béria qui murmurait au chauffeur : «Accélère ! Rattrape celle-là ! Je vais voir… », et un homme en costume de père Noël, mon grand-père Fiodor arrêté la nuit de l'An, et le village calciné de mon père, et les bras minces de ma jeune bien-aimée — des bras enfantins avec des veines bleutées, et cette croupe dressée dans sa force bestiale, et cette femme qui écaille le vernis rouge de ses ongles pendant qu'on possède le bas de son corps, et le petit sac du Pont-Neuf, et le «Verdun», et tout ce fatras français qui gâche ma jeunesse !

À la gare de Saranza, je restai un moment sur le quai. Par habitude, je cherchais la silhouette de Charlotte. Puis, avec une colère goguenarde, je me traitai d'imbécile. Personne ne m'attendait cette fois. Ma grand-mère ne se doutait même pas de ma visite ! D'ailleurs, le train qui m'amenait n'avait rien à voir avec celui que je prenais chaque été pour venir dans cette ville. J'arrivai à Saranza non pas le matin, mais le soir. Et le convoi, incroyablement long, trop long et trop massif pour cette petite gare de province, s'ébranla lourdement et repartit pour Tachkent — vers les confins asiatiques de l'empire. Ourgentch, Boukhara, Samarkand, l'écho de son trajet résonna dans ma tête, en éveillant une tentation orientale, douloureuse et profonde pour chaque Russe.

Tout était différent, cette fois-ci.

La porte était ouverte. C'était encore le temps où l'on ne fermait son appartement que la nuit. Je la poussai comme dans un rêve. Je m'étais imaginé si clairement cet instant, je croyais savoir jusqu'au mot près ce que j'allais dire à Charlotte, et de quoi j'allais l'accuser…

Pourtant, en entendant l'imperceptible cliquetis de la porte, aussi familier que la voix d'un proche, en respirant l'odeur agréable et légère qui planait toujours dans l'appartement de Charlotte, je sentis ma tête se vider de mots. Seules quelques bribes de mon hurlement préparé sonnaient encore dans mes oreilles :

— Béria ! Et ce vieux qui arrose tranquillement ses glaïeuls. Et cette femme coupée en deux ! Et la guerre oubliée ! Et ton viol ! Et cette valise sibérienne pleine de vieilles paperasses françaises et que je traîne comme un prisonnier son boulet ! Et notre Russie que toi, la Française, ne comprends pas et ne comprendras jamais ! Et ma bien-aimée dont ces deux jeunes salauds vont « s'occuper » !

Elle ne m'entendit pas entrer. Je la vis assise devant la porte du balcon. Son visage était penché au-dessus d'un vêtement clair étalé sur ses genoux, son aiguille scintillait (je ne sais pas pourquoi, mais dans ma mémoire, Charlotte était toujours en train de repriser un col en dentelle)...

Je perçus sa voix. Ce n'était pas un chant, mais plutôt une lente récitation, un murmure mélodieux, coupé de pauses, rythmé par le ruissellement des pensées muettes. Oui, une chanson mi-fredonnée, mi-dite. Dans la torpeur surchauffée du soir, ses notes donnaient une impression de fraîcheur, semblable à la sonorité grêle d'un clavecin. J'écoutai les paroles et durant quelques secondes j'eus le sentiment d'entendre une langue étrangère, inconnue — une langue qui ne me disait rien. Au bout d'une minute, je reconnaissais le français... Charlotte chantonnait très lentement, en soupirant de temps en temps, laissant pénétrer entre deux strophes de sa récitation l'insondable silence de la steppe.

C'était la chanson dont j'avais découvert, très jeune enfant encore, le charme et qui, à présent, concentra sur elle toute ma rancœur.

> *Aux quatre coins du lit,*
> *Un bouquet de pervenches...*

« Oui, justement, cette sensiblerie française qui m'empêche de vivre ! » pensai-je avec colère.

> *Et là, nous dormirions*
> *Jusqu'à la fin du monde...*

Non, je ne pouvais plus entendre ces paroles ! J'entrai dans la pièce et annonçai avec une brusquerie voulue et en russe :

— Me voilà ! Je parie que tu ne m'attendais pas !

À mon étonnement, à ma déception aussi, le regard que Charlotte leva sur moi resta calme. Je devinai dans ses yeux cette infaillible maîtrise de soi qu'on acquiert en apprivoisant quotidiennement la douleur, l'angoisse, le danger.

En apprenant, par quelques questions discrètes et d'apparence banale que je ne venais pas en messager de nouvelles tragiques, elle alla dans l'entrée et téléphona à ma tante pour lui apprendre mon arrivée. Et de nouveau je fus surpris par l'aisance avec laquelle Charlotte parla à cette femme qui était si différente d'elle. Sa voix, cette voix qui tout à l'heure chantonnait un vieil air français, se colora d'un léger accent populaire et en quelques mots elle sut tout expliquer, tout arranger, en ramenant ma fugue à nos habituelles retrouvailles d'été. « Elle essaye de nous imiter, pensai-je en l'écoutant parler. Elle nous parodie ! » Le calme de Charlotte et cette voix très russe ne firent qu'exacerber mon aigreur.

Je me mis à piéger chacune de ses paroles. L'une d'elles devait déclencher mon explosion. Charlotte allait me proposer les « boules de neige », notre dessert favori, et je pourrais alors m'en prendre à toutes ces fanfreluches françaises. Ou bien, en tentant de recréer l'atmosphère de nos veillées d'autrefois, elle se mettrait à parler de son enfance, oui, de quelque tondeur de chien sur un quai de la Seine…

Mais Charlotte se taisait. Et me prêtait très peu d'attention. Comme si ma présence n'avait en rien perturbé le climat de cette soirée ordinaire de sa vie. De temps à autre, elle rencontrait mon regard, me souriait et son visage se voilait de nouveau.

Le dîner m'étonna par sa simplicité. Il n'y eut pas de «boules de neige», ni aucune autre gourmandise de notre enfance. Avec stupeur, je me rendais compte que ces tranches de pain noir, ce thé clair étaient la nourriture habituelle de Charlotte.

Après le repas, je l'attendais sur le balcon. Les mêmes guirlandes de fleurs, le même infini de la steppe sous la brume de chaleur. Et entre deux rosiers — le visage de la bacchante de pierre. J'eus soudain envie de jeter cette tête par-dessus la rampe, d'arracher les fleurs, de briser l'immobilité de la plaine par mon cri. Oui, Charlotte allait venir s'asseoir sur sa petite chaise, disposer sur ses genoux un bout d'étoffe…

Elle apparut, mais au lieu de s'installer sur son siège bas, elle vint s'appuyer sur la rampe, à côté de moi. C'est ainsi qu'autrefois nous restions, ma sœur et moi, l'un près de l'autre, à regarder la steppe plonger lentement dans la nuit, en écoutant les récits de notre grand-mère.

Oui, elle s'accouda sur le bois fendillé, contempla l'étendue sans limites teintée d'une transparence violette. Et soudain, sans me regarder, elle se mit à parler d'une voix lointaine et pensive qui semblait s'adresser à moi et à quelqu'un d'autre que moi :

— Tu vois, comme c'est étrange… Il y a une semaine, j'ai rencontré une femme. Au cimetière. Son fils est enterré dans la même allée que ton grand-père. Nous avons parlé d'eux, de leur mort, de la guerre. De quoi peut-on encore parler devant les tombes? Son fils a été blessé un mois avant la fin de la guerre. Nos soldats marchaient déjà sur Berlin. Elle priait chaque jour (elle était croyante, ou le devenait durant cette attente) pour que l'on garde son fils à l'hôpital encore une semaine, encore trois jours... Il a été tué à Berlin, au cours des tout derniers combats. Déjà dans les rues de Berlin... Elle me racontait cela très simplement. Même ses larmes étaient simples quand elle parlait de ses prières... Et tu sais ce que son récit m'a rappelé? Un soldat blessé dans notre hôpital. Il avait peur de revenir au front, et chaque nuit, il déchirait sa plaie avec une éponge. Je l'ai surpris, j'en ai parlé au médecin-chef. Nous avons mis à ce blessé un plâtre et quelque temps après, guéri, il repartait au front... Tu vois, à l'époque, tout cela me paraissait si clair, si juste. Et maintenant, je me sens un peu perdue. Oui, la vie est derrière moi, et soudain tout est à repenser. Ça te semblera peut-être stupide mais parfois je me pose cette question : « Et si je l'ai envoyé à la mort, ce jeune soldat? » Je me dis que, probablement, quelque part au fond de la Russie, il y avait une femme qui, chaque jour, priait pour qu'on le garde à l'hôpital le plus longtemps possible. Oui, comme cette femme, au cimetière. Je ne sais pas... Je ne peux pas oublier le visage de cette mère. Tu comprends, c'est complètement faux, mais je crois maintenant qu'il y avait dans sa voix comme un petit air de reproche. Je ne sais pas comment expliquer tout cela à moi-même...

Elle se tut, resta un long moment sans bouger,

les yeux largement ouverts et dont l'iris semblait garder la lumière du couchant éteint. Figé, je la regardais de biais sans pouvoir détourner la tête, changer la position de mes bras, desserrer mes doigts croisés...

— Je vais préparer ton lit, me dit-elle enfin, en quittant le balcon.

Je me redressai, jetai un coup d'œil étonné autour de moi. La petite chaise de Charlotte, cette lampe à l'abat-jour turquoise, la bacchante de pierre avec son sourire mélancolique, cet étroit balcon suspendu au-dessus de la steppe nocturne — tout me parut soudain si fragile ! Avec ahurissement, je me souvenais de mon désir de détruire ce cadre éphémère... Le balcon devenait minuscule — comme si je l'observais d'une très grande distance —, oui, minuscule et sans défense.

Le lendemain, un vent brûlant et sec envahit Saranza. Au coin des rues damées par le soleil surgissaient de petites tornades de poussière. Et leur apparition était suivie d'une détonation sonore — un orchestre militaire résonnait sur la place centrale et le souffle ardent apportait, jusqu'à la maison de Charlotte, des pans de tintamarre de bravoure. Puis, le silence revenait brusquement et l'on entendait le crissement du sable contre les vitres et le grésillement fiévreux d'une mouche. C'était le premier jour des manœuvres qui se déroulaient à quelques kilomètres de Saranza.

Nous marchâmes longtemps. D'abord, en traversant la ville, ensuite, dans la steppe. Charlotte parlait de la même voix calme et détachée que la veille au soir, sur le balcon. Son récit fondait dans le joyeux vacarme de l'orchestre, puis, quand le vent tombait tout à coup, ses paroles sonnaient avec une étrange netteté dans le vide de soleil et de silence.

Elle racontait son bref séjour à Moscou, deux ans après la guerre... Par un clair après-midi de mai, elle marchait à travers l'entrelacs des ruelles de la Presnia qui descendaient vers la Moscova et elle se sentait convalescente, se remettant de la guerre, de la peur, et même, sans oser se l'avouer, de la mort de Fiodor, ou plutôt de son absence quotidienne, obsédante... À l'angle d'une rue, elle entendit, dans la conversation de deux femmes qui passaient près d'elle, une bribe de réplique. « Des samovars... », dit l'une d'elles. « Le bon thé d'autrefois... », pensa, en écho, Charlotte. Quand elle sortit sur la place, devant le marché avec ses baraquements en bois, ses kiosques et sa clôture en planches épaisses, elle comprit qu'elle s'était trompée. Un homme, sans jambes, installé dans une espèce de caisse roulante, s'avança à sa rencontre en tendant son unique bras :

— Allez, ma belle, un petit rouble pour l'invalide !

Instinctivement, Charlotte l'évita, tant cet inconnu ressemblait à un homme sortant de la terre. C'est alors qu'elle s'aperçut que les abords du marché grouillaient de soldats mutilés — de ces « samovars ». Roulant dans leur caisse, dotée tantôt de petites roues avec des pneus en caoutchouc, tantôt de simples roulements à billes, ils abordaient les gens à la sortie, leur demandant de

257

l'argent ou du tabac. Certains donnaient, d'autres accéléraient le pas, d'autres encore lâchaient un juron en ajoutant d'un ton moralisateur : « Déjà l'État vous nourrit... C'est honteux ! » Les samovars étaient presque tous jeunes, quelques-uns visiblement ivres. Tous avaient des yeux perçants, un peu fous... Trois ou quatre caisses s'élancèrent vers Charlotte. Les soldats plantaient leur bâton dans le sol piétiné de la place, se tortillant, s'aidant par de violentes secousses de tout leur corps. Malgré leur peine, cela ressemblait plutôt à un jeu.

Charlotte s'arrêta, tira avec hâte un billet de sa sacoche et le donna à celui qui s'approcha le premier. Il ne put pas le prendre — sa main unique, la main gauche, n'avait plus de doigts. Il tassa le billet au fond de sa caisse, puis, soudain, il tangua sur son siège et tendant son moignon vers Charlotte, lui effleura la cheville. Et il leva sur elle son regard plein d'une démence amère...

Elle n'eut pas le temps de comprendre ce qui se produisit ensuite. Elle vit un autre mutilé, avec deux bras valides celui-ci, qui surgit à côté du premier et, brutalement, tira le billet froissé de la caisse du manchot. Charlotte poussa un « Ah ! », puis ouvrit de nouveau son sac. Mais le soldat qui venait de lui caresser le pied semblait résigné — en tournant le dos à son agresseur, il remontait déjà la petite ruelle très pentue dont le haut s'ouvrait sur le ciel... Charlotte resta un moment indécise — le rattraper ? Lui redonner de l'argent ? Elle vit encore quelques samovars qui poussaient leurs caisses dans sa direction. Elle sentit un terrible malaise. La crainte, la honte aussi. Un bref cri rauque déchira la rumeur monotone qui planait au-dessus de la place.

Charlotte se retourna brusquement. La vision fut plus rapide qu'un éclair. Le manchot, dans sa caisse roulante, dévala la pente de la ruelle avec un crépitement assourdissant de roulements à billes. Son moignon repoussa à plusieurs reprises le sol en dirigeant cette descente folle. Et de sa bouche torturée par un horrible rictus, un couteau dardait, serré entre ses dents. Le mutilé qui venait de lui voler son argent eut juste le temps d'empoigner son bâton. La caisse du manchot percuta la sienne. Le sang gicla. Charlotte vit deux autres samovars se précipiter vers le manchot qui secouait la tête en lacérant le corps de son ennemi. D'autres couteaux brillèrent entre les dents. Des hurlements fusaient de toute part. Les caisses s'entrechoquaient. Les passants, médusés par cette bataille qui devenait générale, n'osaient pas intervenir. Un autre soldat descendait à toute vitesse la pente de la rue et, la lame entre les mâchoires, s'enfonçait dans le terrifiant entremêlement des corps mutilés... Charlotte essaya de s'approcher, mais le combat se livrait presque au ras du sol — il aurait fallu ramper pour s'interposer. Les miliciens accouraient déjà, en lançant leurs trilles stridents. Les spectateurs s'éveillèrent. Certains se hâtèrent de partir. D'autres se retirèrent dans l'ombre des peupliers pour voir la fin du combat. Charlotte aperçut une femme qui, se courbant, retirait un samovar de l'amoncellement des corps, et répétait d'une voix éplorée : « Liocha ! Mais tu m'as promis de ne plus venir ici ! Tu m'as promis ! » Et elle repartait en portant l'homme mutilé comme un enfant. Charlotte tenta de voir si son manchot était toujours là. Un des miliciens la repoussa...

Nous marchions tout droit, nous éloignant de Saranza. Le vacarme de l'orchestre militaire s'était éteint dans le silence de la steppe. Nous n'entendions plus que le bruissement des herbes dans le vent. Et c'est dans cet infini de lumière et de chaleur que résonna de nouveau la voix de Charlotte.

— Non, ils ne se battaient pas pour cet argent volé, non ! Tout le monde le comprenait. Ils se battaient pour... pour se venger de la vie. De sa cruauté, de sa bêtise. Et de ce ciel de mai au-dessus de leur tête... Ils se battaient comme s'ils voulaient narguer quelqu'un. Oui, celui qui mélangea dans une seule vie ce ciel de printemps et leurs corps estropiés...

« Staline ? Dieu ? » faillis-je demander, mais l'air de la steppe rendait les mots rêches, difficiles à articuler.

Nous n'étions encore jamais allés aussi loin. Saranza s'était depuis longtemps noyée dans le flottement brumeux de l'horizon. Cette équipée sans but nous était indispensable. Derrière mon dos, je sentais presque physiquement l'ombre d'une petite place moscovite...

Nous arrivâmes enfin vers un remblai de chemin de fer. Sa voie marquait une frontière surréaliste dans cet infini sans aucun autre repère que le soleil et le ciel. Curieusement, de l'autre côté des rails, le paysage changea. Nous dûmes contourner quelques ravins, gigantesques failles à l'intérieur sablonneux, ensuite descendre dans une vallée. Brusquement, entre les broussailles des saules, l'eau brilla. Nous échangeâmes un sourire, nous exclamant d'une seule voix :

— Soumra !

C'était un lointain affluent de la Volga, l'une de ces rivières discrètes, perdues dans l'immensité de la steppe et dont on connaît l'existence uniquement parce qu'elles se jettent dans le grand fleuve.

Nous restâmes à l'ombre des saules jusqu'au soir... C'est sur le chemin du retour que Charlotte termina son récit.

— Les autorités en ont eu finalement assez de tous ces mutilés sur la place, de leurs cris, de leurs bagarres. Mais par-dessus tout, ils offraient une mauvaise image de la grande Victoire. Le soldat, tu sais, on le préfère ou bien brave et souriant ou bien... mort au champ d'honneur. Et ceux-là... Bref, un jour, plusieurs camions arrivent et les miliciens commencent à arracher les samovars de leur caisse et à les jeter dans les bennes. Comme on jette des bûches sur une télègue. Une Moscovite m'a raconté qu'on les a amenés sur une île, dans les lacs du Nord. On a aménagé pour cela une ancienne léproserie... En automne, j'ai essayé de me renseigner sur cet endroit. Je pensais pouvoir y aller travailler. Mais quand, au printemps, je suis arrivée dans cette région, on m'a dit que, sur l'île, il n'y avait plus un seul mutilé et que la léproserie était définitivement fermée... C'était un coin très beau d'ailleurs. Des pins à perte de vue, de grands lacs et surtout un air très pur...

Après une heure de marche, Charlotte me lança un petit sourire sans gaieté :

— Attends, je vais m'asseoir un instant…

Elle s'assit sur l'herbe sèche, en allongeant ses jambes. Je fis machinalement encore quelques pas et je me retournai. Une nouvelle fois, comme dans un étrange éloignement ou d'une grande hauteur, je vis une femme aux cheveux blancs, vêtue d'une robe très simple en satin clair, une femme assise par terre au milieu de ce quelque chose d'immensurable qui s'étend de la mer Noire jusqu'à la Mongolie et qu'on appelle « la steppe ». Ma grand-mère… Je la voyais avec cet inexplicable recul que j'avais pris la veille pour une sorte d'illusion d'optique due à ma tension nerveuse. Je crus percevoir ce vertigineux dépaysement que Charlotte devait ressentir souvent : un dépaysement presque cosmique. Elle était là, sous ce ciel violet et paraissait parfaitement seule sur cette planète, dans l'herbe mauve, sous les premières étoiles. Et sa France, sa jeunesse étaient plus éloignées d'elle que cette lune pâle — laissées dans une autre galaxie, sous un autre ciel…

Elle leva son visage. Ses yeux me parurent plus grands que d'habitude. Elle parla en français. La sonorité de cette langue vibrait comme le dernier message provenant de la lointaine galaxie.

— Tu sais, Aliocha, parfois, il me semble que je ne comprends rien à la vie de ce pays. Oui, que je suis toujours une étrangère. Après presque un demi-siècle que je vis ici. Ces « samovars »… Je ne comprends pas. Il y avait des gens qui riaient en regardant leur bataille !

Elle fit un mouvement pour se lever. Je me précipitai vers elle en lui tendant la main. Elle me sourit, en attrapant mon bras. Et tandis que j'étais penché, elle murmura quelques brèves paroles dont le ton ferme et grave me surprit. Il est probable que, mentalement, je les traduisis en russe et les retins ainsi. Cela donna une longue phrase, alors que le français de Charlotte résuma tout en une seule image : le « samovar » manchot est assis, le dos contre le tronc d'un immense pin, et il regarde, silencieusement, le reflet des vagues s'éteignant derrière les arbres…

Dans la traduction russe que garda ma mémoire, la voix de Charlotte ajoutait sur un ton de justification : « Et parfois je me dis que je comprends ce pays mieux que ne le comprennent les Russes eux-mêmes. Car je porte en moi le visage de ce soldat depuis tant d'années… Car j'ai deviné sa solitude au bord du lac… »

Elle se leva et marcha lentement en s'appuyant sur mon bras. Je sentais s'évanouir, dans mon corps, dans ma respiration, cet adolescent agressif et nerveux qui était venu hier à Saranza.

Ainsi commença notre été, mon dernier été passé dans la maison de Charlotte. Le lendemain matin, je me réveillai avec le sentiment d'être enfin moi-même. Un grand calme, à la fois amer et serein, se répandait en moi. Je n'avais plus à me débattre entre mes identités russe et française. Je m'acceptai.

Nous passions maintenant presque toutes nos journées sur les rives de la Soumra. Nous partions de très bon matin, en emportant une grande gourde d'eau, du pain, du fromage. Le soir, profitant du premier souffle de fraîcheur, nous rentrions.

À présent que le chemin nous était connu, il ne nous paraissait plus si long. Dans la monotonie ensoleillée de la steppe, nous découvrions mille repères, des jalons qui nous devinrent vite familiers. Ce bloc de granit dont le mica scintillait de loin au soleil. Une bande de sable qui ressemblait à un minuscule désert. Cet endroit couvert de ronces qu'il fallait éviter. Lorsque Saranza disparaissait de notre vue, nous savions que bientôt la ligne du remblai allait se détacher de l'horizon, les rails brilleraient. Et une fois cette frontière franchie, nous étions presque arrivés — derrière les ravins qui incisaient la steppe de leurs tranchées abruptes, nous pressentions déjà la présence de la rivière. Elle semblait nous attendre…

Charlotte s'installait avec un livre à l'ombre des saules, à un pas du courant. Moi, jusqu'à l'épuisement, je nageais, plongeais, en traversant plusieurs fois la rivière étroite et peu profonde. Le long de ses rives s'alignait une kyrielle d'îlots recouverts d'herbe drue où l'on avait juste la place pour s'allonger et s'imaginer sur une île déserte au milieu de l'océan…

Puis, étendu sur le sable, j'écoutais l'insondable silence de la steppe… Nos conversations naissaient sans prétexte et semblaient découler du ruissellement ensoleillé de la Soumra, du bruissement des longues feuilles des saules. Charlotte, les mains posées sur le livre ouvert, regardait par-delà la rivière, vers cette plaine brûlée par le soleil, et se mettait à parler, tantôt en répondant à mes questions, tantôt en les précédant intuitivement dans son récit.

C'est durant ces longs après-midi d'été, au milieu de la steppe où chaque herbe sonnait de sécheresse et de chaleur, que j'appris ce qu'on me cachait autrefois dans la vie de Charlotte. Et aussi ce que mon intelligence enfantine ne parvenait pas à concevoir.

J'appris qu'il était réellement son premier amoureux, le premier homme de sa vie, ce soldat de la Grande Guerre, qui lui avait glissé dans la paume le petit caillou appelé «Verdun». Seulement, ils ne s'étaient pas connus le jour du défilé solennel, le 14 juillet 1919, mais deux ans plus tard, quelques mois avant le départ de Charlotte pour la Russie. J'apprenais aussi que ce soldat était très éloigné de ce héros moustachu, étincelant de médailles qu'avait fabriqué notre imagination naïve. Il s'avérait plutôt maigre, le visage pâle, les yeux tristes. Il toussotait souvent. Ses poumons avaient été brûlés au cours de l'une des premières attaques au gaz. Et ce n'est pas en quittant les rangs du grand défilé qu'il venait vers Charlotte en lui tendant le «Verdun». Il lui avait transmis ce talisman à la gare, le jour de son départ pour Moscou. Il était sûr de la revoir bientôt.

Un jour elle me parla du viol… Sa voix calme avait cet accent qui semblait dire : «Bien sûr : tu sais déjà de quoi il s'agit… Ce n'est plus un secret pour toi. » Je confirmai cette intonation par une série de petits «oui, oui» d'une nonchalance enjouée. J'avais très peur, après ce récit, en me relevant, de voir une autre Charlotte, un autre visage portant l'expression indélébile d'une femme violée. Mais ce fut d'abord cet éclat lumineux qui s'incrusta dans mon cerveau.

Un homme enturbanné et vêtu d'une espèce de long manteau, très épais et très chaud, surtout au milieu des sables du désert qui l'entouraient. Des yeux bridés semblables à deux lames de rasoir, le hâle cuivré de sa face ronde luisante de sueur. Il est jeune. Avec des gestes fébriles, il essaie d'attraper le poignard recourbé qui est accroché à sa ceinture, de l'autre côté du fusil. Ces quelques secondes paraissent interminables. Car le désert et l'homme aux gestes hâtifs sont vus par une minuscule parcelle du regard — cet interstice entre les cils. Une femme prostrée sur le sol, la robe déchirée, les cheveux défaits à moitié ensevelis sous le sable, semble s'insérer à jamais dans ce paysage vide. Un filet rouge traverse sa tempe gauche. Mais elle est en vie. La balle a déchiqueté la peau sous ses cheveux et s'est enfoncée dans le sable. L'homme se tord pour saisir son arme. Il voudrait que la mort soit plus physique — la gorge coupée, le flot de sang imbibant le sable. Le poignard qu'il cherche a glissé de l'autre côté quand, tout à l'heure, les pans de son long habit largement ouverts, il se débattait sur le corps écrasé... Il tire sur sa ceinture avec colère, en jetant des regards haineux sur le visage figé de la femme. Soudain, il entend un hennissement. Il se retourne. Ses compagnons

266

galopent déjà loin, leurs silhouettes, en haut d'une crête, se découpent nettement sur le fond du ciel. Il se sent tout à coup bizarrement seul : lui, le désert dans la lumière du soir, cette femme agonisante. Il crache de dépit, frappe de sa botte pointue le corps inerte et avec l'agilité d'un cara-cal, saute sur la selle. Quand le bruit des sabots s'efface, la femme, lentement, ouvre les yeux. Et elle commence à respirer, avec hésitation, comme si elle en avait perdu l'habitude. L'air a le goût de pierre et de sang…

La voix de Charlotte se confondit avec le léger sifflement des saules. Elle se tut. Je pensai à la colère de ce jeune Ouzbek : « Il lui fallait à tout prix l'égorger, la réduire à une chair sans vie ! » Et avec une pénétration déjà virile, je comprenais qu'il ne s'agissait pas d'une simple cruauté. Je me souvenais maintenant des premières minutes qui suivaient l'acte d'amour où le corps, désiré il y a un instant, devenait soudain inutile, désagréable à voir, à toucher, presque hostile. Je me rappelai ma jeune compagne sur notre radeau nocturne : c'est vrai, je lui en voulais de ne plus la désirer, d'être déçu, de la sentir là, collée à mon épaule… En poussant jusqu'au bout ma pensée, en mettant à nu cet égoïsme mâle qui m'effrayait et me ten-tait à la fois, je me dis : « En fait, après l'amour, la femme doit disparaître ! » Et j'imaginai de nou-veau cette main fébrile qui cherche le poignard.

Je me redressai brusquement en me tournant vers Charlotte. J'allais lui poser la question qui me torturait depuis des mois et que, mentalement, j'avais formulée et reformulée mille fois : « Dis moi, en un seul mot, en une seule phrase, l'amour, c'est quoi ? »

Mais Charlotte, croyant sans doute prévenir une question bien plus logique, parla la première.

— Et tu sais ce qui m'a sauvée ? Ou plutôt qui m'a sauvée... On ne te l'a pas encore raconté ?

Je la regardais. Non, le récit du viol n'avait laissé aucune marque sur ses traits. Il y avait simplement cette palpitation d'ombre et de soleil dans le feuillage des saules qui effleurait son visage.

Elle avait été sauvée par un « saïgak », cette antilope du désert aux énormes naseaux, semblables à une trompe d'éléphant coupée court, et — dans un étonnant contraste — aux grands yeux craintifs et tendres. Charlotte avait vu souvent leurs troupeaux courir à travers le désert... Quand elle put enfin se relever, elle vit un saïgak qui lentement grimpait sur une dune de sable. Charlotte le suivit, sans réfléchir, instinctivement — l'animal était l'unique balise au milieu des vallonnements infinis des sables. Comme dans un rêve (l'air lilas avait cette vacuité trompeuse des songes), elle parvint à s'approcher de la bête. Le saïgak ne s'enfuit pas. Charlotte, dans la lumière floue du crépuscule, vit des taches noires sur le sable — du sang. L'animal s'affala, puis, en remuant violemment la tête, s'arracha à la terre, tangua sur ses longues pattes qui tremblaient, fit quelques sauts désordonnés. Tomba de nouveau. Il avait été blessé à mort. Par les hommes qui avaient failli la tuer, elle ? Peut-être. C'était le printemps. La nuit fut glaciale. Charlotte se recroquevilla, en collant son corps contre le dos de la bête. Le saïgak ne

268

bougeait plus. Sa peau était parcourue de frissons. Sa respiration sifflante ressemblait à des soupirs humains, à des mots chuchotés. Charlotte, dans l'engourdissement du froid et de la douleur, s'éveillait souvent en percevant ce murmure qui obstinément s'efforçait de dire quelque chose. À l'un de ces réveils, en pleine nuit, elle aperçut avec stupeur une étincelle, toute proche, qui brillait dans le sable. Une étoile tombée du ciel... Charlotte s'inclina vers ce point lumineux. C'était le grand œil ouvert du saïgak — et une constellation superbe et fragile qui se reflétait dans ce globe rempli de larmes... Elle ne remarqua pas l'instant où les battements du cœur de cet être qui lui donnait sa vie s'arrêtèrent... Au matin, le désert miroitait de givre. Charlotte resta quelques minutes debout devant le corps immobile saupoudré de cristaux. Puis, lentement, elle escalada la dune que la bête n'avait pas pu franchir la veille. Parvenue jusqu'à la crête, elle poussa un «ah» qui résonna dans l'air matinal. Un lac, rose des premiers rayons, s'étendait à ses pieds. C'est cette eau que le saïgak essayait d'atteindre... On retrouva Charlotte, assise sur la rive, le soir même.

C'est dans les rues de Saranza, à la tombée de la nuit, qu'elle ajouta cet épilogue ému à son récit :

— Ton grand-père, dit-elle tout bas, n'a jamais évoqué cette histoire. Jamais... Et il aimait Serge, ton oncle, comme si c'était son propre fils. Même davantage, peut-être. C'est dur d'accepter, pour un homme, que son premier enfant soit né du viol. Surtout que Serge, tu sais, ne ressemble à personne dans la famille. Non, il n'a jamais parlé de cela...

Je sentis sa voix trembler légèrement. «Elle aimait Fiodor, pensai-je tout simplement. C'est lui qui a fait que ce pays où elle a tant souffert puisse être le sien. Et elle l'aime encore. Après toutes ces années sans lui. Elle l'aime dans cette steppe nocturne, dans cette immensité russe. Elle l'aime…»

L'amour m'apparut de nouveau dans toute sa douloureuse simplicité. Inexplicable. Inexprimable. Comme cette constellation se reflétant dans l'œil d'une bête blessée, au milieu d'un désert couvert de glace.

C'est le hasard d'un lapsus qui me révéla cette réalité déroutante : le français que je parlais n'était plus le même…

Ce jour-là, alors que je posais une question à Charlotte, ma langue fourcha. Je dus tomber sur l'un de ces couples de mots, un couple trompeur, comme il y en a beaucoup en français. Oui, c'étaient des jumeaux du genre «percepteur-précepteur», ou «décerner-discerner». De tels duos perfides, aussi risqués que ce «luxe-luxure», provoquaient autrefois, par mes maladresses verbales, quelques moqueries de ma sœur et des corrections discrètes de Charlotte…

Cette fois, il ne s'agissait pas de me souffler le mot juste. Après une seconde d'hésitation, je me corrigeai moi-même. Mais bien plus fort que ce flottement momentané, fut cette révélation foudroyante : j'étais en train de parler une langue étrangère !

Les mois de ma révolte ne restèrent donc pas sans conséquence. Non que j'eusse dorénavant moins de facilité pour m'exprimer en français. Mais la rupture était là. Enfant, je me confondais avec la matière sonore de la langue de Charlotte. J'y nageais sans me demander pourquoi ce reflet dans l'herbe, cet éclat coloré, parfumé, vivant, existait tantôt au masculin et avait une identité crissante, fragile, cristalline imposée, semblait-il, par son nom de *tsvetok*, tantôt s'enveloppait d'une aura veloutée, feutrée et féminine — devenant « une fleur ».

Plus tard, je penserais à l'histoire du mille-pattes qui, interrogé sur la technique de sa danse, s'embrouilla tout de suite dans les mouvements, autrefois instinctifs, de ses innombrables membres.

Mon cas ne fut pas aussi désespéré. Mais depuis le jour du lapsus la question de la « technique » se fit incontournable. A présent le français devenait un outil dont, en parlant, je mesurais la portée. Oui, un instrument indépendant de moi et que je maniais en me rendant de temps en temps compte de l'étrangeté de cet acte.

Ma découverte, pour déconcertante qu'elle fût, m'apporta une intuition pénétrante du style. Cette langue-outil maniée, affûtée, perfectionnée, me disais-je, n'était rien d'autre que l'écriture littéraire. Dans les anecdotes françaises dont, pendant toute cette année-là, j'amusais mes collègues, j'avais déjà senti la première ébauche de cette langue romanesque : ne l'avais-je pas manipulée pour plaire soit aux « prolétaires », soit aux « esthètes » ? La littérature se révélait être un étonnement permanent devant cette coulée verbale dans laquelle fondait le monde. Le français, ma langue « grand-maternelle », était, je le voyais maintenant, cette langue d'étonnement par excellence.

... Oui, c'est depuis cette journée lointaine passée au bord d'une petite rivière perdue au milieu de la steppe qu'il m'arrive, en pleine conversation française, de me souvenir de ma surprise d'autrefois : une dame aux cheveux gris, aux grands yeux calmes et son petit-fils sont assis au cœur de la plaine déserte, brûlée par le soleil et très russe dans l'infini de son isolement, et ils parlent en français, le plus naturellement du monde... Je revois cette scène, je m'étonne de parler français, je bafouille, je donnerais mon français aux chats. Étrangement, ou plutôt tout à fait logiquement, c'est dans ces moments-là, en me retrouvant entre deux langues, que je crois voir et sentir plus intensément que jamais.

Peut-être ce même jour où, prononçant « précepteur » au lieu de « percepteur », je pénétrais ainsi dans un silencieux entre-deux-langues, remarquai-je aussi la beauté de Charlotte...

L'idée de cette beauté me parut d'abord invraisemblable. Dans la Russie de ce temps, toute femme dépassant la cinquantaine se transformait en « babouchka » — un être dont il eût été absurde de supposer la féminité et, à plus forte raison, la beauté. Quant à affirmer : « Ma grand-mère est belle »...

Et pourtant, Charlotte, qui devait avoir à l'époque soixante-quatre ou soixante-cinq ans, était belle. S'installant en bas de la rive escarpée et sablonneuse de la Soumra, elle lisait sous les branches des saules qui recouvraient sa robe d'une résille d'ombre et de soleil. Ses cheveux argentés étaient rassemblés sur la nuque. Ses yeux me regardaient, de temps à autre, avec un léger sourire. J'essayais de comprendre ce qui, dans ce visage, dans cette robe très simple, irradiait la beauté dont j'étais presque confus de reconnaître l'existence.

Non, Charlotte n'était pas «une femme qui ne fait pas son âge». Ses traits n'avaient pas non plus cette joliesse hagarde qu'ont les visages «bien entretenus» des femmes vivant dans le combat permanent contre les rides. Elle ne cherchait pas à camoufler son âge. Mais le vieillissement ne provoquait pas chez elle ce rétrécissement qui émacie les traits et dessèche le corps. J'enveloppai du regard le reflet argenté de ses cheveux, les lignes de son visage, ses bras légèrement hâlés, ses pieds nus qui touchaient presque le ruissellement paresseux de la Soumra… Et avec une joie insolite, je constatai qu'il n'y avait pas de frontière stricte entre le tissu fleuri de sa robe et l'ombre tachetée de soleil. Les contours de son corps se perdaient imperceptiblement dans la luminosité de l'air, ses yeux, à la manière d'une aquarelle, se confondaient avec l'éclat chaud du ciel, le geste de ses doigts qui tournaient les pages se tissait dans l'ondoiement des longs rameaux des saules… C'était donc cette fusion qui cachait le mystère de sa beauté !

Oui, son visage, son corps ne se crispaient pas, effrayés par l'arrivée de la vieillesse, mais s'imprégnaient du vent ensoleillé, des senteurs amères de la steppe, de la fraîcheur des saulaies. Et sa présence conférait une étonnante harmonie à cette étendue déserte. Charlotte était là et, dans la monotonie de la plaine brûlée par la chaleur, une insaisissable consonance se formait : le bruissement mélodieux du courant, l'odeur âpre de la glaise humide et celle, épicée, des herbes sèches, le jeu de l'ombre et de la lumière sous les branches. Un instant unique, inimitable dans la suite indistincte des jours, des années, des temps...

Un instant qui ne passait pas.

Je découvrais la beauté de Charlotte. Et presque au même moment — sa solitude.

Ce jour-là, couché sur la berge, je l'écoutais parler du livre qu'elle emportait dans nos promenades. Depuis mon lapsus, je ne pouvais pas m'empêcher d'observer, tout en suivant la conversation, la façon dont ma grand-mère maniait le français. Je comparais sa langue à celle des auteurs que je lisais, à celle aussi des rares journaux français qui pénétraient dans notre pays. Je connaissais toutes les particularités de son français, ses tournures favorites, sa syntaxe personnelle, son vocabulaire et même la patine du temps que portaient ses phrases — la coloration « Belle Époque »...

Cette fois-là, plus que toutes ces observations linguistiques, une pensée surprenante me vint à l'esprit : « Voilà un demi-siècle que cette langue vit dans l'isolement complet, très rarement parlée, s'attaquant à une réalité étrangère à sa nature, telle une plante qui s'acharne à pousser sur une falaise nue…» Et pourtant le français de Charlotte avait gardé une extraordinaire vigueur, dense et pure, cette transparence d'ambre qu'acquiert le vin en vieillissant. Cette langue avait survécu à des tempêtes de neige sibériennes, à la brûlure des sables dans le désert de l'Asie centrale. Et elle résonne toujours au bord de cette rivière au milieu de la steppe infinie…

C'est alors que la solitude de cette femme se présenta à mon regard dans toute sa déchirante et quotidienne simplicité. «Elle n'a personne à qui parler, me dis-je avec stupéfaction. Personne à qui parler en français…» Je compris soudain ce que pouvaient signifier pour Charlotte ces quelques semaines que nous passions ensemble chaque été. Je compris que ce français, ce tissage des phrases qui me paraissait si naturel, se figerait dès mon départ pour une année entière, remplacé par le russe, par le froissement des pages, par le silence. Et j'imaginai Charlotte, seule, marchant dans les rues obscures de Saranza ensevelie sous la neige…

Le lendemain, je vis ma grand-mère parler à Gavrilytch, l'ivrogne et le scandaliste de notre cour. Le banc des babouchkas était vide — l'apparition de l'homme avait dû les chasser. Les enfants se cachaient derrière les peupliers. Les habitants, à leur fenêtre, suivaient avec intérêt la scène : cette étrange Française qui osait approcher le monstre. Je pensai de nouveau à la solitude de ma grand-mère. Mes paupières se remplirent de menus picotements : «C'est ça sa vie. Cette cour, ce soûlard de Gavrilytch, cette énorme isba noire, en face, avec toutes ces familles entassées les unes sur les autres… » Charlotte entra, un peu essoufflée, mais souriante, les yeux voilés de larmes de joie.

— Tu sais, me dit-elle en russe, comme si elle n'avait pas eu le temps de passer d'une langue à l'autre, Gavrilytch m'a parlé de la guerre, il défendait Stalingrad, sur le même front que ton père. Il m'en parle souvent. Il racontait un combat, au bord de la Volga. Ils se battaient pour reprendre aux Allemands une colline. Il disait qu'il n'avait jamais vu auparavant un tel mélange de chars en flammes, de cadavres déchiquetés, de terre en sang. Le soir, sur cette colline, il était parmi une douzaine de survivants. Il est descendu vers la Volga, il mourait de soif. Et là, sur la rive, il a vu l'eau très calme, le sable blanc, les roseaux et les alevins qui ont jailli à son approche. Comme du temps de son enfance, dans son village…

Je l'écoutais et la Russie, le pays de sa solitude, ne me paraissait plus hostile à sa « francité ». Ému, je me disais que cet homme grand, ivre, au regard amer, ce Gavrilytch n'aurait osé parler à personne de ses sentiments. On lui aurait ri au nez : Stalingrad, la guerre et tout à coup ces roseaux, ces alevins ! Personne dans cette cour n'aurait même pris la peine de l'écouter — qu'est-ce qu'un ivrogne peut évoquer d'intéressant ? Il avait parlé à Charlotte. Avec confiance, avec la certitude d'être compris. Cette Française lui était plus proche à cet instant que tous ces gens qui l'observaient en escomptant un spectacle gratuit. Il les avait observés de son œil sombre en maugréant intérieurement : « Ils sont tous là, comme dans un cirque... » Tout à coup, il avait vu Charlotte traverser la cour avec un sac de provisions. Il s'était redressé et l'avait saluée. Une minute après, avec un visage comme éclairci, il racontait : « Et vous savez, Charlota Norbertovna, sous nos pieds ce n'était plus la terre, mais de la viande hachée. J'ai jamais vu ça, depuis le début de la guerre. Et puis, le soir, quand on en a fini avec les Allemands, je suis descendu vers la Volga. Et là, comment vous dire... »

Le matin, en sortant, nous passâmes à côté de la grande isba noire. Elle était déjà animée d'un bourdonnement épais. On entendait le sifflement coléreux de l'huile sur une poêle, le duo féminin et masculin d'une dispute, le mélange des voix et de la musique de plusieurs radios... Je jetai un coup d'œil à Charlotte, en haussant les sourcils avec une grimace moqueuse. Elle devina sans peine ce que mon sourire voulait dire. Mais la grande fourmilière réveillée sembla ne pas l'intéresser.

C'est seulement lorsque nous nous engageâmes dans la steppe qu'elle parla :

— Cet hiver, me disait-elle en français, j'ai porté des médicaments à cette brave Frossia, cette babouchka, tu sais, qui se sauve toujours la première dès qu'on voit Gavrilytch... Il faisait très froid, ce jour-là. J'ai eu beaucoup de peine à ouvrir la porte de leur isba...

Charlotte continua son récit, et moi, avec un étonnement grandissant, je sentais que ses paroles simples s'imprégnaient de sons, d'odeurs, de lumières voilées par le brouillard des grands froids... Elle secouait la poignée, et la porte, en brisant un encadré de glace, s'ouvrait à contre-cœur, avec un crissement aigu. Elle se retrouvait à l'intérieur de la grande maison en bois, devant un escalier noir du temps. Les marches poussaient des gémissements plaintifs sous ses pas. Les couloirs étaient encombrés de vieilles armoires, de gros cartons empilés le long des murs, de vélos, de miroirs éteints qui perçaient cet espace caverneux d'une perspective inattendue. La senteur du bois brûlé planait entre les murs sombres et se mélangeait avec le froid que Charlotte portait dans les plis de son manteau… C'est au bout d'un couloir, au premier étage, que ma grand-mère la vit. Une jeune femme, un bébé dans les bras, se tenait près de la fenêtre recouverte de volutes de glace. Sans bouger, la tête légèrement inclinée, elle regardait la danse des flammes dans la porte ouverte d'un grand poêle qui occupait l'angle du couloir. Derrière la fenêtre givrée s'éteignait lentement le crépuscule d'hiver, bleu et limpide…

Charlotte se tut une seconde, puis reprit d'une voix un peu hésitante :

— Tu sais, c'était bien sûr une illusion… Mais son visage était si pâle, si fin… On aurait dit les mêmes fleurs de glace qui recouvraient la vitre. Oui, comme si ses traits s'étaient détachés de ces ornements de givre. Je n'ai jamais vu une beauté aussi fragile. Oui, comme une icône dessinée sur la glace…

Nous marchâmes longtemps en silence. La steppe se déployait lentement devant nous dans le grésillement sonore des cigales. Mais ce bruit sec, cette chaleur ne m'empêchaient pas de garder dans mes poumons l'air glacé de la grande isba noire. Je voyais la fenêtre couverte de givre, le scintillement bleu des cristaux, la jeune femme avec son enfant. Charlotte avait parlé en français. Le français avait pénétré dans cette isba qui m'avait toujours fait peur par sa vie ténébreuse, pesante et très russe. Et dans ses profondeurs une fenêtre s'était illuminée. Oui, elle avait parlé en français. Elle aurait pu parler en russe. Cela n'aurait rien enlevé à l'instant recréé. Donc, il existait une sorte de langue intermédiaire. Une langue universelle! Je pensai de nouveau à cet «entre-deux-langues» que j'avais découvert grâce à mon lapsus, à la «langue d'étonnement»…

Et c'est ce jour-là que, pour la première fois, cette pensée exaltante me traversa l'esprit : «Et si l'on pouvait exprimer cette langue par écrit?»

Un après-midi que nous passions au bord de la Soumra, je me surpris à penser à la mort de Charlotte. Ou plutôt, au contraire, je pensai à l'impossibilité de sa mort…

La chaleur avait été particulièrement rude ce jour-là. Charlotte avait enlevé ses espadrilles et, en remontant sa robe jusqu'aux genoux, elle se promenait dans l'eau. Hissé sur l'un des petits îlots, je la regardais marcher le long de la rive. Une nouvelle fois, je crus les observer, elle et cette rive de sable blanc et la steppe — comme à une très grande distance. Oui, comme si j'étais suspendu dans la corbeille d'une montgolfière. C'est ainsi que sont observés (je l'apprendrais bien plus tard) les lieux et les visages qu'inconsciemment nous situons déjà dans le passé. Oui, je la regardais de cette hauteur illusoire, de cet avenir vers lequel tendaient toutes mes jeunes forces. Elle marchait dans l'eau avec la nonchalance rêveuse d'une adolescente. Son livre, ouvert, était resté dans l'herbe, sous les saules. Je revis soudain, en un seul reflet lumineux, la vie de Charlotte tout entière. C'était comme une palpitante suite d'éclairs : la France du début du siècle, la Sibérie, le désert, et de nouveau les neiges infinies, la guerre, Saranza... Je n'avais encore jamais eu l'occasion d'examiner la vie de quelqu'un de vivant ainsi — d'un bout à l'autre, et de dire : cette vie est close. Il n'y aurait plus rien d'autre dans la vie de Charlotte que cette Saranza, cette steppe. Et la mort.

Je me dressai sur mon îlot, je fixai cette femme qui marchait lentement dans le courant de la Soumra. Et avec une joie inconnue qui tout à coup gonfla mes poumons, je chuchotai : « Non, elle ne mourra pas. » Je voulus aussitôt comprendre d'où venait cette assurance sereine, cette confiance tellement étrange surtout en cette année marquée par la mort de mes parents.

Mais au lieu d'une explication logique, je vis un flot d'instants ruisseler dans un éblouissant désordre : une matinée emplie de brume ensoleillée dans un Paris imaginaire, le vent à la senteur de lavande qui s'engouffrait dans un wagon, le cri de la Koukouchka dans l'air tiède du soir, le lointain instant de la première neige que Charlotte regardait voltiger en cette terrible nuit de guerre, et aussi cet instant présent — cette femme mince, au foulard blanc sur ses cheveux gris, une femme qui se promène distraitement dans l'eau claire d'une rivière coulant au milieu de la steppe sans limites...

Ces reflets me paraissaient à la fois éphémères et dotés d'une sorte d'éternité. Je ressentais une certitude enivrante : de façon mystérieuse, ils rendaient la mort de Charlotte impossible. Je devinais que la rencontre dans l'isba noire avec la jeune femme près de la fenêtre givrée — l'icône sur la glace ! et même l'histoire de Gavrilytch, ces roseaux, ces alevins, un soir de guerre, oui, même ces deux brefs éclats de lumière contribuaient à cette impossibilité de la mort. Et le plus merveilleux c'était qu'il n'y avait aucun besoin de le démontrer, de l'expliquer, d'arguer. Je regardais Charlotte qui montait sur la rive pour s'asseoir à son endroit préféré sous les saules et je répétais en moi-même comme une évidence lumineuse : « Non, tous ces instants ne disparaîtront jamais... »

Quand je vins près d'elle, ma grand-mère leva les yeux et me dit :

— Tu sais, ce matin, j'ai recopié pour toi deux traductions différentes d'un sonnet de Baudelaire. Écoute, je vais te les lire. Ça va t'amuser...

En pensant qu'il allait s'agir d'une de ces curiosités stylistiques que Charlotte aimait dénicher pour moi dans ses lectures, souvent sous la forme d'une devinette, je me concentrai, désireux de montrer mes lettres françaises. Je ne pouvais même pas supposer que ce sonnet de Baudelaire serait pour moi une véritable délivrance.

C'est vrai, la femme, durant ces mois d'été, s'imposait à tous mes sens comme une oppression incessante. Sans le savoir j'étais en train de vivre cette douloureuse transition qui sépare le tout premier amour charnel, souvent à peine ébauché, de ceux qui vont suivre. Ce passage est parfois plus délicat que celui de l'innocence vers le premier corps féminin.

Même dans ce lieu en perdition qu'était Saranza, cette femme multiple, fuyante, innombrable était étrangement présente. Plus insinuante, plus discrète que dans les grandes villes, mais d'autant plus provocante. Comme cette fille, par exemple, que je croisai un jour dans une rue vide, poussiéreuse, brûlée par le soleil. Elle était grande, bien faite, de cette robustesse charnelle saine que l'on trouve en province. Son chemisier serrait une poitrine forte, ronde. Sa minijupe moulait le haut de ses cuisses très pleines. Les talons pointus de ses chaussures blanches vernies rendaient sa marche un peu tendue. Son habillement à la mode, son maquillage et cette marche saccadée donnaient à son apparition dans la rue déserte un air surréaliste. Mais surtout ce trop-plein charnel presque bestial de son corps, de ses mouvements ! Par cet après-midi de chaleur muette. Dans cette petite ville assoupie. Pourquoi ? Dans quel but ? Je ne pus m'empêcher de jeter un coup d'œil furtif derrière moi : oui, ses mollets forts, polis par le bronzage, ses cuisses, les deux hémisphères de sa croupe remuant souplement à chaque pas. Ahuri, je me dis qu'il devait donc y avoir dans cette Saranza morte une chambre, un lit où ce corps allait s'étendre et, en écartant les jambes, accueillir un autre corps dans son aine. Cette pensée évidente me plongea dans un ébahissement sans bornes. Comme tout cela était à la fois naturel et invraisemblable !

Ou encore, un soir, ce bras féminin nu, potelé, apparu à une fenêtre. Une petite rue courbe, surchargée de feuillages lourds, immobiles — et ce bras très blanc, très rond, découvert jusqu'à l'épaule et qui avait ondulé quelques secondes, le temps de tirer un rideau de mousseline sur l'ombre de la pièce. Et je ne sais par quelle divination j'avais reconnu l'impatience un peu excitée de ce geste, j'avais compris sur quel intérieur ce bras féminin nu tirait le rideau… J'avais senti même la fraîcheur lisse de ce bras sur mes lèvres.

À chacune de ces rencontres, un appel insistant résonnait dans ma tête : il fallait les séduire tout de suite, ces inconnues, les rendre miennes, remplir de leur chair ce chapelet de corps rêvés. Car chaque occasion manquée était une défaite, une perte irrémédiable, un vide que d'autres corps ne sauraient remplacer que partiellement. À ces moments, ma fièvre devenait insupportable !

Je n'avais jamais osé aborder ce sujet avec Charlotte. Encore moins lui parler de la femme coupée en deux dans la péniche, ou de ma nuit avec la jeune danseuse ivre. Devinait-elle, elle-même, mon trouble ? Certainement. Sans pouvoir imaginer cette prostituée vue à travers les hublots, ou la jeune rousse sur le vieux bac, elle identifiait, il me semble, avec beaucoup de précision ce « où j'en étais » dans mon expérience amoureuse. Inconsciemment, par mes questions, par mes dérobades, par mon indifférence feinte pour certains thèmes délicats, par mes silences même, je brossais mon portrait d'apprenti amant. Mais je ne m'en rendais pas compte, comme celui qui oublie que son ombre transpose sur un mur les gestes qu'il voudrait cacher.

Ainsi, en entendant Charlotte parler de Baudelaire, je crus qu'il s'agissait d'une simple coïncidence lorsque, dans la première strophe de son sonnet, s'esquissa cette présence féminine :

*Quand, les deux yeux fermés, en un soir chaud d'automne,*
*Je respire l'odeur de ton sein chaleureux,*
*Je vois se dérouler des rivages heureux*
*Qu'éblouissent les feux d'un soleil monotone...*

— Tu vois — poursuivait ma grand-mère dans un mélange de russe et de français, car il fallait citer les textes des traductions —, chez Brussov le premier vers donne ça : *En un soir d'automne, les yeux fermés...*, etc. Chez Balmont : *Quand, en fermant les yeux, par un soir d'été étouffant...* À mon avis, l'un comme l'autre simplifient Baudelaire. Car, tu comprends, dans son sonnet, ce « soir chaud d'automne » c'est un moment très particulier, oui, en plein automne, soudain, telle une grâce, ce soir chaud, unique, une parenthèse de lumière au milieu des pluies et misères de la vie. Dans leurs traductions, ils ont trahi l'idée de Baudelaire : « un soir d'automne », « un soir d'été »,

284

c'est plat, c'est sans âme. Tandis que chez lui, cet instant rend possible la magie, tu sais, un peu comme ces journées douces de l'arrière-saison…

Charlotte développait son commentaire toujours avec ce dilettantisme légèrement simulé qui déguisait chez elle des connaissances souvent très vastes dont elle avait peur de paraître orgueilleuse. Mais je n'entendais plus que la mélodie, tantôt russe, tantôt française, de sa voix.

Au lieu de cette hantise de la chair féminine, de cette femme omniprésente qui me harcelait par sa multiplicité inépuisable, je ressentais un grand apaisement. Il avait la transparence de ce «soir chaud d'automne». Et la sérénité d'une lente contemplation presque mélancolique d'un beau corps de femme allongé dans la bienheureuse lassitude de l'amour. Ce corps dont le reflet charnel se déploie en une enfilade de réminiscences, d'odeurs, de lumières…

La rivière gonfla avant que l'orage ne parvînt jusqu'à notre endroit. Nous nous secouâmes en entendant le courant clapoter déjà dans les racines des saules. Le ciel devenait violet, noir. La steppe, hérissée, se figeait en aveuglants paysages livides. Une senteur piquante, acide, nous transperça avec la fraîcheur des premières ondées. Et Charlotte, tout en pliant la serviette sur laquelle nous avions pris notre déjeuner, terminait son exposé :

— Mais à la fin, dans le dernier vers, il y a un vrai paradoxe de traduction. Brussov dépasse Baudelaire! Oui, Baudelaire parle des «chants des mariniers» sur cette île née de «l'odeur de ton sein chaleureux». Et Brussov, en le traduisant, entend «les voix des marins criant en plusieurs langues». Ce qui est merveilleux, c'est que le russe peut le rendre par un seul adjectif. Ces cris en langues différentes sont beaucoup plus vivants que les «chants des mariniers» d'un romantisme un peu mièvre, il faut l'avouer. Tu vois, c'est ce que nous disions l'autre jour : le traducteur de la prose est l'esclave de l'auteur, et le traducteur de la poésie est son rival. D'ailleurs, dans ce sonnet...

Elle n'eut pas le temps de finir sa phrase. L'eau ruissela sous nos pieds en entraînant mes vêtements, quelques feuilles de papier, l'une des espadrilles de Charlotte. Le ciel gorgé de pluie s'effondra sur la steppe. Nous nous précipitâmes pour sauver ce qui pouvait encore l'être. J'attrapai mon pantalon, ma chemise qui, en flottant, s'étaient heureusement accrochés aux branches des saules, et repêchai de justesse l'espadrille de Charlotte. Puis les feuilles — c'étaient les traductions recopiées. L'averse les transforma vite en petites boules maculées d'encre...

Nous ne remarquâmes pas notre peur — le brouhaha assourdissant du tonnerre chassa toute pensée par sa violence. Les trombes d'eau nous isolèrent dans les frontières tremblantes de nos corps. Nous sentions avec une acuité saisissante nos cœurs nus noyés dans ce déluge qui mélangeait ciel et terre.

Quelques minutes après, le soleil brilla. Du haut de la rive, nous contemplions la steppe. Luisante, frémissante de mille étincelles irisées, elle

286

semblait respirer. Nous échangeâmes un regard souriant. Charlotte avait perdu son fichu blanc, ses cheveux mouillés ruisselaient en tresses bistrées sur ses épaules. Ses cils scintillaient de gouttelettes de pluie. Sa robe toute détrempée collait à son corps. « Elle est jeune. Et très belle. Malgré tout », résonna en moi cette voix involontaire qui ne nous obéit pas et qui nous gêne par sa franchise sans nuances, mais qui révèle ce que la parole réfléchie censure.

Nous nous arrêtâmes devant le remblai du chemin de fer. Au loin, on voyait s'approcher un long train de marchandises. Souvent, un convoi essoufflé s'immobilisait à cet endroit, en barrant, pour un bref moment, notre sentier. Cet obstacle, commandé sans doute par quelque aiguillage ou un sémaphore, nous amusait. Les wagons se dressaient en un mur gigantesque, couvert de poussière. Une épaisse vague de chaleur venait de leurs parois exposées au soleil. Et de loin, le chuintement de la locomotive rompait seul le silence de la steppe. Chaque fois, j'étais tenté de ne pas attendre le départ et de traverser la voie en glissant sous le wagon. Charlotte me retenait en disant avoir justement entendu le sifflet. Parfois, quand notre attente devenait vraiment trop longue, nous grimpions sur le palier ouvert qu'avaient à cette époque les wagons de marchandises, et nous ressortions de l'autre côté de la voie. Ces quelques secondes étaient remplies d'une agitation joyeuse : et si le train partait et nous emmenait dans une direction inconnue, fabuleuse ?

Cette fois, nous ne pouvions pas attendre.

Mouillés comme nous l'étions, il nous fallait rentrer avant la tombée de la nuit. Je grimpai le premier, je tendis la main à Charlotte qui monta sur le marchepied. C'est à ce moment que le train s'ébranla. Nous traversâmes le palier en courant. Moi, j'aurais pu encore sauter. Mais pas Charlotte… Nous restâmes devant l'embrasure qui s'emplissait d'un souffle de plus en plus vif. Le tracé de notre sentier se perdit dans l'immensité de la steppe.

Non, nous n'étions pas inquiets. Nous savions qu'une gare ou une autre allait arrêter la course de notre train. Il me semblait même que Charlotte était, d'une certaine façon, contente de notre aventure imprévue. Elle regardait la plaine ravivée par l'orage. Ses cheveux, ondoyant dans le vent, se répandaient sur son visage. Elle les rejetait de temps en temps d'un geste rapide. Malgré le soleil, une petite pluie fine se mettait parfois à tomber. Charlotte me souriait à travers ce voile scintillant.

Ce qui se produisit soudain sur ce palier tanguant au milieu de la steppe ressembla à l'émerveillement d'un enfant qui, après une longue observation vaine, découvre dans les lignes savamment embrouillées d'un dessin un personnage ou un objet camouflés. Il le voit, les arabesques du dessin acquièrent un sens nouveau, une vie nouvelle…

Il en était de même pour mon regard intérieur. Tout à coup, je vis ! Ou plutôt je ressentis par tout mon être le lien lumineux qui unissait cet instant plein de miroitements irisés à d'autres instants dans lesquels j'avais séjourné autrefois : ce soir lointain, avec Charlotte, le cri mélancolique de la Koukouchka, puis ce matin parisien enveloppé, dans mon imagination, d'une brume ensoleillée, ce moment nocturne sur le radeau avec ma première amoureuse quand le grand paquebot avait surplombé nos corps enlacés, et les veillées de mon enfance vécues, semblait-il, déjà dans une autre vie… Liés ainsi, ces instants formaient un univers singulier, avec son propre rythme, son air et son soleil particuliers. Une autre planète presque. Une planète où la mort de cette femme aux grands yeux gris devenait inconcevable. Où le corps féminin s'ouvrait sur une enfilade d'instants rêvés. Où ma « langue d'étonnement » serait compréhensible aux autres.

Cette planète était le même monde qui se déployait dans la course de notre wagon. Oui, cette même gare où le train s'immobilisa enfin. Ce même quai désert, lavé par l'averse. Ces mêmes rares passants avec leurs soucis quotidiens. Ce même monde, mais vu autrement.

En aidant Charlotte à descendre, j'essayai de déterminer cet « autrement ». Oui, pour voir cette autre planète, il fallait se comporter d'une façon singulière. Mais comment ?

— Viens, nous allons manger quelque chose, me dit ma grand-mère, en me tirant de mes réflexions, et elle se dirigea vers le restaurant situé dans l'une des ailes de la gare.

La salle était vide, les tables — sans couverts. Nous nous installâmes près de la fenêtre ouverte qui laissait voir une place bordée d'arbres. Sur les façades des immeubles on voyait de longues bandes de calicot rouge avec leurs habituels slogans à la gloire du Parti, de la Patrie, de la Paix... Un serveur vint à nous et, d'une voix maussade, nous annonça que l'orage les avait privés d'électricité et que par conséquent le restaurant fermait. Je voulus déjà me lever, mais Charlotte insista avec une politesse appuyée qui, par ses formules démodées, et que je savais empruntées au français, impressionnait toujours les Russes. L'homme hésita une seconde, puis s'en alla, l'air visiblement déconcerté.

Il nous apporta un plat étonnant dans sa simplicité : une assiette avec une douzaine de rondelles de saucisson, un grand concombre à la saumure coupé en fines lamelles. Mais surtout, il posa devant nous une bouteille de vin. Jamais je n'avais dîné de la sorte. Le serveur lui-même dut percer le côté insolite de notre couple et l'étrangeté de ce repas froid. Il sourit et bredouilla quelques remarques sur le temps comme pour s'excuser de l'accueil qu'il venait de nous faire.

Nous restions seuls dans la salle. Le vent qui entrait par la fenêtre sentait le feuillage mouillé. Le ciel s'étageait en nuages gris et violets éclairés par le soleil couchant. De temps en temps les roues d'une voiture crissaient sur l'asphalte humide. Chaque gorgée de vin donnait à ces sons et ces couleurs une nouvelle densité : la lourdeur fraîche des arbres, les vitres brillantes lavées par la pluie, le rouge des slogans sur les façades, le crissement humide des roues, ce ciel encore tumultueux. Je sentais que, peu à peu, ce que nous vivions dans cette salle vide se détachait du moment présent, de cette gare, de cette ville inconnue, de sa vie quotidienne…

Feuillages lourds, longues taches rouges sur les façades, asphalte humide, crissement des pneus, ciel gris-violet. Je me tournai vers Charlotte. Elle n'y était plus…

Et ce n'est plus ce restaurant de la gare perdue au milieu de la steppe. Mais un café parisien — et derrière la vitre, un soir de printemps. Le ciel gris et violet encore orageux, le crissement des voitures sur l'asphalte humide, l'exubérance fraîche des marronniers, le rouge des stores du restaurant de l'autre côté de la place. Et moi, vingt ans après, moi, qui viens de reconnaître cette gamme de couleurs et de revivre le vertige de l'instant retrouvé. Une jeune femme, en face de moi, entretient, avec une grâce très française, une conversation sur rien. Je regarde son visage souriant, et de temps en temps je rythme ses paroles d'un hochement de tête. Cette femme m'est très proche. J'aime sa voix, sa manière de penser. Je connais l'harmonie de son corps… «Et si je pouvais lui parler de cet instant d'il y a vingt ans, au milieu de la steppe, dans cette gare vide ?» me dis-je et je sais que je ne le ferai pas.

Dans cette lointaine soirée d'il y a vingt ans, Charlotte se lève déjà, ajuste ses cheveux en se regardant dans le reflet de la fenêtre ouverte, et nous partons. Et sur mes lèvres, avec l'agréable aigreur du vin, s'efface cette parole jamais osée : «Si elle est si belle encore, malgré ces cheveux blancs et tant d'années vécues, c'est parce qu'à travers ses yeux, son visage, son corps transparaissent tous ces instants de lumière et de beauté... »

Charlotte sort de la gare. Je la suis, ivre de ma révélation indicible. Et la nuit se répand sur la steppe. La nuit qui dure déjà depuis vingt ans dans la Saranza de mon enfance.

Je revis Charlotte dix ans après, pendant quelques heures, en allant à l'étranger. J'arrivai très tard le soir, et je devais repartir tôt le matin pour Moscou. C'était une nuit glacée de la fin d'automne. Elle rassembla pour Charlotte les souvenirs inquiets de tous les départs de sa vie, de toutes les nuits d'adieux... Nous ne dormîmes pas. Elle alla préparer le thé et moi, je me promenais à travers son appartement qui me paraissait étrangement petit et très touchant par la fidélité des objets familiers.

J'avais vingt-cinq ans. Mon voyage m'exaltait. Je savais déjà que je partais pour longtemps. Ou plutôt que ce séjour en Europe se prolongerait bien au-delà des deux semaines prévues. Il me semblait que mon départ allait ébranler le calme de notre empire engourdi, que tous ses habitants ne parleraient que de ma fuite, qu'une nouvelle époque s'ouvrirait dès mon premier geste, dès ma première parole prononcée de l'autre côté de la frontière. Je vivais déjà de ce défilé de visages nouveaux que j'allais rencontrer, de l'éclat des paysages rêvés, de l'excitation du danger.

C'est avec cet égoïsme infatué de la jeunesse que je lui demandai sur un ton un peu hilare :

— Mais toi, tu pourrais aussi partir à l'étranger ! En France, par exemple... Ça te tenterait, hein ?

L'expression de ses traits ne changea pas. Elle baissa simplement les yeux. J'entendis la mélodie sifflante de la bouilloire, le tintement des cristaux de neige contre la vitre noire.

— Tu sais, me dit-elle enfin avec un sourire fatigué, quand en 1922 j'allai en Sibérie, la moitié, ou peut-être le tiers de ce voyage, je l'ai fait à pied. C'était comme d'ici jusqu'à Paris. Tu vois, je n'aurais même pas besoin de vos avions...

Elle sourit de nouveau, me regardant dans les yeux. Mais malgré cette intonation enjouée, je devinai dans sa voix un accent profond d'amertume. Confus, je pris une cigarette, je sortis sur le balcon...

C'est là, au-dessus de l'obscurité glacée de la steppe, que je crus enfin comprendre ce que la France était pour elle.

IV

1

C'est en France que je faillis oublier définitivement la France de Charlotte…

En cet automne-là, vingt ans me séparaient du temps de Saranza. Je me rendis compte de cette distance — de ce sacramentel « vingt ans après » — le jour où notre station de radio diffusa sa dernière émission en russe. Le soir, en quittant la salle de rédaction, j'imaginai une étendue infinie, béante entre cette ville allemande et la Russie endormie sous les neiges. Tout cet espace nocturne qui résonnait, encore la veille, de nos voix s'éteignait désormais, me semblait-il, dans le grésillement sourd des ondes vacantes… Le but de nos émissions dissidentes et subversives était atteint. L'empire enneigé se réveillait, s'ouvrant au reste du monde. Ce pays allait bientôt changer de nom, de régime, d'histoire, de frontières. Un autre pays allait naître. On n'avait plus besoin de nous. On fermait la station. Mes collègues échangèrent des adieux artificiellement bruyants et chaleureux et s'en allèrent chacun de leur côté.

Certains voulaient refaire leur vie sur place, d'autres plier bagage et partir en Amérique. D'autres encore, les moins réalistes, rêvaient du retour qui devrait les mener sous la tempête de neige d'il y a vingt ans... Personne ne se faisait d'illusions. Nous savions que ce n'était pas seulement une station de radio qui disparaissait, mais notre époque elle-même. Tout ce que nous avions dit, écrit, pensé, combattu, défendu, tout ce que nous avions aimé, détesté, redouté — tout cela appartenait à cette époque. Nous restions devant ce vide, tels des personnages en cire d'un cabinet de curiosités, des reliques d'un empire défunt.

Dans le train qui m'amenait à Paris, je tentai de donner un nom à toutes ces années passées loin de Saranza. Exil comme mode d'existence ? Obtuse nécessité de vivre ? Une vie à moitié vécue et, somme toute, gâchée ? Le sens de ces années me paraissait obscur. J'essayai alors de les convertir en ce que l'homme considère comme valeurs sûres de sa vie : les souvenirs des dépaysements intenses (« Depuis, j'ai vu le monde entier ! », me disais-je avec une fierté puérile), les corps des femmes aimées...

Mais les souvenirs restaient ternes, les corps étrangement inertes. Ou, parfois, ils perçaient la pénombre de la mémoire avec l'insistance hagarde des yeux d'un mannequin.

Non, ces années n'étaient qu'un long voyage auquel je réussissais, de temps en temps, à trouver un but. Je l'inventais au moment du départ, ou déjà en route, ou même à l'arrivée quand il fallait expliquer ma présence ce jour-là, dans cette ville-là, dans ce pays plutôt que dans un autre.

Oui, un voyage d'un nulle part vers un ailleurs. Dès que l'endroit où je m'arrêtais commençait à s'attacher à moi, à me retenir dans l'agréable routine de ses jours, il fallait déjà m'en aller. Ce voyage ne connaissait que deux temps : l'arrivée dans une ville inconnue et le départ d'une ville dont les façades se mettaient à peine à frémir sous le regard... Il y a six mois, j'arrivais à Munich et en sortant de la gare, je me disais avec beaucoup de sens pratique qu'il faudrait trouver un hôtel puis un appartement le plus près possible de mon nouveau travail à la radio...

À Paris, le matin, j'eus l'illusion fugitive d'un vrai retour : dans une rue, non loin de la gare, une rue encore mal réveillée en cette matinée de brume, je vis une fenêtre ouverte et l'intérieur d'une pièce respirant un calme simple et quotidien mais pour moi mystérieux, avec une lampe allumée sur la table, une vieille commode en bois sombre, un tableau légèrement décollé du mur. Je frissonnai tant la tiédeur de cette intimité entrevue me parut tout à coup ancienne et familière. Monter l'escalier, frapper à la porte, reconnaître un visage, se faire reconnaître... Je me hâtai de chasser cette sensation de retrouvailles dans laquelle je ne voyais, alors, rien d'autre que la défaillance sentimentale d'un vagabond.

La vie s'épuisa rapidement. Le temps stagna, perceptible désormais uniquement à l'usure des talons sur l'asphalte humide, à la succession des bruits, bientôt connus par cœur, que les courants d'air traînaient du matin au soir dans les couloirs de l'hôtel. La fenêtre de ma chambre donnait sur un immeuble en démolition. Un mur couvert de papier peint se dressait au milieu des gravats. Fixé sur ce pan coloré, un miroir, sans cadre, reflétait la profondeur légère et fuyante du ciel. Chaque matin, je me demandais si j'allais retrouver ce reflet en écartant les rideaux. Ce suspens matinal rythmait, lui aussi, le temps immobile auquel je m'habituais de plus en plus. Et même l'idée qu'il faudrait, un jour, en finir avec cette vie, qu'il faudrait rompre ce peu qui me reliait encore à ces jours d'automne, à cette ville, me tuer peut-être — même une telle pensée devint bientôt une habitude... Et quand, un matin, j'entendis le bruit sec d'un éboulement et que derrière les rideaux, à la place du mur, je vis un vide fumant de poussière — cette pensée m'apparut comme une merveilleuse sortie de jeu.

Je m'en souvins quelques jours plus tard... J'étais assis sur un banc, au milieu d'un boulevard gorgé de bruine. À travers l'engourdissement de la fièvre, je sentais en moi comme un dialogue muet entre un enfant apeuré et un homme : l'adulte, inquiet lui-même, tentait de rassurer l'enfant en parlant sur un ton faussement enjoué. Cette voix encourageante me disait que je pouvais me lever et revenir au café pour prendre encore un verre de vin et rester une heure au chaud. Ou descendre dans la moiteur tiède du métro. Ou même essayer de passer encore une nuit à l'hôtel sans avoir plus de quoi payer. Ou, le cas échéant, entrer dans cette pharmacie à l'angle du boulevard et m'asseoir sur une chaise en cuir, ne pas bouger, me taire et quand les gens viendront s'attrouper autour de moi, chuchoter tout bas : « Laissez-moi tranquille, une minute, dans cette lumière et cette chaleur. Je m'en irai, je vous le promets… »

L'air aigre au-dessus du boulevard se condensa, s'émietta en une pluie fine, patiente. Je me levai. La voix rassurante s'était tue. Il me semblait que ma tête était enveloppée dans un nuage de coton brûlant. J'évitai un passant qui marchait en tenant une fillette par la main. J'avais peur d'effrayer l'enfant par mon visage enflammé, par les tremblements de froid qui me secouaient… Et voulant traverser la chaussée, je butai contre le bord du trottoir et agitai les bras comme un funambule. Une voiture freina en m'évitant de justesse. Je ressentis un bref frottement de la portière contre ma main. Le chauffeur prit la peine de baisser la vitre et il me lança un juron. Je voyais sa grimace, mais les paroles me parvenaient avec une étrange lenteur cotonneuse. Au même instant, cette pensée m'éblouit par sa simplicité : « Voilà ce qu'il me faut. Ce choc, cette rencontre avec le métal, mais bien plus violente. Ce choc qui fracasserait la tête, la gorge, la poitrine. Ce choc et le silence immédiat, définitif. » Quelques coups de sifflets percèrent le brouillard fiévreux qui me brûlait le visage. Absurdement, je pensai à un policier qui se serait jeté à ma poursuite. J'accélérai le pas, pataugeant sur un gazon détrempé. J'étouffai. Ma vue se brisa en une multitude de facettes coupantes. J'eus envie de me terrer comme une bête.

Ce portail grand ouvert m'aspira par le vide brumeux d'une large allée qui s'ouvrait derrière lui. Il me sembla nager entre deux rangs d'arbres, dans l'air mat de la fin du jour. Presque aussitôt l'allée se remplit de sifflets stridents. Je tournai dans un passage plus étroit, dérapai sur une dalle lisse, m'engouffrai entre d'étranges cubes gris. Enfin, sans force, je m'accroupis derrière l'un d'eux. Les sifflets résonnèrent un moment, puis se turent. De loin, j'entendis le grincement de la grille du portail. Sur le mur poreux du cube, je lus ces mots sans en saisir tout de suite le sens : *Concession à perpétuité. N°... Année 18...*

Quelque part derrière les arbres, un sifflet retentit, suivi d'une conversation. Deux hommes, deux gardiens, remontaient l'allée.

Je me relevai lentement. Et à travers la fatigue et la torpeur du début de la maladie, je ressentis un reflet de sourire sur mes lèvres : « La dérision doit entrer dans la nature des choses de ce monde. Au même titre que la loi de la gravitation... »

Tous les portails du cimetière étaient maintenant fermés. Je contournai la niche funéraire derrière laquelle je m'étais laissé tomber. Sa porte vitrée céda facilement. L'intérieur me parut presque spacieux. Le dallage, à part la poussière et quelques feuilles mortes, était propre et sec. Je ne tenais plus sur mes jambes. Je m'assis, ensuite m'étendis de tout mon long. Dans l'obscurité ma tête frôla un objet en bois. Je le touchai. C'était un prie-Dieu. Je posai ma nuque sur son velours flétri. Étrangement, sa surface sembla tiède, comme si quelqu'un venait de s'y agenouiller...

Les deux premiers jours, je ne quittais mon refuge que pour aller chercher du pain et me laver. Je rentrais aussitôt, je m'allongeais, je plongeais dans un engourdissement fiévreux que seuls les sifflets à l'heure de la fermeture interrompaient pour quelques minutes. Le grand portail grinçait dans le brouillard, et le monde se réduisait à ces murs de pierre poreuse que je pouvais toucher en écartant mes bras en croix, au reflet des vitres dépolies de la porte, au silence sonore que je croyais entendre sous les dalles, sous mon corps...

Je m'embrouillai rapidement dans la suite des dates et des jours. Je me souviens seulement que, cet après-midi-là, je me sentis enfin un peu mieux. À pas lents, plissant les paupières sous le soleil qui revenait, je rentrais... chez moi. Chez moi ! Oui, je le pensai, je me surpris à le penser, je me mis à rire en m'étranglant dans un accès de toux qui fit se retourner les passants. Cette niche funéraire, vieille de plus d'un siècle, dans la partie la moins visitée du cimetière, car il n'y avait pas de tombes célèbres à honorer — un chez-moi. Avec stupeur, je me dis que je n'avais pas employé ce mot depuis mon enfance...

C'est durant cet après-midi, dans la lumière du soleil d'automne qui illuminait l'intérieur de ma niche, que je lus les inscriptions sur les plaquettes de marbre fixées à ses murs. C'était, en fait, une petite chapelle appartenant aux familles Belval et Castelot. Et les laconiques épitaphes sur les plaquettes retraçaient, en pointillé, leur histoire.

J'étais encore trop faible. Je lisais une ou deux inscriptions et je m'asseyais sur les dalles, en respirant comme après un gros effort, la tête bourdonnante de vertige. *Né le 27 septembre 1837 à Bordeaux. Décédé le 4 juin 1888 à Paris.* C'étaient peut-être ces dates qui me donnaient le vertige. Je percevais leur temps avec la sensibilité d'un halluciné. *Né le 6 mars 1849. Rappelé à Dieu le 12 décembre 1901.* Ces intervalles se remplissaient de rumeurs, de silhouettes, de mouvements mélangeant histoire et littérature. C'était un flux d'images dont l'acuité vivante et très concrète me faisait presque mal. Je croyais entendre le froissement de la longue robe de cette dame qui montait dans un fiacre. Elle rassemblait dans ce geste simple les jours lointains de toutes ces femmes anonymes qui avaient vécu, aimé, souffert, avaient regardé ce ciel, respiré cet air… J'éprouvais physiquement l'immobilité engoncée de ce notable en habit noir : le soleil, la grande place d'une ville de province, les discours, les emblèmes républicains tout neufs… Les guerres, les révolutions, le grouillement populaire, les fêtes se figeaient, pour une seconde, dans un personnage, un éclat, une voix, une chanson, une salve, un poème. une sensation — et le flux du temps reprenait sa course entre la date de la naissance et celle de la mort. *Née le 26 août 1861 à Biarritz. Décédée le 11 février 1922 à Vincennes.*.

Je progressai lentement d'une épitaphe à l'autre : *Capitaine aux dragons de l'Impératrice. Général de division. Peintre d'Histoire, attaché aux armées françaises : Afrique, Italie, Syrie, Mexique. Intendant général. Président de section au Conseil d'État. Femme de lettres. Ancien grand référendaire du Sénat. Lieutenant au 224 d'Infanterie. Croix de Guerre avec Palmes. Mort pour la France...* C'étaient les ombres d'un empire qui avait jadis resplendi aux quatre coins du monde... L'inscription la plus récente était également la plus brève : *Françoise, 2 novembre 1952 — 10 mai 1969.* Seize ans, toute autre parole eût été de trop.

Je m'assis sur les dalles, en fermant les yeux. Je sentais en moi la densité vibrante de toutes ces vies. Et sans tenter de formuler ma pensée je murmurai :

— Je devine le climat de leurs jours et de leur mort. Et le mystère de cette naissance à Biarritz, le 26 août 1861. L'inconcevable individualité de cette naissance, précisément à Biarritz, ce jour-là, il y a plus d'un siècle. Et je ressens la fragilité de ce visage disparu le 10 mai 1969, je la ressens comme une émotion intensément vécue par moi-même... Ces vies inconnues me sont proches.

Je partis au milieu de la nuit. La clôture de pierre n'était pas haute à cet endroit. Mais le bas de mon manteau fut retenu par une des pointes de fer fixées sur la tranche du mur. Je faillis culbuter. Dans le noir, l'œil bleu d'un réverbère décrivit un point d'interrogation. Je tombai sur une épaisse couche de feuilles mortes. Cette chute me parut très longue, j'eus l'impression d'atterrir dans une ville inconnue. Ses maisons, à cette heure nocturne, ressemblaient aux monuments d'une cité abandonnée. Son air sentait la forêt humide.

Je me mis à descendre une avenue déserte.

D'ailleurs, toutes les rues que je suivais descendaient — comme pour me pousser toujours plus au fond de cette mégapole opaque. Les rares voitures qui me croisaient faisaient mine de la fuir à toute vitesse, droit devant elles. Un clochard, à mon passage, remua dans sa carapace de cartons. Il sortit la tête, la vitrine d'en face l'éclaira. C'était un Africain, aux yeux lourds d'une sorte de folie acceptée, calme. Il parla. Je m'inclinai vers lui, mais je ne compris rien. C'était sans doute la langue de son pays... Les cartons de son abri étaient couverts d'hiéroglyphes.

Quand je traversai la Seine, le ciel commença à pâlir. Depuis un moment, je marchais d'un pas de somnambule. La fièvre joyeuse de convalescence avait disparu. J'avais la sensation de patauger dans l'ombre encore épaisse des maisons. Le vertige incurvait les perspectives, les enroulait autour de moi. L'amoncellement des immeubles le long des quais et sur l'île avait l'air d'un gigantesque décor de cinéma dans l'obscurité des projecteurs éteints. Je ne pouvais plus me rappeler pourquoi j'avais quitté le cimetière.

Sur la passerelle en bois, je me retournai à plusieurs reprises. Je crus entendre des pas résonner derrière mon dos. Ou les battements du sang dans mes tempes. Leur écho devint plus sonore dans une rue courbe qui m'entraîna comme un toboggan. Je fis volte-face. Il me sembla apercevoir une silhouette féminine, en long manteau, qui glissa sous une voûte. Je restai debout, sans forces, en m'appuyant contre un mur. Le monde se désagrégeait, le mur cédait sous ma paume, les fenêtres dégoulinaient sur les façades blêmes des maisons...

Ils surgirent comme par enchantement, ces quelques mots tracés sur une plaque de métal noircie. Je m'accrochai à leur message : un homme prêt à sombrer dans l'ivresse ou la folie s'accroche ainsi à une maxime dont la logique banale, mais infaillible, le retient de ce côté-ci des choses... La plaquette était fixée à un mètre du sol. Je lus trois ou quatre fois son inscription :

CRUE. JANVIER 1910

... Ce n'était pas un souvenir, mais la vie elle-même. Non, je ne revivais pas, je vivais. Des sensations très humbles en apparence. La chaleur de la rampe en bois d'un balcon suspendu dans l'air d'une soirée d'été. Les senteurs sèches, piquantes des herbes. Le cri lointain et mélancolique d'une locomotive. Le léger froissement des pages sur les genoux d'une femme assise au milieu des fleurs. Ses cheveux gris. Sa voix... Et ce froissement et cette voix se mélangeaient maintenant avec le bruissement des longues branches des saules — je vivais déjà sur la rive de ce courant perdu dans l'immensité ensoleillée de la steppe. Je voyais cette femme aux cheveux gris qui, plongée dans une rêverie limpide, marchait lentement dans l'eau et qui paraissait si jeune. Et cette impression de jeunesse me transportait sur le palier d'un wagon volant à travers la plaine étincelante de pluie et de lumière. La femme, en face de moi, me souriait en rejetant les mèches mouillées de son front. Ses cils s'irisaient sous les rayons du couchant...

CRUE. JANVIER 1910. J'entendais le silence brumeux, le clapotis de l'eau au passage d'une barque. Une fillette, le front collé à la vitre, regardait le miroir pâle d'une avenue inondée. Je vivais si intensément cette matinée silencieuse dans un grand appartement parisien du début du siècle... Et ce matin s'ouvrait, en enfilade, sur un autre, avec le crissement du gravier dans une allée dorée par les feuillages d'automne. Trois femmes, en longues robes de soie noire, aux larges chapeaux chargés de voiles et de plumes, s'éloignaient comme si elles emportaient avec elles cet instant, son soleil et l'air d'une époque fugitive... Un autre matin encore : Charlotte (je la reconnaissais maintenant) accompagnée d'un homme, dans les rues sonores du Neuilly de son enfance. Charlotte, avec une joie un peu confuse, joue au guide. Je croyais distinguer la transparence de la lumière matinale sur chaque pavé, voir la palpitation de chaque feuille, deviner cette ville inconnue dans le regard de l'homme et la perspective des rues, si familière aux yeux de Charlotte.

Je compris à ce moment-là que l'Atlantide de Charlotte m'avait laissé entrevoir, dès mon enfance, cette mystérieuse consonance des instants éternels. À mon insu, ils traçaient, depuis, comme une autre vie, invisible, inavouable, à côté de la mienne. C'est ainsi qu'un menuisier façonnant, à longueur de jours, des pieds de chaises ou rabotant des planches n'aperçoit pas que les dentelles des copeaux forment sur le sol un bel ornement scintillant de résine, attirant par sa transparence claire, aujourd'hui, le rayon du soleil qui perce à travers une étroite fenêtre encombrée d'outils, demain — le reflet bleuté de la neige.

C'est cette vie qui se révélait maintenant essentielle. Il fallait, je ne savais pas encore comment, la faire s'épanouir en moi. Il fallait, par un travail silencieux de la mémoire, apprendre les gammes de ces instants. Apprendre à préserver leur éternité dans la routine des gestes quotidiens, dans la torpeur des mots banals. Vivre, conscient de cette éternité…

Je retournai au cimetière juste avant la fermeture du portail. Le soir était clair. Je m'assis sur le pas de la porte et je me mis à écrire dans mon carnet d'adresses depuis longtemps inutile :

*Ma situation outre-tombe est idéale, non pas seulement pour découvrir cette vie essentielle, mais aussi pour la recréer, en l'enregistrant dans un style qui reste à inventer. Ou plutôt, ce style sera désormais ma façon de vivre. Je n'aurai d'autre vie que ces instants renaissant sur une feuille…*

À défaut de papier, mon manifeste allait bientôt s'interrompre. L'écrire fut un geste très important pour mon projet. Dans ce credo grandiloquent, j'affirmais que seules les œuvres créées au bord de la tombe ou bien outre-tombe résisteraient à l'épreuve du Temps. Je citais l'épilepsie des uns, l'asthme et la chambre de liège des autres, l'exil, plus profond que les caveaux, d'autres encore… Le ton ampoulé de cette profession de foi disparaîtrait rapidement. Il serait remplacé par ce bloc de «papier-brouillon» que j'achèterais le lendemain avec mon dernier argent et sur la première page duquel j'inscrirais très simplement :

*Charlotte Lemonnier. Notes biographiques.*

D'ailleurs, le matin même, je quittais à jamais la niche funéraire des Belval et Castelot… Je me réveillai en pleine nuit. Une pensée impossible, insensée venait de me traverser l'esprit, telle une balle traçante. Je dus la prononcer à haute voix pour mesurer sa réalité extraordinaire :

— Et si Charlotte vivait encore ?…

Ébahi, je l'imaginai sortir sur son petit balcon couvert de fleurs, se pencher sur un livre. Depuis bien des années, je n'avais aucune nouvelle provenant de Saranza. Charlotte pouvait donc continuer de vivre un peu comme avant, comme du temps de mon enfance. Elle aurait plus de quatre-vingts ans à présent, mais cet âge ne l'atteignait pas dans ma mémoire. Elle restait, pour moi, toujours la même.

C'est alors que ce rêve s'esquissa. C'est probablement son halo qui venait de me réveiller. Retrouver Charlotte, la faire venir en France…

L'irréalité de ce projet formulé par un vagabond étendu sur les dalles d'une niche funéraire était suffisamment évidente pour que je n'essaye pas de me la démontrer. Je décidai, pour le moment, de ne pas réfléchir aux détails, de vivre en gardant au fond de chaque jour cet espoir déraisonnable. Vivre de cet espoir.

Cette nuit-là, je ne parvins pas à me rendormir.

M'enveloppant dans mon manteau, j'allai dehors. La tiédeur de l'arrière-saison avait cédé la place au vent du nord. Je restai debout en regardant les nuages bas qui s'imbibaient peu à peu de la pâleur grise. Je me souvenais qu'un jour, dans une plaisanterie sans gaieté, Charlotte m'avait dit qu'après tous ses voyages à travers l'immense Russie, venir à pied jusqu'en France n'aurait pour elle rien d'impossible…

Au début, pendant de longs mois de misère et d'errances, mon rêve fou ressemblerait de près à cette triste bravade. J'imaginerais une femme vêtue de noir qui, aux toutes premières heures d'une matinée d'hiver sombre, entrerait dans une petite ville frontalière. Le bas de son manteau serait éclaboussé de boue, son gros châle — chargé de brouillard froid. Elle pousserait la porte d'un café au coin d'une étroite place endormie, s'installerait près de la fenêtre, à côté d'un calorifère. La patronne lui apporterait une tasse de thé. Et en regardant, derrière la vitre, la face tranquille des maisons à colombages, la femme murmurerait tout bas : « C'est la France… Je suis retournée en France. Après… après toute une vie. »

## 2

En sortant de la librairie, je traversai la ville et je m'engageai sur le pont figé au-dessus de l'étendue ensoleillée de la Garonne. Je me disais qu'il y avait dans les films anciens cette bonne vieille astuce pour survoler en quelques secondes plusieurs années de la vie des héros. L'action s'interrompait et sur le fond noir apparaissait cette inscription dont la franchise sans détour m'avait toujours plu : « Deux ans plus tard », ou bien « Trois ans passèrent ». Mais qui oserait employer de nos jours ce procédé démodé ?

Et cependant, en entrant dans cette librairie déserte, au milieu d'une ville provinciale assommée par la chaleur, et en trouvant sur l'étalage mon dernier livre, j'avais eu justement cette impression : « Trois ans passèrent ». Le cimetière, la niche funéraire des Belval et Castelot, et — ce livre dans la marqueterie colorée des couvertures, sous l'affichette : « Nouveautés du roman français »...

Vers le soir j'atteignis la forêt landaise. Je marcherais maintenant, pensais-je, pendant deux jours ou peut-être plus, en pressant derrière ces vallonnements recouverts de pins, l'éternelle attente de l'océan. Deux jours, deux nuits... Grâce aux « Notes », le temps avait acquis pour moi une densité étonnante. Vivant dans le passé de Charlotte, il me semblait pourtant n'avoir jamais ressenti aussi intensément le présent ! C'étaient ces paysages d'autrefois qui apportaient un relief tout singulier à ce pan de ciel entre les grappes d'aiguilles, à cette clairière illuminée par le couchant comme une coulée d'ambre...

Le matin, reprenant la route (un tronc de pin entaillé, que je n'avais pas aperçu la veille, pleurait sa résine — sa « gemme » comme on disait dans cette contrée), je me rappelai, sans raison, ce rayonnage au fond de la librairie : « La littérature de l'Europe de l'Est ». Mes premiers livres y étaient, serrés, à m'en donner un vertige mégalomane, entre ceux de Lermontov et de Nabokov. Il s'agissait, de ma part, d'une mystification littéraire pure et simple. Car ces livres avaient été écrits directement en français et refusés par les éditeurs : j'étais « un drôle de Russe qui se mettait à écrire en français ». Dans un geste de désespoir, j'avais inventé alors un traducteur et envoyé le manuscrit en le présentant comme traduit du russe. Il avait été accepté, publié et salué pour la qualité de la traduction. Je me disais, d'abord avec amertume, plus tard avec le sourire, que ma malédiction franco-russe était toujours là. Seulement si, enfant, j'étais obligé de dissimuler la greffe française, à présent c'était ma russité qui devenait répréhensible.

Le soir, installé pour la nuit, je relisais les dernières feuilles des «Notes». Dans le fragment marqué la veille, j'écrivais : «Un garçon de deux ans est mort dans la grande isba face à l'immeuble où habite Charlotte. Je vois le père de l'enfant appuyer, contre la rampe du perron, une caisse oblongue tendue de tissu rouge — un petit cercueil! Ses dimensions de poupée me terrifient. Il me faut trouver immédiatement un endroit, sous ce ciel, sur cette terre, où l'on puisse imaginer cet enfant vivant. La mort d'un être bien plus jeune que moi remet en cause l'univers tout entier. Je me précipite vers Charlotte. Elle perçoit mon angoisse et me dit quelque chose d'étonnant dans sa simplicité : "Tu te souviens, en automne, nous avons vu un vol d'oiseaux migrateurs? — Oui, ils ont survolé la cour et puis ils ont disparu. — C'est ça, mais ils continuent à voler, quelque part, dans les pays lointains, seulement, nous, avec notre vue trop faible, nous ne pouvons pas les voir. Il en est de même pour ceux qui meurent…"»

À travers le sommeil, je croyais distinguer le bruit des branches qui fut plus puissant et soutenu que d'ordinaire. Comme si le vent n'avait pas cessé, un instant, de siffler. Le matin, je découvrais que c'était la rumeur de l'océan. La veille, fatigué, je m'étais arrêté, sans le savoir, sur cette frontière où la forêt s'enlisait dans les dunes battues par les vagues.

Je passai toute la matinée sur cette berge déserte en suivant l'imperceptible montée des eaux… Quand la mer entama son reflux, je repris mon chemin. Pieds nus sur le sable humide, dur, je descendrais maintenant vers le sud. Je marchais en pensant à cette sacoche que ma sœur et moi appelions, du temps de notre enfance, «le sac du Pont-Neuf» et qui contenait les petits cailloux enveloppés dans des bouts de papier. Il y avait un «Fécamp», un «Verdun» et aussi un «Biarritz», dont le nom nous faisait penser au quartz et non pas à la ville qui nous était inconnue... J'allais longer l'océan pendant dix ou douze jours et retrouver cette ville dont une infime parcelle était égarée quelque part au fin fond des steppes russes.

## 3

C'est en septembre, par l'intermédiaire d'un certain Alex Bond, que les premières nouvelles de Saranza me parvenaient...

Ce « Mr. Bond » était en fait, homme d'affaires russe, un représentant très caractéristique de cette génération des « nouveaux Russes » qui, à ce moment-là, commençaient à se faire remarquer dans toutes les capitales de l'Occident. Ils charcutaient leur nom, à l'américaine, s'identifiant, souvent sans s'en apercevoir, aux héros des romans d'espionnage ou bien aux extraterrestres des récits de science-fiction des années cinquante. Lors de notre première rencontre, j'avais conseillé à Alex Bond, alias Alexeï Bondartchenko, de franciser son nom et de se présenter comme Alexis Tonnelier plutôt que de le mutiler ainsi. Sans une ombre de sourire, il m'expliqua les avantages d'un nom court et euphonique dans les affaires... J'avais l'impression de comprendre de moins en moins la Russie que je voyais maintenant à travers les Bond les Kondrat les Fed...

Il allait à Moscou et avait accepté, touché par le

côté sentimental de ma commission, de faire ce détour. Venir à Saranza, marcher dans ses rues, rencontrer Charlotte, me paraissait bien plus étrange que voyager sur une autre planète. Alex Bond s'y était rendu « entre deux trains », selon son expression. Et sans deviner ce qu'était pour moi Charlotte, il parla au téléphone comme s'il s'agissait des nouvelles qu'on échange après les vacances :

— Non, mais quel trou noir, cette Saranza ! Grâce à vous j'ai découvert la Russie profonde, ha, ha. Et toutes ces rues qui débouchent sur la steppe. Et cette steppe qui ne finit nulle part... Elle va très bien, votre grand-mère, ne vous inquiétez pas. Oui, elle est encore très active. Quand je suis arrivé, elle n'était pas là. Sa voisine m'a dit qu'elle assistait à une réunion. Les habitants de leur immeuble ont créé un comité de soutien ou je ne sais quoi, pour sauver une vieille isba qu'on veut démolir dans leur cour, une énorme bâtisse, vieille de deux siècles. Et donc votre grand-mère... Non, je ne l'ai pas vue, j'étais entre deux trains, et le soir, je devais être coûte que coûte à Moscou. Mais j'ai laissé un mot... Vous pouvez aller la voir. Maintenant, on laisse entrer tout le monde. Ha, ha, ha, le rideau de fer n'est plus qu'une passoire, comme on dit...

Je n'avais que mes papiers de réfugié, plus un titre de voyage qui m'autorisait à visiter « tous pays sauf U.R.S.S. ». Le lendemain de ma conversation avec le « nouveau Russe », j'allai à la préfecture de Police pour me renseigner sur les formalités de la naturalisation. J'essayais de faire taire en moi cette pensée qui insidieusement me revenait à l'esprit : « Désormais, il faudra affronter cette invisible course contre la montre. Charlotte a l'âge où chaque année, chaque mois, peut être le dernier. »

C'est pour cette raison que je ne voulais ni écrire ni téléphoner. J'avais une crainte superstitieuse de compromettre mon projet par quelques mots banals. Il me fallait obtenir rapidement un passeport français, venir à Saranza, parler plusieurs soirées de suite avec Charlotte et l'amener à Paris. Je voyais s'accomplir tous ces gestes dans une fulgurante simplicité de rêve. Puis brusquement, cette image se brouillait et je me retrouvais dans un magma collant qui entravait mes mouvements — le Temps.

Le dossier qu'on me demandait de réunir me rassura : aucun document impossible à trouver, aucune embûche bureaucratique. Seule ma visite chez le médecin me laissa une impression pénible. L'examen pourtant ne dura que cinq minutes et fut, somme toute, assez superficiel : l'état de ma santé se serait révélé compatible avec la nationalité française. Après m'avoir ausculté, le médecin me dit de m'incliner en gardant les jambes bien droites et en touchant le sol de mes doigts. Je m'exécutai. C'est mon empressement outré qui dut créer ce malaise. Le médecin parut gêné et balbutia : « Merci, c'est bon. » Comme s'il avait peur que, dans mon élan, je répète cette inclinaison. Souvent, un petit rien dans nos attitudes suffit pour changer le sens des situations les plus quotidiennes : deux hommes, dans un cabinet

318

médical étroit, dans une lumière blanche, crue; l'un d'eux, tout à coup, se ploie, touche le sol presque aux pieds de l'autre et reste un moment ainsi en attendant, on dirait, l'approbation du second.

En sortant dans la rue, je pensai aux camps où, par des tests physiques semblables, on triait les prisonniers. Mais cette réflexion plus qu'exagérée n'expliquait pas mon malaise.

C'était le zèle avec lequel j'avais accompli la commande. Je le retrouvai en feuilletant les pages de mon dossier. Je vis que partout cette envie de convaincre quelqu'un était présente. Et bien que cela ne me fût pas demandé dans les question-naires, j'avais mentionné mes lointaines origines françaises. Oui, j'avais parlé de Charlotte, comme si j'avais voulu prévenir toute objection et dissi-per, par avance, tout scepticisme. Et à présent, je ne pouvais plus me défaire du sentiment de l'avoir en quelque sorte trahie.

Il fallait attendre plusieurs mois. On m'indiqua un délai. Son échéance arrivait au mois de mai. Et tout de suite, ces jours de printemps encore bien irréels se remplirent d'une luminosité particu-lière, s'arrachant du cercle des mois et formant un univers qui vivait de son propre rythme, dans son propre climat.

Ce fut pour moi le temps des préparatifs, mais surtout des longues conversations silencieuses avec Charlotte. En marchant dans les rues, j'avais maintenant l'impression de les observer avec ses yeux. De voir, comme elle eût vu, ce quai désert où les peupliers, sous un coup de vent, semblaient se transmettre un message chuchoté, urgent, de ressentir, comme elle eût ressenti, la sonorité des pavés sur cette vieille petite place dont la tranquillité provinciale en plein Paris cachait la tentation d'un bonheur simple, d'une vie sans éclat.

Je compris que tout au long des trois années de ma vie en France, mon projet n'avait jamais interrompu son lent et discret cheminement. De cette vague image d'une femme vêtue de noir qui traversait à pied une ville frontalière, mon rêve s'était dirigé vers une vision plus réelle. Je me voyais aller chercher ma grand-mère à la gare, l'accompagner jusqu'à l'hôtel où elle vivrait durant son séjour parisien. Puis, une fois la période de la misère la plus noire achevée, je m'étais mis à me figurer un intérieur plus confortable qu'une chambre d'hôtel et où Charlotte se sentirait plus à l'aise…

C'est grâce à ces rêves, peut-être, que j'avais pu endurer et cette misère et l'humiliation, souvent atroce, qui accompagne les premiers pas dans le monde où le livre, cet organe le plus vulnérable de notre être, devient marchandise. Une marchandise vendue à la criée, exposée sur les étals, bradée. Mon rêve était un contrepoison. Et les « Notes » — un refuge.

En ces quelques mois d'attente, la topographie de Paris changea. Comme sur certains plans où les arrondissements sont colorés différemment, la ville s'emplissait, dans mes yeux, de tons variés que nuançait la présence de Charlotte. Il y avait des rues dont le silence ensoleillé, tôt le matin, gardait l'écho de sa voix. Des terrasses de café où je devinais sa fatigue à la fin d'une promenade. Une façade, un vitrail qui, sous son regard, revêtait la légère patine des réminiscences.

Cette topographie rêvée laissait bien des taches blanches sur la mosaïque colorée des arrondissements. Nos trajets, très spontanément, éviteraient les audaces architecturales des dernières années. Les jours parisiens de Charlotte seraient trop brefs. Nous n'aurions pas le temps d'apprivoiser, par notre regard, toutes ces nouvelles pyramides, tours de verre et arcs. Leurs silhouettes se figeraient dans un étrange demain futuriste qui ne troublerait pas l'éternel présent de nos promenades.

Je ne voulais pas non plus que Charlotte vît le quartier où j'habitais… Alex Bond venant à notre rendez-vous, s'était exclamé, goguenard : «Mais écoutez, bonnes gens, on n'est plus en France ici, mais en Afrique!» Et il s'était lancé dans un exposé qui, par son contenu, m'avait rappelé les propos de tant de «nouveaux Russes». Tout y était : la dégénérescence de l'Occident et la fin toute proche de l'Europe blanche, l'invasion des nouveaux barbares («Nous, les Slaves, y compris», avait-il ajouté pour être juste), un nouveau Mahomet «qui brûlera tous leurs Beaubourgs» et un nouveau Gengis Khan «qui mettra fin à tous leurs salamalecs démocratiques». S'inspirant de l'incessant défilé des gens de couleur devant la terrasse où nous étions assis, il parlait en mélangeant les prévisions apocalyptiques et l'espoir d'une Europe

régénérée par le jeune sang des barbares, les pro-
messes d'une guerre interethnique totale et la
confiance en un métissage universel... Le sujet le
passionnait. Il devait se sentir tantôt du côté de
l'Occident moribond, car sa peau était blanche et
sa culture européenne, tantôt du côté des nouveaux Huns. « Non, vous pouvez dire tout ce que
vous voulez, mais quand même, il y a trop de
métèques ! » concluait-il son discours en oubliant
qu'une minute avant, c'est à eux qu'il confiait le
sauvetage du vieux continent...

Nos promenades, dans mes rêves, contour-
naient ce quartier et la bouillie intellectuelle que
sa réalité engendrait. Non que sa population eût
pu heurter la sensibilité de Charlotte. Émigrante
par excellence, elle avait toujours vécu au milieu
d'une extrême multiplicité de peuples, de cultures,
de langues. De la Sibérie à l'Ukraine, du Nord
russe à la steppe, elle avait connu toute cette
diversité des races humaines que brassait l'empire. Pendant la guerre, elle les avait retrouvées, à
l'hôpital, dans l'égalité absolue face à la mort,
dans l'égalité nue comme les corps opérés.

Non, ce n'est pas la nouvelle population de ce
vieux quartier parisien qui aurait pu impression-
ner Charlotte. Si je ne voulais pas l'y amener, c'est
parce qu'on pouvait traverser ces rues sans
entendre un mot de français. Certains voyaient
dans cet exotisme la promesse d'un monde nouveau, d'autres — un désastre. Mais nous, ce n'est
pas l'exotisme, architectural ou humain, que
nous recherchions. Le dépaysement de nos jours,
pensais-je, serait bien plus profond.

Le Paris que je m'apprêtais à faire redécouvrir à Charlotte était un Paris incomplet et même, à certains égards, illusoire. Je me rappelais ces mémoires de Nabokov où il parlait de son grand-père vivant ses derniers jours et qui, de son lit, pouvait apercevoir, derrière l'épaisse étoffe du rideau, l'éclat du soleil méridional et les grappes de mimosa. Il souriait, se croyant à Nice, dans la lumière du printemps. Sans se douter qu'il mourait en Russie, en plein hiver, et que ce soleil était une lampe que sa fille installait derrière le rideau en créant pour lui cette douce illusion…

Je savais que Charlotte, tout en respectant mes itinéraires, verrait tout. La lampe derrière le rideau ne la tromperait pas. Je voyais le rapide clin d'œil qu'elle me jetterait devant quelque indes-criptible sculpture contemporaine. J'entendais ses commentaires, pleins d'un humour très fin et dont la délicatesse ne ferait qu'accentuer l'obtuse agressivité de l'œuvre observée. Elle verrait aussi le quartier, le mien, que j'essaierais d'éviter… Elle irait là-bas toute seule, en mon absence, à la recherche d'une maison, dans la rue de l'Ermi-tage, où habitait autrefois le soldat de la Grande Guerre, celui qui lui avait donné un petit éclat fer-reux qu'enfants nous appelions «Verdun»…

Je savais aussi que je ferais tout mon possible pour ne pas parler des livres. Et que nous en par-lerions quand même, beaucoup, souvent jusque tard dans la nuit. Car la France, apparue un jour au milieu des steppes de Saranza, devait sa nais-sance aux livres. Oui, c'était un pays livresque par essence, un pays composé de mots, dont les fleuves ruisselaient comme des strophes, dont les femmes pleuraient en alexandrins et les hommes s'affrontaient en sirventès. Enfants, nous découvrions la France ainsi, à travers sa vie littéraire, sa matière verbale moulée dans un sonnet et ciselée par un auteur. Notre mythologie familiale attestait qu'un petit volume à la couverture fatiguée et à la tranche d'un or terni suivait Charlotte au cours de tous ses voyages. Comme le dernier lien avec la France. Ou peut-être, comme la possibilité constante de la magie. « Il est un air pour qui je donnerais… » — combien de fois, dans le désert des neiges sibériennes, ces vers s'étaient édifiés en « un château de brique à coins de pierre, aux vitraux teints de rougeâtres couleurs… ». La France se confondait pour nous avec sa littérature. Et la vraie littérature était cette magie dont un mot, une strophe, un verset nous transportaient dans un éternel instant de beauté.

J'avais envie de dire à Charlotte que cette littérature-là était morte en France. Et que dans la multitude des livres d'aujourd'hui que je dévorais depuis le début de ma réclusion d'écrivain, je cherchais en vain celui que j'eusse pu imaginer dans ses mains, au milieu d'une isba sibérienne. Oui, un livre ouvert, ses yeux avec une petite étincelle de larmes…

Dans ces conversations imaginaires avec Charlotte, je redevenais adolescent. Mon maximalisme juvénile, éteint depuis longtemps sous les évidences de la vie, s'éveillait. Je cherchais de nouveau une œuvre absolue, unique, je rêvais d'un livre qui pourrait par sa beauté refaire le monde.

Et j'entendais la voix de ma grand-mère me répondre, compréhensive et souriante, comme autrefois, à Saranza, sur son balcon :

— Tu te rappelles encore ces étroits appartements en Russie qui croulaient sous les livres ? Oui, des livres sous le lit, dans la cuisine, dans l'entrée, empilés jusqu'au plafond. Et des livres introuvables qu'on vous prêtait pour une nuit et qu'il fallait rendre à six heures du matin précises. Et d'autres encore, recopiés à la machine, six feuilles de papier carbone à la fois ; on vous en transmettait le sixième exemplaire, presque illisible et appelé « aveugle »… Tu vois, il est difficile de comparer. En Russie, l'écrivain était un dieu. On attendait de lui et le Jugement dernier et le royaume des cieux à la fois. As-tu jamais entendu parler là-bas du prix d'un livre ? Non, parce que le livre n'avait pas de prix ! On pouvait ne pas acheter une paire de chaussures et se geler les pieds en hiver, mais on achetait un livre…

La voix de Charlotte s'interrompit comme pour me faire comprendre que ce culte du livre en Russie n'était plus qu'un souvenir.

« Mais ce livre unique, ce livre absolu. Jugement et royaume à la fois ? » s'exclama l'adolescent que j'étais redevenu.

Ce chuchotement fiévreux m'arracha à ma discussion inventée. Honteux comme celui que l'on surprend en train de parler avec lui-même, je me voyais tel que j'étais. Un homme gesticulant au milieu d'une petite chambre obscure. Une fenêtre noire bute contre un mur de brique et n'a besoin ni de rideaux ni de volets. Une chambre qu'on peut traverser en trois pas, où les objets, par manque de place, s'agglutinent, empiètent les uns sur les autres, s'enchevêtrent : vieille machine à écrire, réchaud électrique, chaises, étagère, douche, table, spectres de vêtements accrochés aux murs. Et partout des feuilles de papier, des bouts de manuscrits, des livres qui donnent à cet intérieur encombré une sorte de folie très logique. Derrière la vitre, le début d'une nuit d'hiver pluvieuse et, coulant du dédale des maisons vétustes — cette mélodie arabe, plainte et jubilation confondues. Et cet homme vêtu d'un vieux manteau clair (il fait très froid). Aux mains il porte des mitaines, nécessaires pour taper à la machine dans cette pièce glacée. Il parle en s'adressant à une femme. Il lui parle avec cette confiance qu'on n'a pas toujours même pour l'intimité de sa propre voix. Il l'interroge sur l'œuvre unique, absolue, sans craindre de paraître naïf ou ridiculement pathétique. Elle va lui répondre...

Je pensai, avant de m'endormir, que venant en France, Charlotte essaierait de comprendre ce qu'était devenue la littérature dont quelques vieux livres représentaient pour elle, en Sibérie, un minuscule archipel français. Et j'imaginais qu'en entrant, un soir, dans l'appartement où elle vivrait, je remarquerais sur le bord d'une table ou sur l'appui d'une fenêtre — un livre ouvert, un livre récent que Charlotte lirait en mon absence. Je me pencherais au-dessus des pages et mon regard tomberait sur ces lignes :

*Ce fut en effet le matin le plus doux de cet hiver-là. Il faisait du soleil comme aux premiers jours d'avril. Le givre fondait et l'herbe mouillée brillait comme humectée de rosée... Ayant passé mon unique matinée à revoir mille choses, avec une mélancolie toujours croissante, sous les nuages d'hiver — j'avais oublié ce vieux jardin et ce berceau de vigne à l'ombre duquel s'était décidée ma vie... Vivre à l'image de cette beauté, c'est cela que je voudrais savoir faire. La netteté de ce pays, la transparence, la profondeur et le miracle de cette rencontre de l'eau, de la pierre et de la lumière, voilà la seule connaissance, la première morale. Cette harmonie n'est pas illusoire. Elle est réelle, et devant elle je ressens la nécessité de la parole...*

## 4

Les jeunes fiancés, la veille des noces, ou encore les gens qui viennent d'emménager, doivent ressentir cette bienheureuse disparition du quotidien. Les quelques journées festives ou le joyeux désordre de l'installation dureront toujours, leur semble-t-il, en devenant la matière même, légère et pétillante, de leur vie.

Je vivais dans un enivrement pareil les dernières semaines de mon attente. Je quittai ma petite chambre, je louai un appartement que je savais ne pouvoir payer que pendant quatre ou cinq mois. Cela m'importait peu. De la pièce où vivrait Charlotte on voyait l'étendue bleu-gris des toits qui reflétaient le ciel d'avril… J'empruntai ce que je pus, j'achetai des meubles, des rideaux, un tapis et tout ce grouillement ménager dont je m'étais toujours passé dans mon ancien logis. D'ailleurs, l'appartement restait vide, je dormais sur un matelas. Seule la future chambre de ma grand-mère avait maintenant l'air habitable.

Et plus le mois de mai était proche, plus cette inconscience heureuse, cette folie dépensière grandissait. Je me mis à acheter chez les brocanteurs des petits objets anciens qui devaient, selon mon idée, donner une âme à cette chambre d'apparence trop ordinaire. Dans la boutique d'un antiquaire, je trouvai une lampe de table. Il l'alluma pour me faire la démonstration, j'imaginai le visage de Charlotte dans la lumière de son abat-jour. Je ne pouvais pas repartir sans cette lampe. Je remplis l'étagère de vieux volumes au dos de cuir, des illustrés du début du siècle. Chaque soir, sur la table ronde qui occupait le milieu de cette pièce décorée, j'étalais mes trophées : une demi-douzaine de verres, un vieux soufflet, une pile de cartes postales anciennes...

J'avais beau me dire que Charlotte ne voudrait jamais quitter Saranza et surtout la tombe de Fiodor pour longtemps, et qu'elle eût été aussi à l'aise dans un hôtel que dans ce musée improvisé, je ne pouvais plus m'arrêter d'acheter et de parfaire. C'est que même initié à la magie de la mémoire, à l'art de recréer un instant perdu, l'homme reste attaché avant tout aux fétiches matériels du passé : comme ce prestidigitateur qui, ayant acquis, par la volonté de Dieu, un don de thaumaturge, lui préférait l'adresse de ses doigts et ses valises à double fond qui avaient l'avantage de ne pas troubler son bon sens.

Et la vraie magie, je le savais, se révélerait dans ce reflet bleuté des toits, dans la fragilité aérienne des lignes derrière la fenêtre que Charlotte ouvrirait le lendemain de son arrivée, de très bon matin. Et dans la sonorité des premières paroles françaises qu'elle échangerait avec quelqu'un au coin d'une rue...

Un des derniers soirs de mon attente, je me surpris à prier... Non, ce n'était pas une prière en bonne et due forme. Je n'en avais jamais appris une seule, ayant grandi dans la lumière démystificatrice d'un athéisme militant et presque religieux par son inlassable croisade contre Dieu. Non, c'était plutôt une sorte de supplique dilettante et confuse dont le destinataire demeurait inconnu. Me prenant en flagrant délit de cet acte insolite, je me hâtai de le tourner en dérision. Je pensai que, vu l'impiété de ma vie passée, j'aurais pu m'exclamer comme ce marin dans un conte de Voltaire : «J'ai marché quatre fois sur le crucifix dans quatre voyages au Japon!» Je me traitai de païen, d'idolâtre. Pourtant ces moqueries ne rompirent pas le vague murmure intérieur que j'avais discerné au fond de moi. Son intonation avait quelque chose d'enfantin. C'était comme si je proposais à mon interlocuteur anonyme un marché : je ne vivrais encore que vingt ans, même quinze ans, bon, soit, seulement dix, pourvu que cette rencontre, ces instants retrouvés fussent possibles...

Je me levai, je poussai la porte de la pièce voisine. Dans la pénombre d'une nuit de printemps, la chambre veillait, animée d'une attente discrète. Même ce vieil éventail, pourtant acheté il y a deux jours, semblait être resté depuis de longues années sur la petite table basse, dans la pâleur nocturne des carreaux.

C'était un jour heureux. L'un de ces jours paresseux et gris, égarés au milieu des fêtes au début du mois de mai. Le matin, je clouai un grand portemanteau au mur, dans l'entrée. On pouvait y accrocher au moins une dizaine de vêtements. Je ne me posai même pas la question de savoir si, en été, nous en aurions besoin.

La fenêtre de Charlotte restait ouverte. À présent, entre les surfaces argentées des toits, on voyait, ici et là, les îlots clairs de la première verdure.

Dans la matinée, j'ajoutai encore un court fragment à mes «Notes». Je me souvins qu'un jour, à Saranza, Charlotte m'avait parlé de sa vie à Paris après la Première Guerre mondiale. Elle me disait que cet après-guerre, qui devenait, sans que personne puisse le deviner, l'entre-deux-guerres, avait dans son climat quelque chose de profondément faux. Une fausse jubilation, un oubli trop facile. Cela lui rappelait étrangement ces publicités qu'elle avait lues dans les journaux durant la guerre : «Chauffez-vous sans charbon!» et on expliquait comment on pouvait utiliser «des boules de papier». Ou encore : «Ménagères, faites votre lessive sans feu!» Et même : «Ménagères, économisez : le pot-au-feu sans feu!»… Charlotte espérait qu'en revenant à Paris avec Albertine, qu'elle allait rejoindre en Sibérie, elles retrouveraient la France d'avant la guerre…

En notant ces quelques lignes, je me disais que je pourrais bientôt poser tant de questions à Charlotte, préciser mille détails, apprendre, par exemple, qui était ce monsieur en frac sur l'une de nos photos de famille et pourquoi une moitié de ce cliché avait été soigneusement coupée. Et qui était cette femme en veste ouatée dont la présence parmi les personnages de la Belle Époque m'avait jadis étonné.

C'est en sortant en fin d'après-midi que je trouvai cette enveloppe dans ma boîte aux lettres. D'une couleur crème, elle portait l'en-tête de la préfecture de Police. Arrêté au milieu du trottoir, je mis longtemps à l'ouvrir, en la déchirant maladroitement…

Les yeux comprennent plus vite que l'esprit, surtout quand il s'agit d'une nouvelle que celui-ci ne veut pas comprendre. En ce bref moment d'indécision, le regard essaye de briser l'implacable enchaînement des mots, comme s'il pouvait changer le message avant que la pensée veuille en saisir le sens.

Les lettres sautillèrent devant mes yeux, me criblant d'éclats de mots, de bouts de phrases. Puis, pesamment, le mot essentiel, imprimé en gros caractères espacés comme pour être scandé, s'imposa : IRRECEVABILITÉ. Et se mélangeant avec les battements du sang dans mes tempes, des formules explicatives le suivirent : « votre situation ne répond pas… », « en effet, vous ne réunissez pas… ». Je restai au moins un quart d'heure sans bouger, le regard fixé sur la lettre. Enfin je me mis à marcher devant moi, en oubliant où je devais aller.

Je ne pensais pas encore à Charlotte. Ce qui me faisait mal en ces premières minutes, c'était le souvenir de ma visite chez le médecin : oui, cette inclinaison absurde jusqu'au sol et mon zèle me paraissaient maintenant doublement inutiles et humiliants.

C'est seulement en rentrant que je pris vraiment conscience de ce qui m'arrivait. J'accrochai ma veste au portemanteau. Derrière la porte du fond, je vis la chambre de Charlotte… Ce n'était donc pas le Temps (Oh, combien il faut se méfier des majuscules!) qui risquait de compromettre mon projet, mais la décision de ce modeste fonctionnaire par quelques phrases d'une seule feuille dactylographiée. Un homme que je ne connaîtrais jamais et qui ne me connaissait que par le biais des questionnaires. C'est à lui que j'aurais dû, en fait, adresser mes prières dilettantes…

Le lendemain, j'envoyai un recours. «Un recours gracieux», ainsi que mon correspondant l'appelait. Jamais encore je n'avais écrit une lettre aussi faussement personnelle, aussi stupidement hautaine et implorante en même temps.

Je ne remarquais plus le glissement des jours. Mai, juin, juillet. Il y avait cet appartement que j'avais rempli de vieux objets et de sensations d'autrefois, ce musée désaffecté dont j'étais l'inutile conservateur. Et l'absence de celle que j'attendais. Quant aux «Notes», je n'en avais ajouté aucune depuis le jour du refus. Je savais que la nature même de ce manuscrit dépendait de cette rencontre, la nôtre, que malgré tout j'espérais possible.

Et souvent, durant ces mois, je fis le seul et même rêve qui me réveillait en pleine nuit. Une femme en long manteau sombre entrait dans une petite ville frontalière par un matin d'hiver silencieux.

C'est un jeu ancien. On choisit un adjectif exprimant une qualité extrême : «abominable», par exemple. Puis on lui trouve un synonyme qui, tout en étant très proche, traduit la même qualité de façon légèrement moins forte : «horrible», si l'on veut. Le terme suivant répétera cet imperceptible affaiblissement : «affreux». Et ainsi de suite, en descendant chaque fois une minuscule marche dans la qualité annoncée : «pénible», «intolérable», «désagréable»... Pour en arriver enfin à tout simplement «mauvais» et, en passant par «médiocre», «moyen», «quelconque», commencer à remonter la pente avec «modeste», «satisfaisant», «acceptable», «convenable», «agréable», «bon». Et parvenir, une dizaine de mots après, jusqu'à «remarquable», «excellent», «sublime».

Les nouvelles que je reçus de Saranza au début du mois d'août avaient dû suivre une modification semblable. Car transmises d'abord à Alex Bond (il avait laissé à Charlotte son numéro de téléphone à Moscou), ces nouvelles et le petit colis qui les accompagnait avaient longtemps voyagé, en passant d'une personne à l'autre. À chaque transmission, leur sens tragique diminuait, l'émotion s'effaçait. Et c'est presque sur un ton jovial que cet inconnu m'annonça au téléphone :

— Écoutez, on m'a donné là un petit paquet pour vous. C'est de la part de... je ne sais pas qui c'était, enfin votre parente qui est décédée... En Russie. Vous étiez sans doute déjà au courant. Oui, elle vous a transmis votre testament, hé, hé...

Il avait voulu dire, en plaisantant, «votre héritage». Par erreur, par ce relâchement verbal surtout que je constatais souvent chez les « nouveaux Russes » dont l'anglais devenait la principale langue d'usage, il parla du « testament ».

Je l'attendis longtemps dans le hall d'un des meilleurs hôtels parisiens. Le vide glacé des miroirs, des deux côtés des fauteuils, correspondait parfaitement à ce néant qui remplissait mon regard, ma pensée.

L'inconnu sortit de l'ascenseur en laissant passer devant lui une femme blonde, grande, éclatante, au sourire qui semblait s'adresser à tous et à personne. Un autre homme, très large d'épaules, les suivait.

— Val Grig, se nomma l'inconnu en me serrant la main, et il me présenta ses compagnons, en précisant : « Ma volage interprète, mon fidèle garde du corps. »

Je savais que je ne pourrais pas éviter l'invitation au bar. Écouter Val Grig serait une façon de le remercier pour le service rendu. Il avait besoin de moi pour goûter pleinement et le confort de cet hôtel, et sa nouvelle qualité de « businessman international », et la beauté de sa « volage interprète ». Il parlait de ses succès et du désastre russe, ne se rendant peut-être pas compte qu'involontairement une cocasse relation de cause à effet s'établissait entre ces deux sujets. L'interprète qui avait certainement entendu ces récits plus d'une fois paraissait endormie, les yeux ouverts. Le garde du corps, comme pour justifier sa présence, dévisageait les personnes qui entraient et sortaient. « Il serait plus facile, pensai-je tout à coup, d'expliquer ce que je ressens aux Martiens qu'à eux trois… »

J'ouvris le colis dans la rame du métro. Une carte de visite d'Alex Bond glissa sur le sol. C'étaient quelques mots de condoléances, des excuses (Taïwan, Canada…) pour ne pas avoir pu me remettre le colis personnellement. Mais surtout la date de la mort de Charlotte. Le neuf septembre de l'année dernière !

Je ne suivais plus la suite des stations, revenant à moi seulement au terminus. Septembre de l'année dernière… Alex Bond était venu à Saranza en août, il y a un an. Quelques semaines après, je déposais ma demande de naturalisation. Au moment même peut-être où Charlotte se mourait. Et toutes mes démarches, tous mes projets, tous ces mois d'attente se situaient déjà après sa vie. En dehors de sa vie. Sans aucun lien possible avec cette vie achevée… Le colis était conservé par la voisine, puis, seulement au printemps, transmis à Bond. Sur le papier kraft, il y avait quelques mots écrits de la main de Charlotte : «Je vous prie de faire parvenir cette enveloppe à Alexeï Bondartchenko qui aura l'obligeance de la transmettre à mon petit-fils. »

Je repris la rame au terminus. En ouvrant l'enveloppe, je me disais avec un douloureux soulagement que ce n'était pas la décision du fonctionnaire qui avait, en fin de compte, brisé mon projet. C'était le temps. Un temps pourvu d'une ironie grinçante et qui, par ses jeux et ses incohérences, nous rappelle son pouvoir sans partage.

L'enveloppe ne contenait rien d'autre qu'une vingtaine de pages manuscrites retenues par une agrafe. Je m'attendais à lire une lettre d'adieux, aussi ne comprenais-je pas cette longueur, sachant combien peu Charlotte était encline à des formules solennelles et à des effusions verbeuses. Ne me décidant pas à entamer une lecture suivie, je feuilletai les premières pages, ne rencontrant nulle part des tournures du genre « quand tu liras ces lignes, je ne serai plus là », que je craignais justement de rencontrer.

D'ailleurs, la lettre, dans son début, semblait ne s'adresser à personne. Passant rapidement d'une ligne à l'autre, d'un alinéa au suivant, je crus comprendre qu'il s'agissait d'une histoire sans aucun rapport avec notre vie à Saranza, notre France-Atlantide et cette fin dont Charlotte aurait pu me faire deviner l'imminence…

Je sortis du métro et sans vouloir monter tout de suite, je continuai ma lecture distraite, m'asseyant sur le banc d'un jardin. Je voyais maintenant que le récit de Charlotte ne nous concernait pas. Elle transcrivait, dans son écriture fine et précise, la vie d'une femme. Inattentif, je dus sauter l'endroit où ma grand-mère expliquait comment elles avaient fait connaissance. Cela m'importait, du reste, peu. Car cette vie racontée n'était qu'un destin féminin de plus, l'un de ces destins tragiques du temps de Staline, qui nous bouleversaient quand nous étions jeunes et dont la douleur s'était émoussée depuis. Cette femme, fille d'un koulak, avait connu, enfant, l'exil dans les marécages de la Sibérie occidentale. Puis, après la guerre, accusée de « propagande antikolkhozienne », elle s'était retrouvée dans un camp… Je parcourais ces pages comme celles d'un livre connu par cœur. Ce camp, les cèdres que les prisonniers abattaient, s'enlisant dans la neige jusqu'à la taille, la cruauté quotidienne, banale, des gardes, les maladies, la mort. Et l'amour forcé, sous la menace d'une arme ou d'une charge de travail inhumaine, et l'amour acheté avec une bouteille d'alcool... L'enfant que cette femme avait mis au monde purgeait la peine de sa mère, telle était la loi. Dans ce « camp de femmes », il y avait une baraque à part prévue pour ces naissances-là. La femme était morte, écrasée par un tracteur, quelques mois avant l'amnistie du dégel. L'enfant allait avoir deux ans et demi...

La pluie me chassa de mon banc. Je cachai la lettre de Charlotte sous ma veste, je courus vers *notre* maison. Le récit interrompu me paraissait très typique : aux premiers signes de la libéralisation, tous les Russes s'étaient mis à retirer des cachettes profondes de leur mémoire le passé censuré. Et ils ne comprenaient pas que l'Histoire n'eût pas besoin de ces innombrables petits goulags. Un seul, monumental et reconnu classique, lui suffisait. Charlotte, en m'envoyant ses témoignages, avait dû être piégée, comme les autres, par l'ivresse de la parole libérée. L'inutilité touchante de cet envoi me fit mal. Je mesurai de nouveau l'indifférence dédaigneuse du temps. Cette femme emprisonnée avec son enfant vacillait au bord de l'oubli définitif, retenue uniquement par ces quelques feuilles manuscrites. Et Charlotte, elle-même ?

Je poussai la porte. Un courant d'air agita avec un claquement mat les battants d'une fenêtre ouverte. J'allai la fermer dans la chambre de ma grand-mère...

Je pensai à sa vie. Une vie qui reliait des époques si différentes : le début du siècle, cet âge presque archaïque, presque aussi légendaire que le règne de Napoléon et — la fin de notre siècle, la fin du millénaire. Toutes ces révolutions, guerres, utopies échouées et terreurs réussies. Elle en avait distillé l'essence dans les douleurs et les joies de ses jours. Et cette densité palpitante du vécu allait sombrer bientôt dans l'oubli. Comme le minuscule goulag de la prisonnière et de son enfant.

Je restai un moment à la fenêtre de Charlotte. J'avais imaginé, pendant plusieurs semaines, son regard se poser sur cette vue…

Le soir, plutôt par acquit de conscience, je me décidai à lire les pages de Charlotte jusqu'au bout. Je retrouvai la femme emprisonnée, les atrocités du camp et cet enfant qui avait apporté dans ce monde dur et souillé quelques instants de sérénité… Charlotte écrivait qu'elle avait pu obtenir l'autorisation de venir à l'hôpital où la femme mourait…

Soudain, la page que je tenais dans ma main se transforma en une fine feuille d'argent. Oui, elle m'éblouit par un reflet métallique et sembla émettre un son froid, grêle. Une ligne brilla — le filament d'une ampoule lacère ainsi la prunelle. La lettre était écrite en russe et c'est seulement à cette ligne que Charlotte passait au français, comme si elle n'était plus sûre de son russe. Ou comme si le français, ce français d'une autre époque, devait me permettre un certain détachement vis-à-vis de ce qu'elle allait me dire :

« Cette femme, qui s'appelait Maria Stepanovna

Dolina, était ta mère. C'est elle qui a voulu qu'on ne te dise rien le plus longtemps possible… »

Une petite enveloppe était agrafée à cette dernière page. Je l'ouvris. Il y avait une photo que je reconnus sans peine : une femme en grosse chapka aux oreillettes rabattues, en veste ouatée. Sur un petit rectangle de tissu blanc cousu à côté de la rangée des boutons — un numéro. Dans ses bras, un bébé entouré d'un cocon de laine…

La nuit, je retrouvai dans ma mémoire l'image que j'avais toujours crue une sorte de réminiscence prénatale me venant de mes ancêtres français et dont, enfant, j'étais très fier. J'y voyais la preuve de ma francité héréditaire. C'était ce jour d'automne ensoleillé, à l'orée d'un bois, avec une invisible présence féminine, avec un air très pur et les fils de la Vierge ondoyant à travers cet espace lumineux… Je comprenais maintenant que ce bois était, en fait, une taïga infinie, et que le charmant été de la Saint-Martin allait disparaître dans un hiver sibérien qui durerait neuf mois. Les fils de la Vierge, argentés et légers dans mon illusion française, n'étaient que quelques rangées de barbelés neufs qui n'avaient pas eu le temps de rouiller. Avec ma mère, je me promenais sur le territoire du « camp de femmes »… C'était mon tout premier souvenir d'enfance.

Deux jours après je quittai cet appartement. Le propriétaire était venu la veille et avait accepté une solution à l'amiable : je lui laissais tous les meubles et les objets anciens que j'avais accumulés pendant plusieurs mois…

Je dormis peu. À quatre heures j'étais déjà levé. Je préparai mon sac à dos en pensant partir le jour même pour mon habituelle marche. Avant de m'en aller, je jetai le dernier coup d'œil dans la chambre de Charlotte. Sous la lumière grise du matin, son silence ne rappelait plus un musée. Non, elle ne paraissait plus inhabitée. J'hésitai un moment, puis je saisis un vieux volume posé sur l'appui de la fenêtre et je sortis.

Les rues étaient désertes, embuées de sommeil. Leurs perspectives semblaient se composer à mesure que j'avançais vers elles.

Je pensais aux «Notes» que j'emportais dans mon sac. Ce soir ou demain, me disais-je, j'ajouterais ce nouveau fragment qui m'était venu à l'esprit cette nuit. C'était à Saranza, durant mon dernier été chez ma grand-mère… Ce jour-là, au lieu d'emprunter le sentier qui nous menait à travers la steppe, Charlotte s'était engagée sous les arbres de ce bois encombré de matériel de guerre et que les habitants appelaient «Stalinka». Je l'avais suivie d'un pas indécis : selon les rumeurs, dans les fourrés de la Stalinka on pouvait tomber sur une mine… Charlotte s'était arrêtée au milieu d'une large clairière et avait murmuré : «Regarde!» J'avais vu trois ou quatre plantes identiques qui nous arrivaient jusqu'aux genoux. De grandes feuilles ciselées, des vrilles qui s'accrochaient à des baguettes fines enfoncées dans le sol. De minuscules érables? De jeunes arbustes de cassis? Je ne comprenais pas la joie mystérieuse de Charlotte.

— C'est une vigne, une vraie, m'avait-elle dit enfin.

— Ah, bon…

Cette révélation n'augmentait pas ma curiosité. Je ne pouvais pas lier, dans ma tête, cette plante modeste et le culte que vouait au vin la patrie de ma grand-mère. Nous étions restés quelques minutes au cœur de la Stalinka, devant la secrète plantation de Charlotte…

Me souvenant de cette vigne, je ressentis une douleur à peine supportable et, en même temps, une joie profonde. Une joie qui m'avait paru d'abord honteuse. Charlotte était morte et à l'endroit de la Stalinka, selon le récit d'Alex Bond, on avait construit un stade. Il ne pouvait pas y avoir de preuve plus tangible de la disparition totale, définitive. Mais la joie l'emportait. Elle avait sa source dans cet instant vécu au milieu d'une clairière, dans le souffle du vent des steppes, dans le silence serein de cette femme se tenant devant quatre arbustes sous les feuilles desquels je devinais maintenant les jeunes grappes.

En marchant, je regardais de temps en temps la photo de la femme en veste ouatée. Je comprenais désormais ce qui donnait à ses traits une lointaine ressemblance avec les personnages des albums de ma famille adoptive. C'était ce léger sourire, apparu grâce à la formule magique de Charlotte — «petite pomme»! Oui, la femme photographiée près de la clôture du camp avait dû prononcer, à part soi, ces syllabes énigmatiques… Je m'arrêtais une seconde, je fixais ses yeux. «Il faudra m'habituer à l'idée que cette femme, plus jeune que moi, est ma mère», me disais-je alors.

Je rangeais la photo, je repartais. Et quand je pensais à Charlotte, sa présence dans ces rues assoupies avait l'évidence, discrète et spontanée, de la vie même.

Seuls me manquaient encore les mots qui pouvaient le dire.

# DU MÊME AUTEUR

LA FILLE D'UN HÉROS DE L'UNION SOVIÉ-TIQUE, Éditions Robert Laffont, 1990 (Folio n° 2884).

CONFESSION D'UN PORTE-DRAPEAU DÉCHU, Éditions Belfond, 1992 (Folio n° 2883).

AU TEMPS DU FLEUVE AMOUR, Éditions du Félin, 1994 (Folio n° 2885).

LE TESTAMENT FRANÇAIS, Mercure de France, 1995. Prix Goncourt et Médicis ex æquo 1995.

*Composition Interligne.*
*Impression Bussière Camedan Imprimeries*
*à Saint-Amand (Cher), le 2 juillet 1997.*
*Dépôt légal : juillet 1997.*
*1ᵉʳ dépôt légal dans la collection : mars 1997.*
*Numéro d'imprimeur : 1/1764.*
ISBN 2-07-040187-1./Imprimé en France.

Composition et mise en pages :
Institut des Hautes Études francaises d'Australasie
à Aigues-mortes et en Île-de-France (1947)

Impression Bussière à Saint-Amand (Cher),
le 20 février 1997.
Dépôt légal : février 1997.
Numéro d'imprimeur : 1/1794.

83504